토모를 부탁해

토모를 부탁해

부탁해

곤도 후미에 지음 | 신유희 옮김

북스토리

Contents

강아지 독살 사건

어유 짜증 나!

나나세 구리코는 베개에서 머리를 떼었다. 벽 너머로 들려오는 소리는 컴퓨터게임의 전자음.

일상생활에서는 절대 날 법하지 않은 기묘한 삑삑 삐－삐－ 소리에 섞여 명백히 사람을 베는 듯한 효과음이 들려온다.

들릴 듯 말 듯한 그 소리가 오히려 신경에 거슬려, 저절로 미간에 주름이 잡힌다.

옆방에 남동생 마코토가 있다. 삼수씩이나 하는 녀석이 노상 컴퓨터 앞에 앉아 게임만 하고 있다.

주의를 주자는 생각이 한순간 들었지만, 바로 마음을 고쳐먹었다.

어차피 누나가 하는 말 따위 귓등으로도 들을 리 없다. 건성으로 대답하거나, 아니면 못 들은 척하거나 둘 중 하나겠지. 공연히 기분만 상할 게 뻔하다.

마코토가 삼수를 하든 말든 나와는 아무 상관도 없는 일이다. 녀석을 걱정해줄 시간이 있으면 내 일이나 좀 더 생각하자.

하긴, 내 일도 생각하면 할수록 우울해질 뿐이지만.

구리코는 작년에 전문학교를 졸업했다.

패션에 특히 관심이 많아서 의류 관련 전문학교를 선택했다. 무얼 하고 싶은지도 모르면서 무작정 대학에 가기보다는 자신이 좋아하는 일을 직업으로 삼고 싶었기 때문이다.

학교생활은 즐거웠다. 주위 친구들도 다들 대화가 통하는 사람들이었고, 남자 친구도 생겼다. 그뿐 아니라 옷을 직접 디자인하고 바느질해 완성하는 일이 무엇보다 즐거웠다. 손수 만든 옷들을 벼룩시장에 내놓았더니 눈 깜짝할 사이에 다 팔려나간 적도 있었다. 자신에게 재능이 있는 게 아닐까 하는 생각도 들었다.

하지만 한 해가 지나고 두 해째에 접어들었을 즈음, 구리코는 갑자기 멈춰 서고 말았다.

취업 활동을 시작해야 하는데 마음에 드는 취직자리가 없었다.

물론 공부를 한 이상 디자이너가 되고 싶었다. 하지만 디자이너든 옷본제작원이든 모집 인원부터 극히 한정되어 있는 데다, 그것도 싸구려 신사복 메이커 아니면 동네 옷집에서 팔 법한 아줌마 취향 기성복 메이커 같은 곳들뿐이었다. 어렵사리 '여기라면 일해보고 싶을지도' 하는 생각이 드는 회사를 찾아내도 1차 면접에서 떨어지기 일쑤였다.

당연히 열려 있어야 할 미래이건만, 눈앞에서 셔터가 내려져버린 듯한 기분이었다. 가을이 지나고 겨울이 되도록 일자리를 구하지 못했다.

전문학교 동기들 중에는 일찌감치 포기하고 판매직이나 사무직에 취업한 사람도 있었다. 구리코의 부모님도 가리는 게 많은 구리코가 잘못이라는 식으로 넌지시 돌려 말했다.

물론, 어디든 들어가려고 마음만 먹으면 써줄 곳이 없는 것도 아닐 터.

'하지만, 정말 내가 하고 싶은 일은 대체 어떻게 되는 거냐고.'

평범한 사무직 여성은 되고 싶지 않았다. 머리 모양도 그렇고 옷이며 화장도 내 방식대로 하고 다닐 수 없다. 개성을 송두리째 빼앗기고 만원 전철에 흔들리는 대다수처럼 되어야 한다니, 죽어도 싫었다.

아버지는 절대 알아주지 않을 거란 생각에, 딱 한 번 어머니에게 그런 말을 비춘 적이 있었다.

어머니는 어이가 없다는 듯 한숨을 쉬고 나서 이렇게 대답했다.

"그럼 너, 어쩔 작정이니?"

그걸 알면 이 고생은 하지 않겠지.

취업이 결정되지 않은 상태로 전문학교를 졸업하고, 결국 구리코는 집에서 가까운 패밀리 레스토랑에서 아르바이트를 하고 있다.

아쉬운 대로 친구들과 어울려 놀 정도의 돈은 아르바이트로 조달할 수 있다. 다는 아니어도 맘에 드는 옷도 조금은 살 수 있다.

일단 당장은 웃고 있을 수 있다.

하지만 늘 머리 한가운데에는 어찌할 방도가 없는 의

문이 진을 치고 있는 것이다.

내일은 어떻게 하지? 라는.

아르바이트를 하러 갈 시간이 다 되었다. 구리코는 머리를 매만지고 핀을 꽂고 립스틱을 칠했다.

평소에는 낮 12시부터 밤 9시까지 일하지만, 오늘은 밤 시간에 일손이 모자라서 11시까지 일해달라는 부탁을 받았다.

그렇다고 해서 출근 시간이 오후 2시가 되는 것은 아니다. 2시부터 5시까지는 패밀리 레스토랑이 가장 한가한 시간대이다.

손님 자체도 적고, 주문도 음료나 디저트류뿐이다. 밤에는 여섯 명 이상은 대기해야 하는 넓은 홀도 이 시간에는 두 명만 있으면 충분히 서비스가 가능하다.

가게 입장에서야 그런 시간에 드는 인건비는 가능한 한 줄이고 싶을 것이다. 때문에 오늘 구리코의 출근 시간은 오후 5시이다.

'별로 문제 될 건 없지만 말이야.'

근무시간이 줄어들면 당연히 몸은 편하다. 하지만 시급제로 일하는 처지이다 보니 월말의 급료에 직결된다. 때문에 가능한 한 오랜 시간 일하고 싶은 게 본심이다.

'그 점장, 인건비 줄이려고 일부러 그러는 거 아닐까?'

최근 눈에 띄게 불규칙하게 일을 시키고, 홀에는 항상 사람이 모자라서 애를 먹는다. 종종거리며 돌아다니느라 퇴근 무렵엔 다리가 막대기처럼 뻣뻣해지곤 한다.

청바지와 스웨터로 갈아입고 계단을 내려갔다.

부엌에서 저녁 준비를 하는 어머니의 등이 보였다. 일부러 아무 말 않고 현관으로 나가 신을 신었다.

신발 끈을 묶느라 시간을 잡아먹는 사이, 뒤에서 목소리가 들렸다.

"구리코, 잠깐 있어봐."

어머니의 목소리다. 엉겁결에 어깨를 움츠렸다.

"너, 낮에 카레 남은 거 먹었으면, 냄비를 씻어놨어야지."

어제저녁 메뉴는 카레였다. 구리코는 어머니 말마따나 남은 카레를 오늘 점심으로 먹었다. 자신이 냄비를 씻어놔야 하지 않을까 하는 생각이 잠깐 들었다. 하지만 왠지 귀찮아서 개수대에 담가두기만 하고 나왔던 것이다.

"개수대에 잘 담가뒀잖아. 물에 좀 불려야 잘 씻기지."

"물에만 담가두지 말고 마지막에 먹은 사람이 딱딱 씻어야지."

"그건 말이 안 되잖아. 왜 꼭 마지막에 먹은 사람이 씻어야 하는데. 처음에 먹었든 마지막에 먹었든, 먹은 건 마찬가지잖아. 왜 나만 갖고 그래."

어머니의 얼굴이 험악해졌다.

"넌 정말이지 억지만 부리고. 결국 엄마더러 설거지를 하라는 거잖아."

'상관없잖아, 엄마는 전업주부니까. 전업주부란 집안일을 하는 게 직업이잖아. 난 나대로 아르바이트가 있고.'

목구멍까지 치밀어 오른 말을 구리코는 꿀꺽 삼켰다. 예전에 그와 같은 말을 했다가 어머니가 그야말로 길길이 뛰며 화를 낸 적이 있다. 이제 그런 건 사양이다.

간신히 신발 끈을 다 매고, 구리코는 보란 듯이 벌떡 일어섰다.

"미안, 알바가 있어서. 다음엔 꼭 씻어둘게."

"너 정말, 항상 말만 하고 어물쩍 넘어가 버리지."

어머니 목소리 따위 들리지 않는 척하며 구리코는 문을 열고 바깥으로 뛰쳐나갔다.

정면은 예쁘게 꾸며진 패밀리 레스토랑도, 직원용 출

입구는 어쩐지 지저분하고 쓸쓸하다.

빈 맥주 박스는 하늘 높은 줄 모르고 쌓여 있고 쓰레기장에는 쓰레기가 산더미. 물기 마를 날이 없는 주방 바닥에는 담당 직원들의 시커먼 발자국이 수도 없이 찍혀 있다. 평생 손님으로만 살아갈 사람은 알 리 없는 레스토랑 뒷면의 얼굴이다.

구리코는 옷장에서 자신의 유니폼을 꺼내 탈의실로 향했다.

패밀리 레스토랑 '론도'는 인터넷에 팬 사이트가 있을 만큼, 유니폼이 귀여운 가게로 정평이 나 있다. 검정 원피스에 하얀 프릴이 달린 에이프런과 모자. 가슴팍에는 가느다란 핑크색 리본이 달려 있다.

다른 레스토랑처럼 눈에 확 띄는 핑크나 오렌지색 유니폼보다는 훨씬 낫다 싶지만, 역시 묘하게 코스프레(costume play, 만화나 게임의 주인공을 모방하는 취미 문화_옮긴이) 같은 느낌이 드는 건 어쩔 수 없다. 구리코는 평소에 치마조차 거의 입지 않는다.

거울 속의 자신에게서 눈을 돌리듯 유니폼으로 갈아입고 타임카드를 찍었다.

"오하요 고자이마-스(아침 인사)."

스스로 생각해도 의욕이 느껴지지 않는 인사와 함께 홀로 나가자, 같은 웨이트리스인 츠치다 미하루가 물잔에 얼음을 넣으면서 돌아보았다.

"구리코, 오하요-."

시간이 벌써 오후 5시이니 오하요고 뭐고 없지만, 서비스 업계에서는 늦은 밤이라도 '오하요'인 모양이다. 고등학교 때 아르바이트했던 패스트푸드점에서도 그랬다.

"오하요-."

미하루 옆에 서서 유리잔을 꺼내면서 가게 안의 상황을 살폈다. 다행히 손님은 조금밖에 없다.

카운터 석에서 이른 저녁을 먹고 있는 젊은 여성이나 아이를 데리고 와 수다를 떨고 있는 주부들이었다. 재빨리 테이블에도 눈길을 돌렸지만, 얼음까지 다 녹은 아이스커피 아니면 보나마나 다 식었을 커피 잔뿐. 당장 출동하지 않으면 안 될 만한 곳이 없다.

"그 매일 오는 할아버지, 또 왔어."

미하루는 킥킥 웃으면서 구리코에게 속삭였다.

속삭임을 따라 가장 안쪽의 4인용 자리에 눈길을 준다. 거기에는 깡마른 노인이 홀로 앉아 있다. 굽은 등에 백발이고, 렌즈가 두꺼운 돋보기를 끼고 신문을 펼쳐보고 있다.

이 노인은 일주일에 세 번 정도 찾아와 꼭 그 자리에 앉는다.

다른 자리로 안내하려고 해도 그 자리가 좋다며 고집을 피운다. 지금처럼 사람이 적을 때는 손님을 한군데로 몰아넣는 게 일하기에도 편하지만, 자리가 비어 있는 이상, 손님의 요구에 응하지 않을 도리가 없다.

주문이래야 달랑 커피 한 잔. 그걸로 몇 시간이고 버티는 것이다.

론도는 커피 리필이 무제한이라서, 까딱 잘못했다간 다섯 잔을 넘길 때도 있다.

나타나는 건 대개 가게가 한산한 이 시간대뿐이라 딱히 성가시다고 할 정도는 아니지만, 특이한 노인임에는 분명했다.

'집에 있을 자리가 없는 걸까.'

구리코는 어쩐지 그런 생각이 들었다.

부인을 앞세우고 아들 내외와 함께 살고는 있지만, 며느리와 사이가 좋지 않거나 아니면 혼자 살면서 집에 혼자 있자니 우울해서 이런 데에 나와 있는 걸까.

어느 쪽이건 주위에 떠도는 공기마저 칙칙해서 보고

있는 사람까지 기분이 가라앉는다.

문득, 구리코는 미하루가 여전히 뒤에 서 있다는 것을 깨달았다. 미하루의 근무시간은 아침 9시에서 오후 5시까지이니 구리코와 교대하고 퇴근하면 된다.

"왜 그래? 퇴근 안 해?"

"실은 말이야, 구리코. 부탁이 하나 있는데……."

"뭔데?"

미하루는 머뭇거리면서 자신보다 키가 조금 큰 구리코를 올려다보았다.

"구리코네 집, 단독주택이랬지?"

"그런데?"

단독주택이라고는 해도 마당 하나 없는 작은 집이다. 그보다 넓은 맨션도 얼마든지 있을 것으로 생각한다.

"개, 안 길러?"

"뭐어?"

갑자기 튀어나온 말에 구리코는 당황했다.

미하루에게서 개 이야기 따윈 들은 적이 없다. 미하루네 집에서 애견 가게를 하는 것도 아니고, 무엇보다 그녀 자신이 개를 기르고 있다는 말도, 개를 좋아한다는 소리도 듣지 못했다. 게다가 한 번 놀러 간 적이 있는데, 미하루는 혼자 자취를 하는 데다 사는 곳도 아파트다.

"개가 어쨌기에?"

아래를 내려다보며 띄엄띄엄 이야기하는 미하루의 말을 정리해보면 이렇다.

지난주 금요일, 미하루는 남자 친구인 유타와 함께 근처 술집에서 술을 마신 후 그녀의 집으로 갔다. 가는 도중에 공원이 하나 나오는데 거기에 강아지가 버려져 있었다고 한다.

"엄청 귀여워. 아직 한 달 반 정도밖에 안 됐대. 시바 견처럼 생긴 강아지야."

생후 한 달 반 된 강아지인데 그야 물론 귀엽겠지. 그다지 개를 좋아하지 않는 구리코도 그리 생각했다. 달력이나 포스터 같은 데서 자주 보는 강아지가 아마 그 정도 된 녀석들일 것이다.

물론, 두 사람은 그 개를 집에 데려갔다. 그대로 버려두고 간다는 건 생각조차 할 수 없었다.

"그런데 말야, 잘 생각해보니까 우리 아파트는 애완동물을 기르지 못하게 되어 있고, 유타네 집도 연립주택인데다 부모님이랑 같이 살아서 둘 다 기를 수가 없겠더라고. 그래서 근처 파출소에 물어봤더니, 전에 기르던 주인한테서 연락이 올 때까지 며칠 정도는 맡아주겠지만, 그 기간이 지나면 보건소 행이라는 거야."

미하루는 코까지 훌쩍이며 말했다. 일부러 그러는 듯한 느낌이 든 건 구리코의 지나친 억측인 걸까.

"아직 나흘밖에 같이 안 있었지만, 정이 들어서 그럴 수가 없어."

일단 구리코도 말은 해보았다.

"그럼, 애완동물을 기를 수 있는 집으로 이사하는 건 어때?"

"그럴 돈이 없는걸."

제꺽제꺽 대답은 잘한다.

"그래서 말인데, 구리코가 길러주면, 나도 유타도 가끔씩 보러 갈 수 있고……."

저도 모르게 미간에 주름이 잡힌다. 결국 뒤치다꺼리는 남한테 맡기고 자기들은 마음 내킬 때 놀고만 싶다는 거잖아.

"응? 부탁이야. 구리코네 집, 지금은 개도 고양이도 없잖아? 그냥 보기만 해도 괜찮으니까, 우리 집에 한 번 보러 와봐."

"아무리 그래도……."

일단 보고 나면 분명 귀여워서 구리코도 데려오고 싶어질 게 틀림없다. 하지만 부모님은 절대 반대할 게 뻔하다.

"우리 집은 부모님이 동물을 싫어하셔서."

어릴 적에 동물을 기르고 싶어서 몇 번 졸라보았지만, 한 번도 허락을 받지 못했다. 심지어 작은 햄스터조차도.

"갑자기 짠 하고 데리고 들어가면? 보시면 분명히 귀여워서 허락해주실 거야. 내 친구도 개는 키우고 싶은데 그 집 아버지가 개를 싫어해서, 어느 날 무작정 사들고 들어갔대. 그랬는데 지금은 걔네 아버지가 제일 죽고 못 살 만큼 예뻐한다잖아."

뻔뻔스러운 말을 잘도 하네. 구리코는 속으로 한숨을 쉬었다. 설령 그런 억지 수단이 통한다 해도, 그렇게 되면 강아지 뒤치다꺼리는 전부 구리코 책임이 된다. 그렇잖아도 매일 아르바이트로 피곤에 절어 집에 들어가는데 무슨 힘이 남아돌아 개를 산책시킬 것이며, 예방주사 등 돈 들어갈 일도 많지 싶다.

구리코는 일부러 미하루의 눈을 보지 않고 대답했다.

"알았어, 아빠 엄마한테 한번 물어볼게."

"부탁해. 정말 착한 녀석이거든."

두 손을 모아 부탁하는 미하루에게 구리코는 꾸민 웃

음을 지어 보이며 고개를 끄덕였다.

부모님은 보나 마나 허락해주지 않을 테니, 이 이야기는 이걸로 끝인 셈이다.

그런데 웬걸.

"괜찮지 않니? 엄만 개 기르고 싶구나. 그렇죠, 여보?"

"그러지. 데려오거라."

아르바이트에서 돌아온 구리코는 거실에서 쉬고 있는 부모님 옆에서 의무인 양 미하루 이야기를 꺼냈다. 그러자 이런 대답이 돌아온 것이다.

"어, 왜? 아빠랑 엄마 동물 싫어하는 거 아니었어?"

어머니는 이상하다는 표정으로 구리코를 보았다.

"엄마가 언제 그러던?"

"왜…… 옛날에 내가 동물 기르고 싶다고 해도 만날 반대했잖아."

"그땐, 네가 돌보겠다고 해도 결국 엄마 차지가 될 게 빤히 보였으니까 그랬지. 너나 마코토한테도 손이 많이 가는 시기였고. 지금도 마코토는 재수생에 너도 프리터이니 손을 놨다고 하기는 어렵지만. 뭐, 엄마가 하나부터 열까지 돌봐줘야 할 때도 지났고, 개 한 마리쯤 기를 여유는 있단다.”

아버지까지 합심하여 고개를 끄덕였다.

“그렇지 않아도 얼마 전에 네 엄마랑 ‘강아지라도 키울까’ 하고 이야기한 참이다. 딸이고 아들이고 다 크고 나니 매사 삐딱하니 영 귀엽지도 않고, 애완동물이라도 있으면 집 안이 밝아지겠지 싶어서 말이다.”

귀엽지 않아서 미안하네요, 라고 대꾸하려다가 구리코는 입을 다물었다. 부모님이 무슨 생각을 하고 있는지, 조금 알 것 같았기 때문이다.

“알았어. 그럼, 미하루한테 좋다고 말해둘게.”

그렇게 말하고 자리에서 일어나 2층의 자기 방으로 돌아갔다.

침대 위에 몸을 내던지자, 또 옆방에서 희미한 전자음이 들려오기 시작했다.

아버지도 어머니도 마코토를 걱정하고 있을 터였다.

좋게 말해 재수생이지, 마코토는 요즘 거의 제 방에서 나오질 않는다. 식사도 공부를 핑계로 어머니한테 방까지 날라오게 하는 모양이고, 화장실이나 목욕을 마치고 나와서도 입 한 번 안 떼고 휑하니 자기 방으로 돌아가 버린다.

재수 학원도 다니지 않고, 공부하는 기색조차 없다. 뭘 사러 나가는 일도 거의 없고, 기껏해야 근처 편의점이나 비디오 대여점에 가는 정도다.

올봄에 대학 입시를 쳤을 때도 처음부터 포기한 눈치였고, 패기 따위 눈 씻고 찾아봐도 없다. 마치 수험 공부만 하고 있으면 바깥에 나가지 않을 핑곗거리가 생기는 줄 아는 모양이다.

'그러는 나도, 사실 칭찬받을 만한 딸내미는 아니지만 말이야.'

땀 흘려 일하는 만큼 마코토보다는 낫다고 하면 지나친 말일까.

어쨌든 구리코의 관점에서 보아도 마코토는 '은둔형 외톨이'로서 손색이 없다. 부모님은 그런 사실을 인정하고 싶지 않겠지만.

어쩌면 아버지도 어머니도 개를 기름으로써 무언가 돌파구가 생기지 않을까 기대하고 있는 건 아닌지.

강아지가 마코토의 마음을 열어주어, 그 애가 다시 바깥으로 나와 적극적으로 공부하게 되리라고 생각하고 있는지도 모른다.

"그런 드라마 같은 일이 일어날 리 없잖아."

구리코는 베개에 얼굴을 묻고 조그맣게 중얼거렸다.

손목에서 쉴 새 없이 피가 흘러나오는 듯한, 그런 느낌이다.

구리코는 침대에 드러누운 채 생각한다.

그 피는 실낱같이 가늘어서 아픔조차 느껴지지 않는다. 하지만 그것은 계속 흐르고 흘러 어느샌가 구리코의 발밑에 피 웅덩이를 만들고 있다.

하루하루가 힘든 건 아니다. 답답함에 소리치고 싶은 심정도 아니다. 즐거우냐고 묻는다면 즐겁다고 대답할 수 있다.

그런데도 무언가가 조금씩 구리코의 몸에서 빠져나가고 있는 듯한, 그런 기분이 든다.

이대로라면 피와 함께 진짜 자기 자신까지 흘러나가, 어느 사이엔가 텅 비어버릴 것만 같다.

친구들은 다들 이런 감정을 못 느끼고 사는 걸까. 이런 말을 했다간 이상한 아이라며 웃음을 살지도 모른다.

언젠가, 피가 멈췄다고 느낄 날이 있을까. 나 자신이 흘러나가는 것을 막을 수는 있는 걸까.

죽어버리면 아무것도 느끼지 못하듯, 텅 비어버리면

분명 아무것도 모르게 되리라.

　다음 날 미하루는 아르바이트를 쉬었다. 그다음 날은 구리코가 쉬는 날이라서 결국 그녀와 만난 건 사흘이 지난 후였다.

　"저기 있잖아, 강아지. 부모님이 데려와도 괜찮대."

　얼굴을 보자마자 그 말부터 꺼낸 건, 미하루가 기뻐할 것 같았기 때문이다. 그런데 그녀는 바닥을 내려다보며 한숨을 쉬었다.

　"그게 말야…… 그 녀석 죽어버렸어."

　갑작스러운 말에 구리코는 깜짝 놀랐다.

　"에…… 어쩌다?"

　"병이 났어. 구리코한테 이야기한 날, 유타랑 데이트하고 늦게 집에 들어갔는데, 토하고 설사하고, 더러워진 몸으로 축 늘어져 있는 거야. 어떡해야 좋을지 몰라서…… 그 시간이면 동물 병원도 문을 닫았을 테고, 어쨌든 더러운 몸을 씻어주고 아침까지 기다렸는데, 그동안에도 그르렁그르렁하면서 또 토하고……, 아침이 되기도 전에 싸늘하게 식어버렸어……."

　미하루의 눈이 금세 빨개졌다. 바닥만 내려다보며 코

를 훌쩍이는 미하루에게 무슨 말을 해야 좋을지 알 수 없었다.

"일단 아침에 수의사한테 데려갔지만, 엄청나게 야단 맞았어. 어째서 바로 데려오지 않았느냐, 몸이 약해져 있을 때 왜 씻겼느냐, 이렇게 작은 강아지를 장시간 방치해 두다니, 하면서…… 나, 개 같은 거 길러본 적이 없어서, 전혀, 아무것도 몰라서……, 그런 야간에도 문을 여는 동물 병원이 있다는 것도 몰랐고……."

무리도 아니다. 며칠 전에 갑자기 주웠으니 공부할 틈도 없었을 것이다.

"……그래서, 미안해. 기껏 맡아주겠다고 했는데."

"아냐, 미하루 잘못이 아냐. 너무 마음에 두지 마. 그 녀석, 미하루가 거둬주지 않았으면 공원에서 그대로 죽어버렸을지도 모르잖아."

미하루는 조그맣게 고개를 끄덕였다. 눈물이 뺨을 타고 흘러내렸다.

집에 가는 길에는 작은 공원이 하나 있다.

나갈 때는 항상 노는 아이들과 엄마들로 넘쳐 환호성이 끊이지 않는 공원인데, 돌아올 때 보면 언제나 아무도 없다. 가끔 고등학생쯤 되어 보이는 커플이 늦게 귀가하려는 듯이 이야기에 열중하고 있을 뿐이다.

어쩐지 조금 으스스해서 평소에는 잰걸음으로 지나쳐 버린다.

한데 오늘은 발이 자연스레 공원 안으로 향했다. 구석에 놓인 벤치에 걸터앉아 주머니에서 담뱃갑을 꺼내 물끄러미 바라보았다.

담배는 고등학생 때 재미 삼아 한 번 피워본 게 전부였다. 아무 맛도 없었고, 피부에도 좋지 않을 것 같았다. 그런데도 좀 전에 담배 자판기를 보자 갑자기 사고 싶어졌던 것이다.

가게에서 가져온 성냥으로 불을 붙이려 했으나 좀체 잘 붙질 않았다.

가까스로 불을 붙인 담배를 무니, 쓰고 매운맛이 입 안에 퍼졌다.

갑자기 깨달았다.

드라마나 영화에서 보면, 방황하는 사람일수록 담배를 많이 피우는데 그건 연기에 섞어 한숨을 토해내기 위해서가 아닐까.

구리코는 담배를 입에 문 채 발끝으로 땅을 후볐다. 아끼는 스니커즈였지만, 그런 건 아무래도 좋았다.

안타까운, 가슴이 욱죄이는 듯한, 그런 기분이었다.

실컷 울고 싶은 심정이지만, 울 정도의 일은 아니다. 집에 왔을 강아지였지만, 구리코는 한 번 본 적도 없다.

그렇게 갖고 싶었던 것도 아니다. 오히려 아무려나 상관없다고 생각했다.

하지만 구리코도 지난 사흘간, 오로지 강아지 생각만 하고 있었던 것이다. 어떤 녀석일까, 나를 잘 따라줄까, 이름은 뭐라고 지을까.

그렇게 멋대로 시바견 새끼를 머릿속에 그려놓고, 그 녀석이 구리코 뒤를 졸졸 따라다니는 장면을 상상하기도 했었다. 본 적도 없는 강아지였는데, 왠지 귀여워서 견딜 수가 없었다.

그런 미래가 눈 깜짝할 사이에 뒤집혔다.

울면 후련해질 것 같아서 울어보려고 했지만, 역시 미하루처럼은 울 수 없었다.

납덩이 같은 것이 목구멍에 딱 걸려 토해내려 해도 맘대로 안 되는, 그런 기분이었다.

어느새 담뱃불은 꺼져 있었다. 다시 한 번 불을 붙이려 애썼다. 역시 잘 붙지 않았다.

담배 피우는 사람들은 어떻게 그리 불을 잘 붙일까. 그런 생각을 했을 때였다.

"아가씨, 담배는 빨아들이면서 붙이지 않으면 잘 붙지 않아."

느닷없는 소리에 흠칫 놀라 얼굴을 드니, 눈앞에 노인이 서 있었다.

어디선가 본 것 같은 느낌이 들었는데, 바로 생각이 났다. 항상 가게 구석 자리에 홀로 앉아 있는 노인이었다.

노인은 대답을 기다리지 않고 구리코 옆에 앉았다.

어떻게 대답해야 좋을지 모르겠다. 어쨌든 노인의 말대로 숨을 들이마시면서 성냥을 갖다 댔다. 여태 고생한 게 거짓인 양, 쉽게 불이 붙었다.

"가…… 감사합니다."

무리해서 담배를 피우고 있다는 걸 들킨 것 같아 얼굴이 다 화끈거렸다. 구리코는 곁눈질로 노인을 살폈다.

붉은색 폴로셔츠는 구깃구깃해서 며칠씩 빨지 않은 게 한눈에 보인다. 억지로 신문을 쑤셔 넣은 탓에 불룩한 바지 주머니와 한 손에 쥔 지팡이. 구리코의 할아버지보다 나이가 더 들어 보이니 일흔은 넘었으리라.

순간, 이 밤에 공원에서 남자와 단둘이 앉아 있다니 무서운 건가 생각했지만, 이 노인이라면 구리코라도 어렵지 않게 메쳐버릴 수 있을 것 같다.

노인이 이쪽을 바라보았다. 구리코는 자신의 생각을 얼버무리듯 황급히 말했다.

"할아버지, 론도에 늘 오시는 분이시죠?"

그렇게 묻자 노인이 놀란 듯 쳐다보았다.

"이런, 거기 아가씨구먼. 유니폼을 입지 않아서 몰라봤네."

지금 구리코의 차림새는 청바지에 남성용 야구 점퍼다. 론도의 프릴 에이프런 드레스와는 완전 딴판이다.

"할아버지는 이 시간까지 어쩐 일이세요?"

봄이라고는 해도 밤공기는 아직 차다. 그렇게 얇게 입고 다니다간 감기 걸리기 십상이다.

노인은 별 희한한 질문을 다 한다는 양, 소리 내어 웃었다.

"늙은이에게는 이제 남는 게 시간이니까. 그냥 산책하는 게지."

부러운 것도 같고 아닌 것도 같고. 구리코도 늘 시간이 필요하다는 생각은 하지만, 공원을 산책하거나 패밀리 레스토랑에서 커피를 마시는 일 외에 시간을 보낼 방법이 없다면 그런 시간은 필요 없다.

담배 연기를 폐까지 들이마시려다 목이 콱 막혔다. 어쩐지 바보 같단 생각이 든다.

"아가씨야말로 이런 데서 뭘 하고 있나. 피울 줄도 모르는 담배를 피워가며."

창피한 생각이 들어 담배를 근처 휴지통에 비벼 껐다. 꽁초를 그대로 버릴까 고민하다가 티슈에 싸서 가방에 넣었다. 하여간 뭐 하나 되는 일이 없다.

"개가 죽었어요."

"저런, 가엾게도……. 슬프겠구먼."

"그게요, 그렇게 슬프지가 않아요. 만난 적도 없는 개였으니까요."

노인이 묘한 표정으로 이쪽을 돌아보았다. 다급히 덧붙였다.

"만난 적은 없었지만, 우리 집에 올 예정이었어요. 그래서, 슬픈 건지 아닌지 잘 모르겠어서……."

노인은 지팡이 위에 턱을 괴고 앞을 보았다.

"그래도, 이런 데서 방황하고 있으니, 슬픈 게지."

듣고 보니 그런 것도 같았다. 노인은 주머니 속에서 작은 깡통을 꺼내 구리코 앞에 내밀었다. 가만 보니 사탕

통이었다.

엉겁결에 조금 웃고 말았다. 그러고 보니, 시골에 사시는 할아버지도 곧잘 이런 과자를 주셨다. 어릴 때면 몰라도 지금은 기쁘고 말고 할 것도 없지만, 어쩐지 쑥스러운 기분이 들었다.

"그럴 때는 슬펐던 일을 떠올리면서 실컷 울면 돼. 의외로 후련해질 게야."

노인은 그대로 일어서서 걷기 시작했다.

멍하니 그 뒷모습을 바라보다 구리코는 깨달았다.

사탕을 받고도 고맙다는 인사를 못 했다.

집에 돌아와 부엌에 선 어머니에게 강아지 이야기를 했다. 어머니의 표정도 미묘하게 흔들렸다.

구리코는 쓸데없는 말을 삼가고 자기 방으로 들어갔다. 거실 테이블 위에 애견 키우기에 관한 책이 몇 권 놓여 있다는 건 알아챘지만 아무 말도 할 수가 없었다.

이런 일을 쉽게 받아들일 수 있어야 어른이 되는 게 아닐까 생각했지만, 어른도 그리 쉽사리 받아들이진 못하는 것 같다.

아마, 운명이니 팔자니 하는 말들은, 받아들이지 못하

는 사람을 위해 있는 것이리라.

다음 날, 론도에 또 그 노인이 나타났다.

구리코는 물을 받쳐 들고 메뉴를 들여다보는 노인에게 다가갔다. 어제 받은 사탕에 대한 감사의 말을 전해야 했다.

"커피."

구리코가 무어라 말하기 전에 노인은 그렇게 말했다.

구리코는 목소리를 낮추어 말했다.

"저, 어제는 정말 감사했습니다."

노인은 안경 너머로 구리코를 올려다보더니 미간을 좁혔다.

"응?"

마치 가는귀라도 먹은 듯한 몸짓이었다.

"저, 어제는 정말 감사했습니다."

이번엔 좀 큰 소리로 말했다. 노인은 과장되게 눈을 끔벅거렸다.

"어제는 안 왔는데."

"……네?"

구리코의 당황하는 기색을 알아차리지 못한 양, 노인

은 신문에 눈을 떨구었다.

고개를 갸웃거리면서 구리코는 주방으로 돌아왔다.

"왜 그래, 구리코?"

미하루의 물음에 부러 웃는 얼굴을 꾸몄다.

"으응, 아무것도 아냐."

이상하다. 노인은 어제 일을 전혀 기억하지 못하는 것 같았다.

설마 다른 사람일 리는 없다. 옷차림도 어제와 똑같고, 얼굴도 틀림없어 보인다.

'설마, 치매기가 있나……'

어젯밤에는 전혀 그런 기미가 없었는데, 간밤의 일을 벌써 잊어버리다니 이상하다.

좋은 사람인 줄 알았는데, 역시 조금 이상한 사람인지도 모르겠다. 그런 시간에 혼자 공원을 배회하는 것도 수상하고.

어젯밤, 그러고 난 후 구미코는 비디오에 녹화해둔 슬픈 영화를 보면서 펑펑 울었다. 실컷 울고 났더니 가슴 언저리에 맺혀 있던 응어리가 어느새 사라지고 없었다. 마치 수많은 눈물에 밀려 떠내려가 버린 것만 같았다.

'그 이야기도 하고 싶었는데.'

그 후로도 가끔 구석 자리에 눈길을 주었지만, 노인은 한가로이 신문만 읽고 있을 뿐이었다. 이따금 창 너머 바깥을 바라보기도 하면서.

휴식 시간, 아직 점퍼 주머니에 그대로 들어 있는 사탕 통을 꺼내 보았다. 흔들어보니 대그락대그락하는 소리가 났지만 먹을 마음은 나지 않았다.

이날은 유난히 바빠서 퇴근할 타이밍을 잡지 못하고, 결국 10시가 다 되도록 일을 해야 했다.

젖은 걸레처럼 축 늘어진 몸을 질질 끌면서 집에 돌아왔다. 현관 문턱에 걸터앉아 신발 끈을 풀고 있으려니, 문득 개 짖는 소리가 들린 것 같았다. 그것도 아주 가까이에서.

뒷집에서 말티즈를 키우고 있긴 하지만, 이렇게 또렷이 들렸었나? 그런 생각을 하면서 신을 벗었다.

이번엔 콧김 같은 소리가 났다. 이상한 생각이 들어 돌아본 순간, 구리코는 화들짝 놀랐다.

거기에 개가 있었다.

"그래서, 한번 기를 마음이 들고 나니까, 자제가 안 되더라고."

어머니는 왠지 득의에 차서 말하고 있었다.

그러고 보니, 오늘 아침 일어났을 때 어머니는 이미 나가고 없었다. 어디 갔나 했더니, 시의 보건소에 다녀왔단다. 거기서 처분될 예정이었던 개를 한 마리 얻어 왔다는 거다.

"다 자란 개지만 성격이 좋고 얌전한 애라면서 추천하더라. 어때, 귀엽지."

갈색 털이 부스스한 중간 크기 정도의 잡종견이었다. 구리코의 얼굴을 올려다보며 열심히 꼬리를 흔들고 있다. 처분당할 뻔했다고는 상상도 못할 만큼 사람을 잘 따른다. 어쩌면, 이 집 사람들의 마음에 들지 않으면 안 된다는 사실을 알고 있는 건지도 모르겠다.

"보렴, 어때, 귀엽지."

어머니는 마치 억지로라도 대답을 끌어내려는 듯 되풀이해 말했다. 구리코는 웃었다.

"응, 귀여워."

마음속에 그리던 몽실몽실한 강아지는 아니지만, 이 개도 충분히 귀엽다.

어머니는 한시름 놓았다는 듯한 표정을 지었다.

문득, 계단을 내려오는 소리가 났다. 구리코와 어머니

의 시선이 마주쳤다. 마코토다.

어머니가 말을 걸기도 전에 개가 먼저 복도로 뛰어나갔다. 그러더니 화장실에 가려던 모양인 마코토에게 꼬리를 흔들며 달려들었다.

마코토도 역시 놀랐는지 발을 멈추고, 멀뚱히 개를 내려다보았다.

"웬 거야, 이거."

쉼 없이 꼬리를 흔드는 개한테서 눈을 떼고 마코토는 그렇게 물었다.

"얻어 왔단다. 귀엽지."

"흐음."

마치 군더더기 장식물이라도 보는 듯한 눈으로 개를 내려다보더니, 마코토는 곧장 화장실로 들어갔다.

외면당한 개는 조금 풀이 죽은 모습으로 어머니 곁으로 돌아왔다.

어머니는 개의 등을 쓰다듬으며 말했다.

"금방 사이좋아질 거야."

그 말이 개가 아닌 자기 자신에게 하는 말처럼 들렸지만, 구리코는 애써 모른 척했다.

어릴 적 일을 떠올린다.

마코토는 결코 얌전한 애는 아니었고, 어두운 아이도
아니었다.

굳이 말하자면 악동이었다. 물론 이때 이미 골목대장
이란 단어는 옛말이 된 지 오래였고, 아이들이 흙투성이
가 되어 놀 만한 공터도 없었다. 그런 건 TV 만화영화 속
에서나 나오는 존재라고 생각했다.

구리코의 경우엔 밖에 나가 놀기보다는 집 안에서 인
형놀이 하는 걸 더 좋아했지만, 마코토는 학교에서 돌아
오기 무섭게 밖으로 뛰쳐나가는 그런 아이였다.

졸개 같은 남자 애들도 여럿 있었다. 싸움을 해서 어머
니가 사과하러 다니는 일도 종종 있었고, 누나인 구리코
도 허구한 날 괴롭혔다.

한마디로 거칠고 귀엽지 않은 동생이었다. 그래도 친
척 아저씨 아줌마들에게는 평판이 아주 좋았다. 어린애
답게 활기찬 아이라며 항상 칭찬을 들었다.

가끔 그 시절 꿈을 꾼다.

마코토는 웃으면서 장수풍뎅이 다리를 잡아 뜯거나,
빨대로 개구리 배에 바람을 불어넣어 터뜨리곤 했다. 전
부 돈 주고 사온 것들이었는데 며칠이 못 가 마당 한구석

38

에 묻혔다. 부모님이 동물을 못 키우게 했던 것도 어쩌면 이런 사건들이 있었기 때문인지도 모른다.

부모님이 모르는 일도 있다. 어디서 도망쳐 나온 모양인 햄스터를 친구와 함께 물 양동이 속에 빠뜨려 죽였던 것이다. 슈퍼 입구에 매어 놓은 작은 개를 발로 한껏 걸어차는 광경도 보았다. 깽깽 짖어대기에 벌을 주었다며 마코토는 자랑스레 구리코에게 말했다.

그때부터 줄곧 구리코는 마코토가 무서웠다.

지금도 조금 무섭다.

옛날 꿈은 그리운 마음이 들어야 하건만, 깨고 나면 몹시 피곤하다.

갈색 잡종견은 암컷으로, '안'이라는 이름이 붙었다. 만사 대길하다는 대안일(大安日)에 데려왔기 때문이라는 것이다.

조금 더 센스 있는 이름을 지어주고 싶었는데 어머니에게 선수를 빼앗기고 말았다.

지금 생각하니, 미하루네 강아지가 죽지 않았다면 대신 이 '안'이 보건소에서 처분당했을 터. 만약 그렇게 되었다면 구리코는 '안'을 영영 몰랐을 테고, 이 녀석이 처분당했다 한들 슬픔이고 뭐고 없었을 것이다.

그런데 일이 이렇게 되고 나자, '안'이 처분당하지 않아서 다행이란 마음이 드니 신기하다. 세상일이란 각도를 달리하는 것만으로도 전혀 다르게 보인다.

'안'은 착한 녀석이었다. 왜 버려졌는지 이해가 안 갈 정도로.

별로 짖지도 않고 대소변도 곧 가렸다. 사람을 정말 좋아해서 어머니며 아버지 뒤를 졸졸 따라다닌다. 어머니와 구리코가 조금 언쟁이라도 할라치면 끙끙거리면서 두 사람의 얼굴을 번갈아 핥는다. 제 딴엔 중재를 한답시고 그러는 것 같다.

구리코는 아르바이트하랴 친구들과 놀러 다니랴 바빠서 안과 그리 자주 놀아주지는 못한다. 부모님처럼 마냥 예뻐 죽을 정도는 아니지만 그래도 귀엽다고 생각한다. 시간이 날 때면 데리고 산책도 나간다.

처음 안 일인데, 개를 기르는 사람들 사이에는 불가사의한 유대감이 존재한다.

처음 보는 사람들끼리도 서로 개를 데리고 있다는 이유만으로 당연하다는 듯이 인사를 건네고 대화를 나눈다. 다만, 그런 관계는 일반적인 만남과는 또 다르다.

서로의 개 이름은 알아도 서로의 이름은 모른다는 것이다. 아마 개와 함께 있지 않다면 스쳐 지나가도 알아보지 못하리라.

아무나 보고 짖는 공격적인 개를 데리고 나온 사람은 '죄송합니다, 죄송합니다' 하고 고개를 숙이며 지나가고, 반대로 사람을 잘 따르는 개를 키우는 사람은 아는 얼굴도 잔뜩 생긴다. 희귀하고 비싸 보이는 개를 데리고 나온 사람은 뻐기듯이 가슴을 펴고 활보한다.

왠지, 사촌 언니한테서 들은 '아이들의 공원 데뷔' 이야기와 비슷하다는 느낌도 든다. 아이를 데리고 나온 엄마는 죄 이삼십 대 여성들이고, 이쪽은 남녀노소가 뒤섞여 있기는 하지만.

그리고 참견쟁이 아줌마가 쓸데없이 말을 걸어오는 것도 완전히 똑같다.

그날은 벤치에 앉아서 안에게 앉아, 엎드려 같은 기본 명령을 가르치고 있었다.

"어머나, 귀여운 멍멍이네. 안녕하세요?"

한 손에 쏙 들어올 법한 요크셔테리어를 데리고 나온 사십 대쯤으로 보이는 여자가 이쪽을 향해 걸어왔다.

"안녕하세요."

안은 몸을 낮추고 요크셔테리어의 냄새를 맡으러 갔다.

영리하네, 이름은? 어머, 여자애구나, 따위의 전형적인 대화를 나눈 후 그 여자는 갑자기 이렇게 말했다.

"아가씨, 이 애, 혹시 밖에서 길러요?"

"아뇨, 집 안에서 기르는데요……."

어리둥절해하면서 대답하자, 여자는 호들갑스럽게 가슴을 쓸어내렸다.

"다행이다. 있죠, 바깥에 내놓고 기르는 멍멍이한테 몹쓸 짓을 하는 패거리가 요즘 이 일대를 돌아다닌다나 봐요. 우리 뒷집에서 기르던 개도, 독이 든 먹이를 먹었는지 아침에 일어나 보니 죽어 있었다지 뭐예요. 수의사 선생님 말이, 아무래도 그 집 말고도 벌써 몇 집이 같은 일을 당한 것 같다네요."

저절로 미간에 주름이 잡혔다. 그런 끔찍한 짓을 하는 사람도 있구나.

"경찰은 수사하지 않나요?"

"순찰은 다소 강화된 모양인데, 사람을 상대로 하는 범죄가 아니라서 쉽지가 않은 모양이에요."

그런 뒤숭숭한 이야기를 하고 있는 줄은 꿈에도 모른 채 안과 요크셔테리어는 서로 달라붙어 장난치며 놀고 있었다.

"아무튼 조심하는 게 좋을 거예요. 집 안에서 길러도, 산책 길에 독이 든 과자라도 놓아두면 모르고 주워 먹을 수 있으니까."

"네…… 조심할게요."

안과 노는 데 싫증난 요크셔테리어에게 끌려 여자는 먼저 걸어 나갔다.

구리코도 안의 리드줄을 쥐고 벤치에서 일어섰다. 여자와 반대 방향으로 걷기 시작했다.

버림받은 개였던 탓인지 안은 식탐이 많았다. 집에서는 식탁에서 뭐라도 떨어지면 덥석 삼켜버리기 일쑤였다. 모르긴 몰라도 바깥에서 맛있어 보이는 것을 발견하면 아무 의심 없이 먹어버릴 것이다.

안을 산책시키는 건 거의 어머니가 맡아서 하고 있으니 확실히 말해두어야 할 것 같았다.

그날은 날씨도 좋아서 한 시간쯤 느긋하게 걸었다. 늘 가는 공원을 지나 돌아오는 길에 구리코는 문득 걸음을 멈췄다.

벤치에 며칠 전의 그 노인이 앉아 있었다. 항상 론도에 나타나는, 붉은색 폴로셔츠를 입은 노인이었다.

벤치 위에 보퉁이를 펼치고 있었다. 보자기 안에서 상자가 나오고, 그 안에서 보온병과 사발과 깡통이 나왔다.

'뭘 하는 거지……?'

의아하게 생각하면서 구리코는 발을 멈추고 바라보았다. 안도 구리코 옆에 앉아 같은 방향을 보았다.

귀이개 같은 도구로 깡통에서 약 같은 것을 퍼내 사발에 넣고 보온병의 물을 부었다. 그러는 동안에도 틈틈이 손수건을 펼쳤다가 접었다가 하면서 사발과 깡통과 귀이개를 닦았다.

소꿉놀이 같기도 하고, 뭔가 의식처럼 보이기도 하는 수수께끼 같은 행동이었다.

"구니에다 씨!"

공원 입구에서 여자 목소리가 났다. 머리를 자글자글하게 볶은 아주머니가 잰걸음으로 노인에게 다가갔다.

"아휴, 한참 찾았잖아요. 이런 델 어슬렁거리고……. 자, 밥 다 됐으니 그만 집으로 돌아가자고요."

마치 어린아이를 대하는 투로 노인에게 이야기했다.

노인은 그 말을 무시하고 이번엔 대나무로 만든 거품기 비슷한 것을 꺼냈다.

구리코는 그제야 깨달았다. 분명히 저건, 가루로 된 차를 탈 때 물에 잘 풀리도록 젓는 차선이라는 다도기구다. 고등학교 때 다도부가 사용하는 걸 본 적 있고, 수학여행 갔던 교토에서 차를 대접받은 적도 있었다.

그렇다면, 저 노인은 차를 달이고 있는 것이다.

깨닫고 보니 이제까지 노인이 한 행동도 다도의 예법과 비슷했다. 다도에서 찻잔의 먼지를 닦거나 찻잔을 감쌀 때 쓰는 천인 다건이 아니라 손수건이고, 찻잔도 돈가스 덮밥이 담길 만한 보통 사발이지만.

노인은 다 달인 차를 말없이 아주머니에게 내밀었다.

"네네, 정말 감사합니다."

아주머니는 그렇게 말하고 사발을 받아 들더니, 곧바로 안에 든 것을 땅에 쏟아버렸다.

노인의 얼굴이 슬픈 듯 일그러졌다.

"자, 구니에다 씨, 돌아가죠. 난 이제 다음 집으로 가야 한다고요."

그렇게 말하며 노인의 팔을 쭉쭉 잡아끌었다. 노인은 끌려가면서도 도구를 상자 안에 챙겨 넣고 보자기로 다시 쌌다.

"진짜…… 성가셔 죽겠다니까!"

아주머니는 짜증 난다는 듯이 발을 구르더니, 노인의

손을 끌고 공원을 나갔다.

구리코는 두 사람의 뒷모습을 멍하니 바라보았다.

노인의 성이 구니에다라는 걸 처음 알았다. 그 아주머니는 가정 도우미일까, 아니면 노인의 친척일까. 어느 쪽이 됐든, 그 모습으로 봐선 노인은 치매가 심한 듯했다.

안을 데리고 좀 전의 벤치까지 가보았다.

벤치 아래에는 녹색 물웅덩이가 생겨나 있었다. 말차의 달고 쌉쌀한, 좋은 냄새가 났다.

'버릴 것까진 없었는데.'

냄새에 끌렸는지 안이 할짝 핥았다. 맛이 쓴지 표정이 묘해졌다.

나이를 먹는다는 건 저런 식으로 취급받게 된다는 거다. 그렇게 생각하니 구리코는 가슴이 답답해졌다.

"가자, 안."

리드줄을 당기자 안은 앞장서서 걷기 시작했다.

그날은, 왠지 묘한 시간에 눈이 떠졌다.

하늘은 이제 막 희뿌연 미명을 빛내고, 시계를 보니 새벽 5시였다.

어느새 이불 밖으로 나와 있었는지 발끝이 아플 정도

로 시렸다. 자기 전에 느긋하게 욕조에 들어앉아 따스하게 데웠으련만, 그 온기는 이미 몸에서 사라진 지 오래였다.

이렇게 되면 이제 잠자기는 틀렸다. 구리코는 자신의 냉한 체질을 저주하며 혀를 찼다.

어쨌든 이불에서 빠져나와 양말을 신었다. 양말 위로 다리를 마사지하여 덥혔다.

한동안 그러고 있었지만, 역시나 발은 여전히 차가웠다. 아래층으로 내려가 잠시 족욕이라도 하는 편이 나을지 모르겠다.

계단을 내려가 세면실로 향했다. 수도꼭지를 틀어 양동이에 뜨거운 물을 받았다.

의자와 잡지를 가져와 세면실에 진을 치고, 맨발을 물에 담갔다. 처음엔 저리는 듯한 감각으로 시작하더니 점차 열기가 온몸에 퍼졌다.

한숨을 내쉬고, 구리코는 의자에 몸을 기댔다.

기척을 알아챘는지 안이 일어나 다가왔다. 양동이 안을 들여다보더니 물이 뜨겁다 싶었는지 질색을 하며 떨어졌다.

서서히 몸 구석구석까지 따스해졌다. 10분쯤 계속하다

보면 졸음이 오겠지.

문득 계단을 내려오는 발소리에 구리코는 의자에서 벌떡 몸을 일으켰다.

2층에는 구리코와 마코토 방밖에 없으니 분명 마코토가 내려왔을 거다. 화장실에 간다면 이곳을 지나야 한다. 깜짝 놀랄지도 모르겠다.

타월로 발을 닦고 양말을 다시 신었다. 하지만 한동안 기다려도 마코토는 이쪽으로는 오지 않았다.

'부엌에서 물이라도 마시고 있는 걸까.'

그런 생각을 하고 있을 때, 끼익하고 무언가 삐걱이는 소리가 났다.

안이 짖을까 말까 망설이는 표정을 짓기에 입에 손을 갖다 대며 조용히 시켰다.

지금 그 소리는 분명히 현관문이 열리는 소리다. 하지만 어째서.

잠시 숨죽여 기다리고 나서 구리코는 일어섰다. 복도와 부엌을 돌아보고 아무도 없다는 것을 확인한 후, 현관으로 향했다.

노상 현관 구석에 벗어 던져져 있던 마코토의 스니커즈가 보이지 않았다.

구리코는 계단을 올라가 2층으로 돌아왔다. 마코토의 방문을 노크했다.

"마코토, 자니?"

만약 동생이 있다면 '이상한 소리가 났는데 같이 보러 가자'고 말할 참이었다. 하지만 대답이 없었다.

조심조심 문을 열었다.

마코토의 침대는 텅 비어 있었다.

구니에다 노인은 오늘도 구석 자리에 앉아 있었다.

여느 때와 마찬가지로 커피만 주문하고, 신문을 샅샅이 읽고 있었다. 커피를 가져가면서 힐끔 보았는데, 신문은 나흘 전 것이었다.

나흘이나 지난 신문을 되풀이해 읽는 것 말고는 하는 일이 없는 걸까. 그런 생각이 들자 구리코는 또다시 기분이 우울해진다.

"안녕하세요―."

귀여운 목소리에 이어 고등학생 아르바이트 직원 시오자와 모모코가 홀로 나왔다. 나이가 어린 만큼 만지고 싶을 정도의 하얀 피부와 이름 그대로 복숭앗빛 뺨을 하고 있다. 코스프레 풍 유니폼도 잘 어울리고, 젊은 남자 손님들은 모모코가 지나가기를 기다렸다가 추가 주문이나 커피 리필을 부탁하곤 한다.

모모코를 볼 때면 구리코는 늘 '아아, 이제 난 젊지 않구나' 하는 생각이 들고 만다. 어머니에게 그런 말을 하면, "이제 스물하나에 별소릴 다 한다"라며 웃음을 사지만, 사실이 그렇다. 모모코와 같은 싱싱함은 이제 구리코에게는 없다.

'이대로 아줌마가 되어가는 걸까.'

축 늘어진 자세로 쟁반을 안고서 구리코는 그런 생각을 했다.

남자 친구도 없고 결혼도 못한 채 늙어갈 가능성도 충분히 있다. 그렇다고 하면, 구석 자리에 앉은 구니에다 노인의 모습은 50~60년 후의 구리코의 모습일지도 모르는 것이다.

문득 모모코가 구리코의 어깨 너머로 구니에다 노인 쪽을 보았다.

"구니에다 씨, 또 오셨네요."

"어?"

구리코가 놀란 얼굴을 하는 바람에 모모코도 놀랐다. 어쩐지 묘한 그림이었다.

"모모코, 저 할아버지 알아?"

"예, 저희 뒷집에 사세요. 뭐랄까, 저희 집 부근은 '노인의 고독사를 방지하자!' 라는 슬로건 아래 혼자 사는 노인들의 명부가 있어서, 가급적이면 이웃 사람들이 말을 걸어드리려 하고 있거든요."

"흐음…… 혼자 사시는구나."

"예에, 잘은 모르지만, 아들 부부가 해외에 부임 중이어서 거의 오지 못한다나 봐요."

아들이 있다면 천애 고독이랄 정도는 아니겠지만, 저 연세에 혼자 살면 외롭지 않을까. 물론 외롭다고 느껴도 같이 살 사람이 아무도 없는 건지 모르겠지만.

구리코는 목소리를 낮춰 모모코에게 물어보았다.

"혹시 치매 걸리셨어?"

모모코도 소리를 죽여 대답했다.

"…… 조금은…… 그런 것 같아요. 하지만 딱히 남들한테 피해주는 일은 없어요. 이웃 사람들 얼굴도 기억 못하고, 어제 한 말을 잊어버리고, 그런 정도지만요."

"흐음……."

구니에다 노인이 일어나 계산서를 손에 들고 계산대로 향했다. 불현듯 그가 이쪽을 돌아보았다.

내내 보고 있었다는 걸 들키고 싶지 않아서 구리코는 황급히 눈을 돌렸다.

"아, 어서 오세요."

모모코의 목소리에 다른 손님이 들어온 것을 알아차렸다. 유리잔에 물과 얼음을 넣으면서 구리코는 계산대에서 돈을 지불하는 구니에다 노인의 뒷모습을 바라보았다.

기분 탓인지도 모른다.

하지만 눈을 돌리려는 찰나, 그가 싱긋 웃은 듯한 느낌이 들었다.

그날도 구리코는 새벽녘에 눈을 떴다. 어쩐지 버릇이 돼버린 것 같다.

몸을 일으켜 창밖을 바라보았다. 이른 아침은 신기하다. 등골이 움찔움찔한다. 생물의 본능이 피부 표면으로 발산되는 듯한 느낌이 드는 것이다.

마코토는 자고 있을까? 그런 생각을 하기 무섭게 옆방 문이 열리는 소리가 났다.

구리코는 숨을 삼켰다. 발소리는 구리코의 방 앞을 지나 계단을 내려갔다.

이번에는 진짜 그냥 화장실에 가는 건지도 모른다. 그

게 아니면 배가 출출해서 뭔가 먹을 생각이든가.

구리코는 머리맡의 잡지를 끌어당겼다. 마코토가 돌아올 때까지는 잠이 올 것 같지 않았다.

10분이 지나고 20분이 지나도 마코토가 돌아오는 기척이 없었다. 구리코는 일어섰다. 파자마를 스웨터와 청바지로 갈아입고 머리를 뒤로 질끈 동여맸다.

계단을 내려가 화장실과 부엌을 들여다보고 나서 현관으로 향했다. 역시 마코토의 스니커즈는 없었다.

거실 매트 위에서 자고 있던 안이 일어나 쫓아 나왔다. 구리코는 안의 앞에 웅크려 앉았다.

"산책 갈까?"

그 말에 안은 눈을 빛내며 꼬리를 휙휙 흔들었다. 신발장 위에 놓여 있던 리드줄을 손에 들자 기쁜 듯이 앞발로 구리코의 무릎을 짚었다.

아직 어둑어둑하지만 어쨌거나 아침이다. 안도 함께 있고, 위험한 일은 없겠지.

목줄에 리드줄을 연결하여 나갈 채비를 했다. 마코토도 산책을 나간 건지도 모른다. 그렇다면 곧 어디쯤에서 만나겠지.

소리 나지 않게 현관문을 열고 바깥으로 나왔다. 가로

등은 아직 켜 있고 인적은 없다.

저녁과도 밤과도 다른, 좀처럼 알 길이 없는 이른 아침의 풍경.

안은 평소와 다른 시간에 하는 산책인데도 겁내는 일이 없이 착착 앞서 걸어갔다.

조깅하는 중으로 보이는 남성과 한 차례, 조기 출근인지 서둘러 역으로 향하는 직장인 풍의 사람과 한 차례 마주쳤을 뿐, 달리 만난 사람은 없다.

마코토의 모습도 없다. 어디로 갔을까.

안은 구리코의 당혹감 따위는 느끼지 못하는 양, 늘 다니는 산책 코스를 총총 걸어갔다.

공원으로 막 접어들 즈음, 갑자기 안이 발을 멈췄다. 잠시 돌처럼 굳어 있는가 싶더니, 똑똑지 않은 소리로 낮게 짖었다.

"안, 왜 그래?"

물론 대답을 기대하고 물어본 건 아니다. 낮은 소리로 으르렁대는 안을 보고 있으려니 기분이 으스스해지기 시작했다.

그만 돌아가려고 뒤돌아서려는 찰나였다.

"어, 애, 안!"

갑자기 안이 달려 나갔다. 구리코의 손에서 리드줄이 쑥 빠져나갔다.

"돌아와! 안!"

안은 구리코의 부름에도 응하지 않고 공원을 달려갔다. 구리코는 황급히 뒤쫓았다.

다행히 얼마 달리지 않아 안은 멈췄다. 공원 덤불에 몸을 처박고 미친 듯이 짖어댔다.

뭐가 있다고 저러나. 구리코는 겨우 안을 따라잡고 덤불 속을 들여다보았다.

처음엔 그게 무엇인지 몰랐다. 깨달은 순간, 입에서 새된 비명이 터져 나왔다.

거기에 있던 것은 죽은 개의 시체였다. 안과 비슷한 크기의 잡종견. 무언가로 얻어맞았는지 머리가 깨지고, 풀숲이 뻘겋게 물들어 있었다. 옆에는 피 묻은 벽돌이 내던져져 있었다.

비명은 멎지 않았다. 목구멍이 쌕쌕거렸지만 소리치지 않으면 어떻게 될 것만 같았다.

그때 느닷없이 팔을 붙잡혔다.

"왜 그러나! 대체 무슨……."

팔을 붙잡은 그 사람도 풀숲을 본 모양이다. 숨을 삼키며 우뚝 서 있다.

누군가가 와주었다는 안도감에 구리코는 그 자리에 비슬비슬 주저앉고 말았다.

안이 불안한 듯 구리코의 얼굴을 할짝할짝 핥아댔다.

호흡을 고르고, 그 사람의 얼굴을 본 구리코는 자신의 눈을 의심했다.

거기에 있던 사람은 구니에다 노인이었다.

"허어, 또 만났구먼, 아가씨."

노인은 여전히 심각한 표정 그대로 그렇게 말했다.

노인과 함께 구리코는 근처 파출소로 향했다.

가는 길 내내 무슨 이야기를 해야 할지 알 수 없었다. 충격을 받은 건 사실이니 잠자코 있어도 괜찮을지 모르겠다. 하지만 침묵이 답답했다.

망설이다 입을 열었다.

"누가, 저런 짓을 했을까요……."

"글쎄. 목줄이 예쁜 걸로 봐선 누가 키우던 개 같은데. 도망 나와서 달밤의 산책을 즐기고 있었는지도 모르겠구먼."

구니에다 노인의 어조는 차분하고 온화했다. 내용도

논리 정연해서 치매라고는 도저히 생각할 수 없었다.

문득 생각이 떠올라 구리코는 말해보았다.

"지난번에 사탕 주신 거, 감사합니다."

"그 인사는 벌써 받았네. 두 번씩이나 인사받을 일도
아니잖나."

구리코는 놀랐다. 저번에 인사했을 때는 무슨 말인지
모르겠다는 반응이었는데, 아무래도 똑똑히 알고 있었던
모양이다.

대체 이 사람은 뭘까. 정정한 건지 노망이 난 건지, 도
대체 모르겠다.

파출소가 가까워지자 구니에다 노인은 발을 멈췄다.

"이쯤 왔으니 괜찮을 게야. 불이 켜져 있으니 순경도
있겠지. 이야기하고 오게나."

"구니에다 씨는 같이 안 가세요?"

그렇게 묻고 나서 말실수를 했다는 것을 깨달았다. 단
순한 단골 가게의 웨이트리스가 자기 이름을 알고 있다
니, 기분 나빠 할지도 모른다.

구리코는 변명처럼 말을 계속했다.

"저…… 시오자와한테서 성함을 들었어요."

"아아, 모모코? 그 아이도 착한 아이지."

생각을 떠올리는 듯이 그렇게 중얼거리고 나서 구니에
다는 고개를 가로저었다.

"경찰은 영 질색이라서 말이야. 아가씨가 정 같이 가주
길 바란다면야 가겠지만, 어떤가?"

구리코는 잠시 생각했다.

"혼자 갈 수 있어요. 바래다주셔서 고맙습니다."

구니에다는 고개를 끄덕이고는 안의 머리를 가볍게 쓰
다듬어주고 등을 돌렸다.

문득 생각나서 물었다.

"그런 짓을 하면, 죄가 되는 거죠?"

구니에다는 돌아서서 고개를 끄덕였다.

"동물애호법이란 게 생겼으니까. 예전에는 기물파손으
로 취급했지만, 이제 애완동물을 함부로 죽이면 일 년 이
하의 징역이나 백만 엔 이하의 벌금이야."

구리코는 안의 리드줄을 꽉 쥐었다.

일 년 이하의 징역이나 백만 엔 이하의 벌금. 그것을
목숨과 맞바꾼다고 생각하면, 벌이 너무 가볍게 느껴졌
다. 하지만 역시 죄는 죄다.

구리코도 구니에다에게서 등을 돌렸다. 곧장 파출소를
향해 걷기 시작했다.

결국 집에 돌아왔을 때는 7시가 넘어 있었다.

파출소에 가서 사정을 설명하자 순경이 현장까지 함께 가주었다. 그 후 다른 경찰관도 나와서 잠시 정황 설명을 들었다.

그렇더라도 구리코로서는 그다지 이야기할 거리도 없었다. 일찍 눈이 떠져서 개를 산책시키러 나왔다가 발견했다고밖에 말할 도리가 없었다.

경찰관 말이, 개는 목줄을 하고 있고 인식표도 붙어 있었으니 주인은 금방 찾을 수 있을 거란다.

구리코는 잠시 생각했다. 그 가족들에게는 얼마나 괴로운 일일까. 안을 기르기 전까지는 피부에 와 닿지 않았지만 지금은 안다. 아직 집에 온 지 한 달도 채 안 됐지만, 안이 죽기라도 하면 구리코는 분명 펑펑 울 테고 죽인 사람을 원망할 게 틀림없다.

안도 딱딱한 공기를 읽었는지, 구리코 옆에 착 달라붙어 묘한 표정을 짓고 있었다.

"수고하셨습니다, 이제 돌아가셔도 됩니다."

파출소의 순경이 그렇게 말했을 때는 이미 지나다니는 사람이 많이 눈에 띄었다. 조금 이른 시간에 통근 전철을 타는 사람들이 경찰관들을 수상쩍은 눈길로 보면서 지나

쳐갔다.

수면 부족으로 무거운 몸을 억지로 이끌고 구리코는 집으로 돌아왔다.

"다녀왔습니다."

문을 열자 어머니가 부리나케 달려 나왔다.

"너, 대체 어디 갔다 오니! 안이 없어져서 걱정이 되어 찾았더니 구리코 너까지 안 보이고…….."

자초지종을 설명하고 있는데 아버지까지 나왔다.

"젊은 여자애가 인적도 드문 시간에 어정어정 돌아다니는 거 아니다. 아무리 안이 같이 있다고는 해도."

아버지는 무뚝뚝한 표정으로 그렇게 말했다.

"죄송해요…….."

짐짓 풀 죽은 표정을 지어 보이며 추궁을 피했다.

마코토는 어찌 됐을까. 그 애의 스니커즈가 현관에 놓여 있는 것을 보니 돌아오기는 했겠지만.

구리코는 2층으로 이어지는 계단을 올려다보았다.

그 애는 어째서 그런 시간에 나갔던 걸까.

마코토의 일은 마코토밖에 모른다.

하지만 부모님이 모르는 일을 구리코는 조금 알고 있

다. 어른들은 닿지 않는 아이들만의 정보망이라는 게 있는 거다.

중학교 때, 마코토는 자기 반에서 보스와 같은 존재였다. 몸집도 컸고 무엇보다 기가 셌다. 성적도 나쁜 편은 아니었고 운동도 잘했다. 학급 위원도 곧잘 맡았고 학생회에서 서기로 일한 적도 있다.

굳이 말하자면, 그런 주목받는 일상과는 연이 없던 구리코였기에 한 살 아래의 남동생을 신기한 마음으로 바라보고 있었다.

아마 그 무렵이 가장 마코토가 빛나던 시기였을 것이다. 빛난다는 표현이 왠지 어색하다면, 우쭐대던 시기였다고 바꿔 말해도 좋다.

하지만 어려서 손에 쥔 권력은 자칫 잘못 쓰이기 십상이다.

마코토네 반에 마코토와 사이가 나쁜 아이가 한 명 있었다. 어떤 계기로 그렇게 되었는지는 구리코도 알지 못한다. 단지 비위에 거슬렸을 뿐인지도 모른다.

마코토는 자기 패거리와 짜고 그 아이를 철저하게 무시했다. 여름 캠프 때는 아무도 그 아이와 한방을 쓰려들지 않게끔 손을 썼고, 과학 실습시간 같은 때 조를 짤 때도 일부러 따돌림을 당하게 만들었다.

마코토와 그 패거리는 반의 다수파였기 때문에 다른 아이들도 마코토 편에 섰다. 그 아이는 간단히 고립되었고, 결국 반 아이들 전원에게 괴롭힘과 따돌림을 당하게 되었다고 한다.

구리코는 그 이야기를 같은 동아리의 후배이자, 마코토와 한 반이었던 여자애한테서 들었다.

물론 여자들 사이에서도 왕따는 있지만, 여자는 남자애들의 왕따를 냉랭하게 보고, 남자는 여자애들의 왕따를 음험하다며 비웃는다. 중학생 때는 그런 시기다.

그 무렵, 마코토는 틀림없이 자기 자신을 승자로 여기고 있었을 것이다. 행동거지며 표정에도 자신감이 넘쳐났다.

그런 모습이 사라지고, 멀거니 힘없는 눈을 하게 된 것은 고등학교에 올라가고 나서부터이다.

마코토가 들어간 곳은 구리코네 학교보다 수준이 조금 위인 공립 고등학교였다. 그곳에는 왕따당하던 아이도 입학했다.

구리코는 이제 같은 학교가 아니라서 중학교 때처럼 무슨 일이 일어났는지 확실하게 알지는 못했다. 하지만 어지간한 일은 전해 들었다.

마코토에게 괴롭힘을 당했던 그 아이는 고등학교에 들어가 그 일을 동급생들에게 이야기했다고 한다. 즉각 마코토에게 '더러운 왕따 자식'이라는 딱지가 붙었다.

고등학생이 되면 다들 중학생 때보다는 어른이 된다. 왕따가 좋지 않은 짓이라는 것도 알고 있다. 하지만 그렇다고 해서 야만스럽기까지 한 어린아이의 본능이 봉인될 리는 없다. 마코토는 그런 고등학생들의 표적이 되기에 안성맞춤이었다.

한 반 친구를 왕따시킬 만한 더러운 놈이니까 바보 취급해도 된다. 괴롭혀도 된다. 따돌려도 된다. 그러한 공동전선이 펼쳐지고, 마코토는 점차 반에서 고립되어갔다. 학교를 빼먹는 날도 잦아졌다.

1학년 때만도 학년 내 상위권을 달리던 성적은 점차 밑에서부터 헤아리는 편이 훨씬 수월할 지경에 이르렀다.

간신히 출석 일수를 채워 졸업은 했지만, 마코토는 완전히 딴사람이 되고 말았다.

부모님은 그런 마코토의 실체를 인정하려 들지 않는 것 같아 구리코는 견딜 수가 없다. 부모님에게 마코토는 중학교 때의, 자신감에 넘쳐 반짝이던 소년의 모습 그대로일 것이다.

그것이 애정일지도 모른다는 생각은 들지만, 가끔은
잔인해 보이기도 한다.

수면 부족 탓인지 아르바이트 때도 실수 연발이었다.

주방에 주문을 전달하는 걸 잊어 손님을 화나게 하질
않나, 나온 요리를 엉뚱한 테이블로 가져가 주방에 두 번
수고를 끼치질 않나. 모두 가장 바쁜 시간대에 일어난 일
이라서 구리코는 깊은 자기혐오에 빠졌다.

접시도 두 장이나 깨먹었다. 정말이지 오늘은 재수가
없다.

"구리코, 오늘 피곤해?"

미하루가 구리코의 얼굴을 들여다보며 물었다.

"응, 좀 그렇네."

스스로도 건성으로 하는 대답이라는 생각은 들지만,
억지로 기운을 내보일 기력조차 없었다.

아침에 보았던 죽은 개가 머리에서 떠나질 않고, 마코
토 일도 마음에 걸렸다. 여러 가지 일이 구리코의 처리
능력을 넘어서고 있었다.

가까스로 아르바이트를 마치고 한동안 휴게실 의자에

주저앉아 있었을 정도였다.

마코토에게 어디 갔다 왔느냐고 묻고 싶었다. 하지만 물어도 대답해줄 것 같지 않았고, 오히려 괜한 걸 꼬치꼬치 묻는다며 화낼지도 모른다는 생각이 들었다.

같은 피를 나눈 남매인데도 어째서 이토록 거리감이 느껴지는지. 어릴 때도 사이가 좋았다고는 할 수 없지만 지금처럼 서먹서먹하지는 않았다. 초등학생 때는 같이 손을 맞잡고 학교에 다닌 적도 있는데.

'내가 미덥지 못한 누나라서 그런 걸까.'

한 살 위라는 것만으로 뭐 그리 미더운 존재가 될 수 있을까, 하는 어깃장을 놓고도 싶지만, 누나라는 사실만은 변함이 없다.

'선물을 사준다거나, 그러면 조금은 나아지려나.'

근시안적인 방안이라는 건 알지만, 그런 생각까지 하고 말았다.

커피를 한 잔 마시고 구리코는 유니폼을 갈아입었다.

"수고하셨습니다."

주방과 홀에 인사하고 가게를 나섰다. 사람 마음이 간사하다고, 일이 끝나 느긋하게 쉴 수 있다는 생각에 갑자기 발걸음도 가벼워졌다.

재게 걸어 집으로 향하는 도중, 어김없이 공원을 지나쳤다. 아침의 사건이 떠올라 등골이 오싹해졌지만 애써 다른 생각을 하며 머리에서 몰아냈다.

문득 발치에 뜨뜻미지근한 콧김이 닿았다.

엉겁결에 획 물러섰다. 발치에 개가 있었다. 봉제 인형 같이 복슬복슬한 적갈색 토이 푸들이었다. 꽃무늬 원피스 비슷한 옷까지 입고 있었다.

"안즈, 이리 와."

여자 목소리가 나자 푸들은 그쪽으로 눈을 돌렸지만, 구리코의 발치에서 움직이려 하지 않았다.

구리코는 쭈그려 앉아 푸들을 쓰다듬었다. 어쩐지 흔히 보는 푸들보다 살이 쪄 보였다.

공원 안쪽에서 한 여자가 종종걸음으로 쫓아왔다. 고급스러워 보이는 옷을 입은, 부잣집 사모님 같은 사람이었다.

달려온 여자는 푸들을 안아 올렸다.

"미안해요. 이 애가 사람을 워낙 좋아해서."

"아뇨, 괜찮아요. 귀엽네요."

개를 칭찬하자 여자는 금세 눈초리가 풀어졌다.

"귀엽죠? 이제 곧 새끼가 태어날 거예요. 괜찮으면 한 번 키워 볼래요?"

확실히 귀엽단 생각은 들지만, 요즘 이런 털빛을 가진 푸들이 인기라서 값이 꽤 나갈 텐데. 안의 먹이를 사러 들렀던 애견 가게에서도 60만 엔인지 80만 엔인지, 여하튼 눈알이 튀어나올 만한 가격이 붙어 있었다.

"저희는 이미 개가 있어서요. 잡종이지만."

그 말이 떨어지기 무섭게 여자의 표정이 달라졌다. 뒷걸음질치듯 구리코에게서 떨어지더니 그대로 등을 돌리고는 걸어가 버렸다.

'뭐야, 저 사람. 기분 나쁘게.'

구리코는 그 등을 빤히 바라보았다.

잡종견을 우습게 보는 걸까. 아무리 그래도, 그렇게 노골적인 반응을 보일 것까지는 없잖아.

그래도 그 푸들의 뽀글거리는 털은 폭신폭신해서 감촉이 좋았다. 그냥 보기에는 부들부들해 보여도 그 밑으로 뻣뻣한 털이 잔뜩 나 있는 안과는 딴판이다.

'개한테 무슨 죄가 있다고.'

구리코는 그렇게 생각하면서 작아져 가는 여성의 뒷모습을 바라보았다.

집에 돌아온 구리코는 마코토의 방문을 노크했다.

"마코토, 있니?"

집 근처 편의점에서 푸딩 두 개와 캔 커피를 샀다. 고작 이런 걸로 마코토를 구워삶을 수는 없겠지만, 계속하다 보면 벽이 조금은 낮아질지 모른다.

대답이 없었다. 구리코는 주뼛주뼛 문을 열었다.

마코토는 방에 없었다. 침대도 비어 있고 컴퓨터도 꺼져 있다.

외출한 걸까. 구리코는 방문을 닫고 일단 아래층으로 내려갔다.

"엄마, 마코토 어디 나갔어?"

어머니는 안의 털을 빗질하면서 의아한 표정으로 구리코를 보았다.

"방에서 공부하고 있겠지."

"아, 그래."

굳이 방에 없다는 말은 하지 않았다. 일을 크게 만들고 싶지 않았고, 마코토가 어머니에게 아무 말 않고 나갔다는 사실만 알면 그걸로 충분했다.

화장실과 욕실을 뒤져 마코토가 없다는 것을 확인하고 나서 구리코는 다시 2층으로 올라갔다.

살며시 마코토의 방문을 열었다.

동생 방에 들어가는 건 무척 오랜만인 듯한 기분이 들었다. 고등학생 때만 해도 서로의 방을 오가며 이야기를 나눈 적도 있었는데.

구리코가 전문학교에 다니면서부터 그런 일도 없어졌고, 대학 입시에 실패한 동생은 이전보다 더 강퍅해졌다.

구리코는 컴퓨터 옆에 캔 커피를 올려놓았다. 옆에 있던 메모첩에 메모를 남겼다.

"선물. 공부 열심히 해라, 삼수생."

누나가, 라고 적은 메모를 캔 커피 밑에 깔아두었다.

방을 나가려다 자연스레 책장에 눈이 갔다. 예전엔 곧잘 이 책장에서 만화책을 빌려가곤 했다.

한동안 못 본 사이에 마코토의 책장이 변해 있었다. 만화책은 구석으로 쫓겨나고, 대신 DVD가 빼곡히 들어차 있었다.

눈으로 제목을 좇던 구리코는 미간에 주름을 잡았다.

어느 제목이건 피니 악마니 좀비니, 그런 단어들만 가득했다. 보기만 해도 피 냄새가 풍기는 것 같았다.

'딱히, 호러물을 좋아한다고 해서 현실에서도 이상한 사람이라는 편견은 없지만.'

그래도, 그 책장은 어쩐지 으스스한 기분이 들어 구리

코는 눈을 돌렸다.

아침의 사건이 떠오를 것만 같았다.

며칠 후, 구리코는 안을 데리고 그 공원으로 향했다.

싫은 기억이 떠올랐는지 안은 공원 입구에서 코를 벌름거렸지만, 오늘은 아무것도 없다는 걸 깨달은 모양이다. 그대로 발걸음도 가볍게 공원 안으로 들어갔다.

벤치를 쳐다보니 구니에다 노인이 앉아 있었다. 보통이를 펼치고 또 차를 달이고 있었다.

구리코는 이번엔 망설임 없이 다가갔다.

"안녕하세요, 구니에다 씨."

"여어, 안녕하신가. 나나세 양."

갑자기 이름이 불려 구리코는 놀랐다. 이름을 말한 기억이 없다.

구리코의 표정을 보고 구니에다 노인은 소리 내어 웃었다.

"딱히 조사한 건 아니라네. 가게 유니폼 명찰에 쓰여 있을 게야."

듣고 보니 확실히 그렇다. 구리코는 쓴웃음을 지었다.

"앉아도 괜찮으시겠어요?"

"그야 물론, 공공의 벤치 아닌가. 내가 이래라저래라 하는 것도 이상한 이야기지만."

어째서 이 사람이 신경 쓰이는 걸까. 구리코는 생각했다. 이제까지 이와 같은 노인들에게 자기 쪽에서 먼저 말을 붙인 적은 없었다. 주변 사람의 말과 자신의 눈으로 보아 온 모습이 너무 다르기 때문인지도 모른다.

"차예요?"

"으응. 마셔볼 텐가?"

"제가 마셔도 괜찮을지."

"물론이지. 다도란 사람을 맞이하는 도니까. 나처럼 내 손으로 달여 내 입으로 들어가는 건 영 재미가 없어."

구리코는 무릎에 손을 얹고 바르게 앉았다.

"잘 마시겠습니다."

구니에다 노인은 손수건을 접었다 폈다, 귀퉁이를 돌려가며 작은 양철 캔을 닦았다. 그 안에 말차가 들어 있는 모양이다.

뼈가 앙상한 노인 특유의 손가락인데도 그 움직임이 무척 우아했다.

"지난번 개 이야기는 들으셨는가?"

구리코는 고개를 가로저었다.

"아뇨, 아직. 누가 기르던 개였나요?"

노인은 턱으로 남쪽 방향을 가리켰다.

"저쪽 주택가 어느 집에서 기르던 개였던 모양이야. 아마도 그 집은, 바빠서 산책을 못 시키는 날엔 안 되는 줄 알면서도 밤에 몰래 개를 풀어 놓았나 보더라고. 평소에는 아침이 되기 전에 혼자 알아서 잘 들어왔기에 일이 이리 될 줄은 몰랐던 게지."

벽돌에 머리를 맞았으니 분명 누군가 의도적으로 죽인 것이다. 그 장소는 위에서 벽돌 같은 게 떨어질 만한 곳도 아니었다.

구리코는 생각했다. 애완견은 대부분 무조건 사람을 믿는다. 물론 낯선 사람에게는 경계심을 갖도록 훈련된 개들도 있지만, 그렇지 않은 개도 많다.

아무리 낯선 사람이 벽돌을 들고 있다고 해서, 설마 그것을 자기 머리에 내려치리라고는 꿈에도 생각하지 못할 것이다.

한 번 버려졌었고, 인간에게 죽임을 당할 운명이었던 안조차도 그런데, 나쁜 기억이 전혀 없는 애완견이라면 경계 따위를 할 턱이 없다.

노인은 귀이개 비슷한 도구로 양철 캔에서 말차를 퍼

냈다. 거기에 보온병의 물을 따르고, 차선으로 리드미컬하게 차를 저었다.

어느덧 녹색 액체에서 거품이 일었다. 마치 우유를 섞은 듯 걸쭉한 색으로 변해가는 차를, 구리코는 몸을 내밀며 바라보았다.

노인은 차선을 내려놓고 사발을 구리코 쪽으로 밀어주었다.

"저어, 찻잔을 세 번 돌리는 거지요?"

"신경 쓸 것 없네. 편할 대로 마시게."

구리코는 사발을 받쳐 들고 찻물을 입에 머금었다. 씁쓸하면서도 감칠맛 나는 맛이 입 안에 퍼졌다.

"이리 귀여운 손님이 올 줄 알았다면 좋은 과자라도 사오는 거였는데 말이야."

노인은 웃으면서, 보퉁이 속에서 봉투에 든 과자를 꺼냈다.

땅콩 표면에 달콤한 설탕 옷을 입힌 콩과자다. 그러고 보니 할머니도 놀러 갈 때마다 이런 과자를 내주셨다.

"한데 개를 기르는 사람들은 걱정이겠어. 이런 일이 생기면."

구리코는 과자를 깨물어 먹으면서 고개를 끄덕였다.

"그리고 보니, 밖에 내놓고 키우는 개 앞에 독이 든 먹이를 던져 넣는 사람도 있다나 봐요."

노인의 얼굴이 험악해졌다.

"어째서 그런 짓을 하는 겐지."

"모르겠어요."

답답한 마음을 어디다 풀어야 할지 몰라 산 생명을 죽이는 걸까. 아니면, 피를 보지 않고선 못 견디는 흉포한 충동이 있는 걸까.

문득 구리코의 뇌리에 마코토가 떠올랐다.

마코토도 답답한 마음을 안고 있을 터였다. 현재 상황에 만족하고 있을 리가 없다.

순간 등골이 오싹해졌다. 피를 나눈 동생을 의심하는 건 아니다.

하지만 마코토는 왜, 그렇게 이른 아침에 집을 나서는 걸까.

"왜 그러시나. 나나세 양."

구리코는 당황하여 웃음을 지었다.

"아뇨, 아무것도 아니에요."

바보 같은 상상이다. 아무리 답답하다고 해도 동생이 그런 짓을 할 턱이 없다. 설령 어릴 적에 산 생물을 죽이는 걸 좋아했다 하더라도.

풀숲에 얼굴을 처박고 있던 안이 문득 이쪽을 보았다.

느린 걸음으로 구리코 쪽으로 왔다.

"안, 왜 그래?"

그렇게 묻자 안은 무언가가 목구멍에 걸린 듯한 소리
를 냈다. 조그맣게 콜록거리는가 싶더니, 갑자기 토했다.

순간 놀라 숨을 삼켰다. 개가 토하는 일은 결코 드문
일이 아님을 떠올리며 마음을 가라앉혔다.

안은 그 자리에 풀썩 엎드렸다. 몸이 가늘게 떨리고 있
었다.

보통 일이 아니다. 구리코는 그렇게 확신하고 안에게
달려갔다.

"안, 왜 그러니? 어디가 아파?"

안은 몸을 떨면서 다시 한 번 토했다. 이번엔 누런 것
이 쏟아졌다.

"병원에 데려가야겠군."

뒤에서 구니에다 노인이 일어서는 기척이 났다. 구리
코는 돌아볼 수조차 없었다.

갖가지 기억이 되살아났다.

미하루의 강아지 이야기. 토하고 설사하더니 어느 결

에 죽어버렸다고 했다. 그리고 마당에 독이 든 먹이가 던져져 있더라는 이야기. 벽돌에 맞아 죽어간 개.

불현듯 구니에다 노인이 어깨를 잡아 흔들었다.

"단골 동물 병원은 있는가?"

"역 앞에……."

"그럼 택시를 불러올 테니 기다리고 있으시게."

구니에다 노인은 윗도리를 벗어주며 그걸로 안을 감싸라고 말했다.

구리코는 안의 몸을 수도 없이 쓰다듬었다.

부탁이니 제발 죽지 말아달라고 기도하면서.

택시 안에서도 안의 몸은 끊임없이 가늘게 경련했다. 심상치 않은 상태라는 건 아무런 지식이 없는 구리코도 알 수 있었다. 울음을 터뜨리고 싶은 심정을 꾹꾹 누르며 구리코는 안의 몽실하고 따스한 몸을 꼭 끌어안았다.

죽지 마. 부탁이야.

안이 죽어버린다면, 아마 내 몸속에 커다란 구멍이 생기고 말 것이다. 구리코는 그런 생각이 들었다. 애당초, 안이 오기 전엔 그런 구멍 따위 있지도 않았는데.

원래부터 없던 것과 있던 게 사라지는 것은 전혀 다르

다. 완전히 다르다. 정반대라고 해도 좋을 만큼 다르다.

'하느님. 이럴 때만 기대서 죄송해요. 뻔뻔하다는 건 알고 있지만요.'

안을 살려주세요.

신호를 기다리는 시간조차 비지땀이 나올 만큼 길게 느껴졌다. 가까스로 동물 병원 앞에 도착했을 때는 안도한 나머지 큰 한숨마저 나왔다.

요금을 내기 무섭게 구리코는 안을 안고 택시 밖으로 뛰쳐나가 동물 병원으로 뛰어 들어갔다.

"저, 저희 집 개가 갑자기 토하더니…… 경련하고…… 이상해요."

접수대의 간호사가 달려와 안을 들여다보았다.

"뭔가 이상한 걸 먹지는 않았나요?"

"어쩌면 공원에서…… 하지만 그게 무언지는……."

뒤늦게 안이 있던 장소를 살펴보았으면 좋았을 거라는 생각이 들었다. 어쩌면 뭔가 남아 있을지도 모른다.

"공원이라고요……."

진료실에서 나온 젊은 의사가 험악한 얼굴로 그렇게 중얼거렸다. 이제까지 예방접종이며 건강진단을 받으러 안을 데리고 왔던 건 어머니라서, 구리코가 의사와 만나는 건 이번이 처음이다.

"여기서 진찰받은 적 있나요? 뭔가 지병 같은 건?"

구리코는 고개를 절레절레 흔들었다.

"모르겠어요. 집에 데려온 지 아직 한 달도 안 되어서…… 아, 하지만 건강진단은 여기서 받았다고 엄마가 말씀하셨어요. 아무 이상 없었다고……."

"실례지만 성함이?"

간호사 말에, 그제야 이름을 대지 않았다는 사실을 깨달았다.

"나나세입니다."

"아아, 안이로군요."

의사는 바로 생각난 모양이었다. 축 늘어진 안을 받아 들고 진료실로 들어갔다.

"확실히 신장 기능은 좀 떨어진 편이었는데 다른 문제는 딱히 없었다고 기억됩니다."

좁지만 청결한 진료실이었다. 차가워 보이는 진찰대 위에 안을 누였다.

"뭔가 먹은 눈치던가요?"

"그런데 그게…… 잠시 눈을 뗀 사이에 일어난 일이라 잘 모르겠어요. 풀숲에 고개를 묻고 있었으니까 뭔가 먹었을지도…….”

의사는 미간에 주름을 잡으며 고개를 주억거렸다.

“그럼 위세척을 해봅시다. 어쩌면 뇌장애일 가능성도 없지는 않지만, 역시 이물질을 삼켰을 가능성이 높다고 봅니다. 비슷한 일이 이외에도 몇 차례 있었고요.”

“비슷한 일이요?”

“네. 마찬가지로 공원에서 무언가를 먹고 중독 증상을 일으켰다는 개가 내원한 경우가 두 번 있었습니다. 민달팽이 제거제를 빵이며 치즈에 넣은 것 같더군요.”

구리코는 숨을 삼켰다. 그게 사실이라면, 누군가가 악의를 가지고 개나 고양이를 죽이려 했다는 말이 된다.

“어쨌든 우선 전신 마취를 하고 위세척을 하겠습니다. 대기실에서 기다려주세요.”

“잘 부탁드립니다.”

한껏 고개를 숙이고 구리코는 진료실을 나왔다.

일단 바깥에 나가 휴대전화로 집에 연락했다. 전화를 받은 어머니에게 사정을 설명하자, 어머니는 말문이 막히는 모양이었다.

“잘 좀 보지 그랬니!”

몇 초 후 나온 어머니의 원망 섞인 말에 구리코는 고개를 듣지 못했다.

"미안해……."

이미 지난번에 요크셔테리어를 데리고 있던 아주머니에게서 경고를 들은 바 있었다. 그런데도 구니에다 노인과의 대화에 정신이 팔려 안한테서 눈을 뗀 것은 구리코의 불찰이었다.

"아무튼 그쪽으로 갈 테니까 기다리고 있어."

어머니는 단단히 벼르듯이 그렇게 말하고 나서 전화를 끊었다.

구리코는 어깨를 늘어뜨린 채 동물 병원으로 돌아왔다.

다행히 대기실에는 아무도 없었다. 아마도 응급 환자를 우선시하고 있으리란 생각은 들지만, 그렇더라도 주눅이 들었다. 고양이 발톱 자국 같은 것이 남아 있는 소파에 앉았다.

진료실 안에서 기계 소리에 섞여 무언가 질척한 소리가 들려왔다. 귀를 틀어막고 싶은 심정으로 구리코는 바닥을 응시했다.

무의식중에 청바지 무릎을 계속 문지르고 있었다. 손바닥이 뜨거워지고 나서야 겨우 그것을 깨달았다.

동물 병원에 도착하면서부터 아까까지의 공포는 조금

가라앉았다. 불안한 마음은 변함없지만 이제 구리코가 할 수 있는 일은 없었다.

새삼 분노가 치밀었다.

왜 그런 몹쓸 장난을 하는 걸까. 아무 죄 없는 동물을 죽이고 기뻐하는 인간이 있다니, 생각만으로도 속이 메스꺼워졌다.

그 인간도 똑같은 꼴을 당하면 좋겠다. 살충제든 뭐든 독을 먹고, 토하고, 온몸에 경련을 일으키고, 괴로워 몸부림치면 좋겠다.

갑자기 눈물이 흘러나왔다. 보건소에서 죽어나갈 뻔했다가 운 좋게 우리 집에 오게 되었는데, 이런 변을 당하다니.

한낱 인간의 변덕과 장난 때문에 개의 목숨이 이리도 간단히 끊어질 수 있다니, 너무나 불공평하다는 생각이 들었다. 그리고 자기 자신이 그런 인간 쪽에 서 있다는 것도 분했다.

훌쩍이며 울고 있으려니 문이 열리고 어머니가 뛰어들어왔다.

"구리코, 안은? 왜 울고 있는데?"

대답이 바로 나오지 않아 그냥 고개만 저었다. 어머니

의 얼굴이 순식간에 창백해졌다.

마침 안에서 간호사가 나왔다.

"괜찮을 것 같네요. 물론 절대라고는 말씀드리지 못하지만, 위세척은 마쳤고 중독 증상도 가라앉기 시작했습니다."

그 말을 들은 어머니는 맥없이 소파에 주저앉았다.

안이 살아날 것 같다는 말을 듣고도 구리코의 눈물은 멎질 않았다. 어머니가 내민 손수건으로 얼굴을 누르며 구리코는 흐느껴 울었다.

"네 잘못이 아니잖니. 그만 울렴."

어머니의 손이 어깨 위에 톡 얹혔다. 그 순간, 도리어 눈물이 북받쳐 구리코는 소리 내어 울고 말았다.

안은 입원하게 되었다.

의사는 아마도 이삼일 안에 퇴원할 수 있을 거라고 말했다. 토사물에서 역시 민달팽이 제거 약제가 검출되었다고.

증상도 가라앉기 시작했고, 앞으로 하루 정도 링거를 맞히며 상태를 지켜보겠다고 했다.

집에 가기 전에 안의 모습을 볼 수 있었다.

안은 혀를 내민 채 진찰대에 축 늘어져 있었다. 앞발의 털이 깎이고 링거 바늘이 꽂혀 있었다.

너무 애처로워서 눈을 돌리고 싶었지만, 왠지 보지 않으면 안 될 것 같았다. 어머니도 마찬가지 심정이었는지 안을 물끄러미 내려다보고 있었다.

의사는 손을 씻으면서 구리코와 어머니에게 말했다.

"경찰에 알리는 게 좋을 것 같습니다. 같은 일이 또 일어날지도 모르니까요."

구리코는 말없이 고개를 끄덕였다.

하지만 지금까지도 같은 사건이 몇 번이나 있었다는데 경찰에선 손쓸 방도가 없는 걸까. 어린아이를 노린 사건이었다면 좀 더 진지하게 대책을 강구했을 것이다.

저번의 그, 개가 죽어 있던 사건도 있는데.

그 생각을 떠올리고 나서 구리코는 입술을 깨물었다. 그 사건과 안의 일이 뭔가 관련이 있는 걸까. 만약 동일범의 소행이라면, 대체 얼마나 개를 증오하는 사람일까.

동물 병원 앞에서 어머니와 헤어져 구리코는 파출소로 향했다.

파출소에는 지난번과는 다른, 얼굴이 둥근 경찰관이 있었다. 구리코가 사정을 이야기하자 경찰관의 표정이

어두워졌다.

"요즘 많네."

"그런 일이 몇 번이나요?"

구리코가 묻자 경찰관은 손가락을 꼽았다.

"분명히 요 한 달 반 사이에 여덟 건이었나. 일단 공원도 둘러보고는 있지만 현장을 덮치지 않고선 방법이 없으니……."

의사 말로는 두 번 있었다는데 그렇게 많았을 줄이야. 다른 동물 병원으로 실려간 걸까, 아니면 병원에 갈 새도 없이 죽어버린 걸까.

시간과 장소 등 세부적인 사항을 묻고 나서 경찰관은 말했다.

"어쨌든 우리도 신경 쓸 테니, 뭔가 이상한 것이 떨어져 있거나 수상한 행동을 하는 사람이 있거든 이쪽으로 알려줘요."

"알겠습니다."

파출소를 나왔을 때는 주위가 완전히 어두워져 있었다. 갑자기 피로감이 밀려들었다.

어둡고 무거운 마음을 질질 끌며 구리코는 걸었다.

안은 여전히 그렇게 힘없이 엎드려 있을까. 앞발에 링

거 바늘을 꽂은 채. 그 녀석은 오늘 자기가 무슨 일을 겪었는지도 모를 것이다. 갑자기 가족들과 떨어져 불안해하고 있지는 않을까.

또 버려지는 거라고 생각하지 않았으면 좋겠는데.

공원 앞을 지나치려다, 문득 구리코는 발을 멈췄다.

안을 살며시 엿보았다. 시간이 늦어서인지 인기척은 없었다. 미끄럼틀과 철봉만이 어슴푸레한 가로등 불빛을 받고 있었다.

조금 망설이다 구리코는 공원으로 들어갔다.

아까 안이 얼굴을 처박고 있던 풀숲을 살펴보았다. 역시 먹다 만 과자 부스러기 같은 것이 떨어져 있었다. 배낭 안에 넣어둔 편의점 봉투가 생각나서, 구리코는 조심스레 그것을 주워 봉투 안에 넣었다.

그러는 중에 갑자기 어깨에 손이 얹혀, 구리코는 놀라 펄쩍 뛰었다.

"이런, 미안할 데가. 겁줄 생각은 아니었는데……."

돌아보니 구니에다 노인이 서 있었다. 구리코는 가슴을 쓸어내렸다.

구니에다 노인은 굽은 허리를 펴고 벤치에 앉았다.

"안 양은 어찌 되었는가."

"위세척을 받았어요. 이젠 괜찮을 것 같긴 하지만, 아직 링거를 맞아야 한다고 해서 이삼일 입원시키기로 했어요."

"그래? 그래도 다행 아닌가."

구리코는 고개를 끄덕였다. 물론 완전히 회복될 수 있을지 아직은 모르지만, 확률은 크게 높아졌을 것이다. 그것만으로도 마음이 한결 편해졌다.

"한데, 역시, 무슨 묘한 걸 먹은 건가?"

"예, 과자나 무슨 먹을 것 속에 살충제가 들어 있었던 게 아닌가 해요……."

구니에다 노인은 미간에 주름을 잡았다.

"그런 몹쓸 장난을 하는 인간도 있구먼."

새삼 생각한다. 어째서 그런 짓을 하는 사람이 있는 걸까. TV 뉴스 같은 데서 방화범이 "직장에서 해고당해 울컥하는 마음에서 저질렀다"라고 진술하는 건 종종 보았지만, 이것도 그런 류의 범행인 걸까.

얼마 전에도, 한 평론가가 의기양양한 얼굴로 "사회에 대한 불만이 약자에게 향하는 것이다"라고 이야기하는 걸 보았다. 누구에게나 불만은 있다. 구리코만 해도 어쩐지 하루하루가 답답해 죽을 지경이다.

하지만, 그것과 이것은 엄연히 다른 문제다.

문득 생각이 미쳐 구리코는 얼굴을 들었다.

"구니에다 씨, 이 공원에 자주 오시죠?"

"으응, 그런데?"

"이상한 사람 못 보셨어요? 과자나 빵을 풀숲에 몰래 숨겨둔다든지 하는."

구니에다 노인은 등받이에 기대어 공원을 한 바퀴 둘러보았다.

"사람이 있을 때는 하지 않겠지."

듣고 보니 그렇다. 구리코는 어깨를 축 늘어뜨렸다.

"뭐, 눈여겨보도록 하지. 요전 일도 있으니, 개를 싫어하는 사람이 있다는 건 틀림없어 보이는군."

"부탁드립니다."

앞으로는 공원을 피해 산책하는 게 나을지도 모르겠지만, 이 부근은 전부 아스팔트 길이다. 역시 공원 안을 걷는 게 안도, 다른 개들도 편할 것이다.

그만 돌아가려고 일어섰을 때, 구니에다 노인이 불쑥 말했다.

"나나세 양, 미안하네만 나에 대해선 가게의 다른 사람들에게는 이야기하지 말아주겠나."

"왜 그러시는데요?"

"이름 같은 게 너무 알려지면, 앞으로 커피 한 잔으로 버티기 어려워지거든."

구리코는 피식 웃었다. 아무래도 신경은 쓰였던 모양이다.

"구니에다 씨가 오시는 시간은 어차피 한가한 시간대라서 괜찮아요."

"뭐, 그렇더라도 말이지."

"알겠습니다. 이야기하지 않을게요."

구니에다 노인은 안심한 듯 고개를 끄덕였다.

"그럼 조심해서 돌아가게나. 오늘은 피곤하겠구먼."

"안녕히 주무세요. 오늘은 감사했습니다."

고개를 꾸벅 숙이자 구니에다 노인은 웃었다.

"인사받을 만한 일을 한 게 뭐 있다고. 그보다 안 양의 생명력에 감사하게나."

아닌 게 아니라, 안은 있는 힘을 다해 살려고 하고 있다. 비록 몸은 그리 크지 않아도, 그 힘만큼은 무척 강하다.

공원 출구에서 돌아보니, 구니에다 노인은 여전히 벤치에 앉아 있었다.

저녁 메뉴는 통조림 미트소스를 얹은 스파게티였다.

매일 저녁만큼은 제대로 차리는 어머니로서는 드문 일이다. 아마 그럴 기분이 아니었으리라.

얼마 전까지만 해도 강아지 같은 건 없는 게 당연했는데, 안이 없는 집은 어쩐지 찬바람만 부는 것 같다.

기름기 도는 스파게티를 마지못해 입 안에 밀어 넣었다. 식후에는 구리코가 커피를 내렸으나, 커피 양을 잘못 맞췄는지 물만 흥건하니 밍밍해지고 말았다. 그래도 아버지나 어머니나 불평 한마디 하지 않았다.

문득 계단을 내려오는 소리가 났다. 마코토다. 화장실에라도 가는 거겠지. 구리코는 복도에 얼굴을 내밀고 말을 걸었다.

"마코토, 너도 커피 마실래?"

커피 메이커에는 아직 한 사람분의 커피가 남아 있었다. 평소 같으면 으레 어머니가 나중에 마코토 방까지 가져다주지만, 가끔은 제 손으로 가지러 와도 좋지 않을까.

대답은 없었지만, 화장실 문이 열리는 소리가 났다. 구리코는 혀를 찼다.

"나중에 엄마가 가져갈 테니 나둬라."

뒤에서 어머니의 목소리가 들렸다. 왜 그리 응석만 받

아줄까. 구리코는 한숨을 쉬고 소파에 앉았다.

부모님은 마코토를 종기 다루듯 조심조심 대하고 있다. 조금 더 세게 나가도 좋겠단 생각은 하지만, 누나인 구리코도 아무 말 못하긴 마찬가지다. 부모님에게 이러니저러니 말할 입장이 아니다.

왠지 모르게 그 아이는 무섭다. 폭력을 휘두르는 것도, 언성을 높이는 것도 아닌데 묘한 압박감이 느껴진다. 자신과는 다른 종류의 인간 같다.

그런 생각에 잠겨 있던 탓에 마코토가 어슬렁어슬렁 거실로 들어왔을 때 화들짝 놀라고 말았다.

"……커피……."

자다 깨서 부스스한 머리와 후줄근한 파자마.

감정 없는 목소리로 그렇게 중얼거리고는 그대로 멈춰 서 있다. 어머니가 부랴부랴 컵에 커피를 따랐다.

그것을 받아들더니, 마코토는 고맙단 말도 없이 나가려 했다.

그러다 문득 발을 멈추고 돌아보았다.

"걔는?"

"아, 안은 말이지, 오늘 공원에서 이상한 걸 주워먹는 바람에 탈이 나서 입원했단다. 이젠 정말 괜찮을 것 같지만 말이야……."

애써 웃는 얼굴을 지으며 어머니는 단숨에 말했다. 마코토는 흥, 하고 코웃음을 쳤다.

"게걸스러운 놈."

안의 명예를 위해 대꾸해주려 했지만, 마코토는 들어왔을 때와 마찬가지로 휑하니 거실을 나갔다.

어쩐지 거북한 공기가 감돌았다.

어머니가 복도로 눈길을 주더니, 그래도 조금 기쁜 목소리로 중얼거렸다.

"역시 마코토도 안이 걱정되나 보네."

'그야, 단순히 이상해서 물어본 것뿐이지.'

생각은 그랬지만 기뻐하는 어머니에게 찬물을 끼얹을 만큼 구리코도 어린애는 아니다.

'너도, 조금은 어른이 되면 어떻겠니.'

계단을 오르는 발소리를 향해 마음으로 말을 걸어보았다. 물론 의미 없는 짓이라는 건 알고 있지만.

다음 날은 아르바이트가 있는 날이었다. 조금 일찍 집을 나와 안의 상태를 보러 동물 병원에 갔다.

"안녕하세요. 안은 벌써 기운을 많이 차렸답니다."

간호사의 그 말에 구리코는 가슴을 쓸어내렸다. 무슨 일이 있으면 전화해달라고 부탁해둔 터라, 전화가 오지 않았다는 건 특별한 문제가 없다는 거란 생각은 했다. 하지만 실제로 그 말을 듣는 것과 그렇지 않은 것은 역시 차이가 있다.

"이젠 괜찮을 겁니다."

의사도 확실하게 보증해주었다.

케이지 속의 안은 구리코를 보더니 눈을 빛내며 끊어질까 싶을 정도로 꼬리를 흔들어댔다. 너무 기뻐서 오히려 불쌍해 보였을 정도다. 아직은 데려갈 수 없는데.

내일 퇴원할 수 있을 거란 이야기를 듣고 잘 부탁드린다며 머리를 숙였다. 병원을 나설 때 안의 애달픈 울음소리가 들려 가슴이 아팠다.

'개한테도 사람의 말이 통한다면 좋을 텐데.'

그렇게 된다면 "내일까지만 참아줘"라고 말할 텐데 말이다. 그 사실을 알고 있을 때와 모르고 있을 때의 마음이 완전히 다를 것이다.

하긴, 개가 말을 할 수 있게 되어 "늘어져 있지만 말고 산책이나 데리고 가"라든가, "사료 좀 더 맛있는 거 없어?" 같은 말을 듣게 된다면 밉살스럽겠지만.

어쨌든 안이 나아서 정말 다행이다.

구리코는 맑게 갠 기분으로 아르바이트를 하러 길을 나섰다.

"안녕."

휴게실에서는 이미 유니폼으로 갈아입은 미하루가 잡지를 팔랑팔랑 넘기고 있었다.

"미하루, 들어봐. 어제 장난 아니었다니까."

구리코는 다짜고짜 말했다. 어제까지만 해도 아직 사건이 심각해, 미하루와 만났더라도 털어놓지 못했을 것이다. 오늘 아침, 안의 건강한 얼굴을 보고 나니 이제야 이야기할 수 있을 만큼 마음이 가벼워졌다.

"뭐야 뭐야? 무슨 일 있었어?"

자질구레한 이야기 듣기를 좋아하는 미하루는 눈을 휘둥그레 뜨고 구리코를 채근했다.

구리코는 일할 채비를 하면서 어제 있었던 일을 미하루에게 이야기했다. 물론, 구니에다 노인과 약속한 대로 그에 관한 부분은 생략하고.

"뭐어? 그럼, 누가 일부러 개를 죽이려고 독이 든 먹이를 놔뒀단 말이야?"

미하루는 야단스레 소리를 질렀다.

"응, 아마도. 한두 번이 아니라니까."

"너무해, 그런 짓을 하는 사람이 있다니."

분개해주는 사람이 있으니 마음이 조금 편해지는 것 같았다. 옷을 다 갈아입은 구리코는 미하루와 함께 홀로 나갔다.

"그런데 말이야, 그럼 우리 꼬마에게도 혹시 누가 독이 든 먹이를 먹인 거 아닐까?"

꼬마란, 미하루가 주운 강아지일 테지.

"하지만 그 애를 주운 건 병이 나기 일주일쯤 전이라고 했었잖아."

"응, 그런데 유타랑 같이 산책하러 나갔었거든."

그 말을 듣고 조금 놀랐다. 한 달 반 정도 된 어린 개는 보통 바깥에 데리고 나가는 일이 없다. 병균에 대한 저항력이 약하기 때문이다.

하지만 구리코도 얼마 전까지는 그런 것을 몰랐다. 미하루도 몰랐으리라.

"그러니까 그때 뭔가 주워 먹었을지도……."

"하지만 의사 선생님한테 보였잖아. 의사 선생님은 뭐라고 했는데?"

"뭐라더라. 파포인가 바포인가 하는 병이래."

"개 파보바이러스 감염증."

"그래, 그거."

그것은 개에게는 무서운 병이다. 새끼 때는 치사율도 높다. 안도 분명히 집에 데려오자마자 백신을 맞혔다.

자기도 모르는 사이에 그런 부분에까지 밝아진 자신이 조금은 우스웠다.

"하지만 의사 선생님이 그 병이라고 말했으니까 틀림없는 거 아냐?"

"그런가."

미하루는 납득한 모양이었다. 하지만 그 후로 말이 없어진 걸 보면, 죽은 강아지를 떠올렸는지도 모르겠다.

그날 점심 시간은 손님이 적었다. 월말이니, 다들 월급을 받아 론도 같은 데보다 훨씬 비싸고 맛있는 가게로 가 버렸겠지.

2시를 넘겼을 즈음, 여느 때처럼 구니에다 노인이 가게에 나타났다. 다 구겨진 폴로셔츠의 가슴 주머니에서 그저께 일자 신문이 고개를 내밀고 있었다.

구리코와는 눈도 마주치려 하지 않았다.

'이상한 사람이야.'

구리코는 주방 입구에 기대어 서서 구니에다 노인을

관찰했다. 가게에서는 공원에 있을 때하곤 완전히 다른
사람 같았다.

　한밤중에 다시 눈이 떠졌다.

　요즘 여러 가지로 일이 많은 탓인지 잠이 얕다. 구리코
는 일어나 앉아 한숨을 쉬었다.

　안이 살아난 것은 정말 다행이라고 생각한다. 하지만
아무 일도 일어나지 않았다면 더 좋았을 것이다. 그러니
마냥 기뻐할 수만은 없다.

　게다가 무언가가 마음속에 계속 걸렸다. 기억해내지
않으면 안 될 일을 잊고 있는 듯한, 그런 답답한 느낌이
내내 이어지고 있었다.

　옆방에서 무슨 소리가 들려와 구리코는 퍼뜩 긴장했다.

　마코토는 늘 이런 시간에 깨어 있는 걸까. 시계를 보니
아직 새벽 4시였다.

　낮에는 잠만 자는 모양이라고 요전에 어머니가 말했었
다. 어제 얼굴을 마주쳤을 때도 파자마 차림이었다.

　대체 저 아이는 앞으로 어쩔 작정인지.

　계속 이대로 재수생 노릇만 하고 있을 수는 없다. 부모
님도 점점 나이 들어가시고, 언제까지고 기대어 살 수만

은 없는 것이다.

거기까지 생각하고 나서 구리코는 어깨를 움츠렸다. 구리코도 솔직히 남 일에 이래라저래라 잘난 척할 입장이 아니었다. 아르바이트비가 적다는 핑계로 집에 생활비도 한 푼 안 내고 있었다.

문득, 방문 열리는 소리가 났다.

발소리는 구리코의 방 앞을 지나 계단을 내려갔다. 구리코는 엉겁결에 침대를 박차고 일어났다. 마코토와 이야기를 하고 싶었다.

파자마 차림 그대로 방문을 열고 계단을 내려갔다. 마코토는 현관으로 향하고 있었다.

구리코는 발을 멈추고 그를 지켜보았다.

현관문이 열리고, 마코토는 바깥으로 나갔다.

'어디 가니?'

그렇게 물으려던 입은 벌어진 채 얼어붙고 말았다.

나가기 전, 마코토는 현관 앞에 있는 무언가를 밉살스럽다는 듯 걸어찼던 것이다.

그것이 무엇인지는 대충 짐작이 갔다. 구리코는 부모님이 깨지 않도록 천천히 현관으로 갔다.

마코토가 걸어찬 물건은 늘 놓아두는 자리에서 굴러가

엎어져 있었다.

그것은 안의 물그릇이었다.

'어째서?'

단지 짜증이 나서 마침 그 자리에 있던 걸 걷어차고 싶었던 것뿐일까. 정말로 그것뿐일까.

잠시 그것을 바라보다, 구리코는 다시 계단을 올라갔다. 파자마를 갈아입고 재차 계단을 내려왔다.

까치발을 하고 다시 현관으로 가서 신을 신고 바깥으로 나왔다. 문소리가 생각 외로 크게 나서 구리코는 몸을 움츠렸다.

바깥으로 나가자마자 구리코는 달리기 시작했다.

마코토가 무슨 생각을 하고 있는지 모른다. 무엇을 하고 있는지도 모른다. 한 지붕 아래 살고 있는데. 같은 피가 흐르고 있으련만.

단 하나뿐인 동생인데.

발이 저절로 늘 가는 공원을 향하고 있었다. 거기에는 아무도 없었다.

마코토를 찾으러 왔을 텐데, 어째선지 구리코는 그 애가 없다는 사실에 안도하고 있었다. 그 점이 스스로 생각해도 신기했다. 대체, 어째서 마코토가 공원에 왔을 거란 생각을 했을까.

구리코는 한숨을 쉬고 벤치에 주저앉았다. 갑자기 피로가 밀려왔다.

'어쩌다 이렇게 돼버렸을까.'

마음 깊은 곳이 불안으로 흔들리고 있었다. 정상적인 사고를 할 수 없을 정도로.

모르겠다. 증거는 아무것도 없다.

하지만 마코토는 왜 이런 시간에 집을 나온 걸까. 어째서 안의 물그릇을 걷어찼을까.

그리고 무엇보다, 죽은 개를 발견했던 때가 바로 마코토를 뒤쫓던 그때였다.

달갑지 않은 생각은 점차 핵심으로 다가갔다.

그 애가 어렸을 때 재미 삼아 동물을 죽였던 일이며, 책장에 가득한 호러 비디오 따위가 머릿속을 맴돌았다.

'설마, 그럴 리가 없어.'

웃어넘기려 했지만 잘 되지 않았다. 마코토와 대화다운 대화를 나눈 지도 오래되었다.

공원 입구에 사람 그림자가 보여 구리코는 흠칫 긴장했다.

아직은 어두운 시간이다. 이상한 사람이라면 무섭다.

하지만 공원 안으로 들어온 사람은 지난번에도 만났던 그 여자였다. 고급스러운 꽃무늬 옷을 입고, 마찬가지로 귀여운 원피스를 입은 적갈색 푸들을 두 마리 데리고 있었다. 요즘 여자들은 나이를 가늠하기가 어렵지만, 사십 대쯤으로 보였다.

여자도 구리코를 알아챈 모양이었다. 어째선지 휙 뒤돌아 공원을 빠져 나갔다.

그러고 보니 분명 그녀는 구리코가 잡종견을 기르고 있다고 말한 순간, 손바닥을 뒤집듯 태도를 바꾸어 구리코에게서 멀어지려 했다. 가까이 하기도 싫을 만큼 잡종견을 멸시하는 걸까.

'이상도 하지.'

구리코는 콧방귀를 끼고 나서 발끝으로 땅을 긁었다.

안의 산책 친구들 중에는 생전 처음 보는 희귀한 종류의 개도 있지만, 그렇다고 해서 안을 피하거나 하진 않는다. 함께 사이좋게 놀아준다.

도대체 이런 시간에 산책을 하고 있다는 것 자체가 이상하다면 이상하다.

분명히 이상한 사람일 거야.

구리코는 자기 자신을 납득시키려는 듯이 그렇게 생각

하고 나서 벤치에서 일어섰다.

그건 그렇고, 마코토는 어디로 갔을까.

인적 없는 길을 터벅터벅 걸으며, 구리코는 몇 번째인지 모를 한숨을 내쉬었다.

결국, 그날은 집에 돌아온 후에도 더 이상 잠을 이룰 수 없었다.

덕분에 눈은 말똥말똥한데 점심때가 지나면서부터 잠이 쏟아져서 견딜 수가 없었다. 가게에서 선하품을 억지로 참으며 구리코는 생각했다. 인간의 몸이란 어쩐지 불합리하다.

아무리 남매라지만 마코토의 일과 나는 아무 상관이 없다는 생각도 해보았다. 어차피 내 일을 고민하기에도 벅차다. 잘 알지도 못하는 동생 일에까지 골머리를 앓을 짬이 없다.

하다못해 내가 동생이고 마코토가 오빠라면 조금은 마음이 편할지도 모르겠다는 생각까지 든다. 나이도 고작 한 살 차이밖에 안 나는데. 구리코가 더 대단한 인생 경험을 쌓은 것도 아니다. 그런데도.

누나니까…….

어릴 적, 수도 없이 들었던 그 말이 지금도 석고 붕대처럼 구리코를 단단히 고정시키고 있다.

누나니까 마코토를 부탁한다, 누나니까 참으렴. 어머니는 늘 그렇게 말했다.

왠지 성가신 말이었지만, 확실히 조금 자랑스럽게 느껴질 때도 있었다.

이젠 관계없다고, 딱 잘라 말해버릴 수 있다면 얼마나 편할까.

저녁 타임에 나온 모모코에게 말을 걸어보았다.

"모모코, 형제 있어?"

너무 갑작스러웠는지 모모코는 놀란 듯 눈을 깜박였다. 그러나 금세 웃는 얼굴로 대답했다.

"오빠가 둘이에요. 나이 차이가 좀 있어서 둘 다 벌써 결혼했지만요."

구리코는 가볍게 한숨을 쉬었다.

"그럴 것 같더라."

"네? 어째서요?"

"모모코, 여동생 분위기가 나거든."

어쩐지 귀여움 받는 데에 익숙해져 있는 느낌이 난다. 하기야 나이 차이 많이 나는 막내인 데다 위로 오빠가 둘이나 있다면 귀여움 받는 것도 당연하겠지. 이렇게 귀여운 여동생이라면 여자인 구리코 눈에도 예뻐 보일 텐데 남자들이야 오죽하랴, 하는 생각이 든다.

옆에서 유리잔을 늘어놓고 있던 무라사키 씨가 쿡쿡 웃었다. 삼십 대 주부로 한 주에 사흘 정도 저녁때까지 일하고 있다.

"구리코는 큰딸이지?"

"어? 역시 아시는 거예요?"

"알다마다. 장녀 체질이라고들 하잖아? 나도 그런걸."

무라사키 씨가 장녀라는 것도 어쩐지 납득이 간다. 차분하고 시원시원해서 의지가 될 것 같다.

그러나 구리코는 그녀처럼 차분하지도 않고, 다른 사람이 의지할 만한 타입도 아니다. 그런데도 장녀처럼 보인다는 건, 왠지 제비를 뽑아도 꽝만 뽑을 것 같은 분위기를 풍긴다는 게 아닌지 고민된다.

정말이지, 인간은 태어나는 순간에 온갖 것들이 정해지는 것 같다. 아니 실제로, 용모나 태생 같은 많은 부분이 결정되지만.

모모코는 발돋움하듯이 서서 홀을 내다봤다.

"구니에다 씨, 오늘은 안 오시네요."

"아, 응."

구니에다 노인은 오늘은 모습을 보이지 않았다. 여기에 오지 않는 날은 뭘 하고 있으려나, 생각해본다. 공원에서 지난번처럼 차를 달이고 있을까.

"왠지, 저희 동네 반상회에서 구니에다 씨 일이 문제가 되고 있는 것 같아요."

모모코 말에 구리코는 놀랐다.

"문제라니?"

"치매기도 조금 있는 것 같은데 만날 밖에 나와 돌아다니니 위험하지 않느냐는 말이 나온 모양이에요. 봉사자도 하루에 한 번밖에 오지 않고 같이 사는 가족도 없고…… 어떻게든 이웃 사람들이 신경 써서 가능한 한 집밖을 헤매고 다니지 않게 하자고 말이에요."

구리코는 당황하며 되물었다.

"구니에다 씨라면…… 그, 할아버지잖아. 커피 한 잔으로 몇 시간씩 버티다 가는……."

"맞아요. 말씀 안 드렸나요?"

"아니, 들었어."

하지만 구리코가 알고 있는 구니에다 노인은 정정하고, 치매로 보이는 구석은 조금도 없다. 물론 약간 이상한 사람이라고 생각한 적은 있지만, 동네를 돌아다녀서 위험할 것 같다는 느낌은 들지 않는다.

"여기에 와 계시다고 우리 부모님한테 이야기할까 생각한 적도 있지만, 억지로 끌려가게 만드는 것도 왠지 가여운 마음이 들어서요. 딱히 다른 사람들에게 피해를 주는 것도 아니고, 여기서 커피를 마시는 구니에다 씨는 어쩐지 즐거워 보이기도 해서."

물론 주위 사람들은 노인을 생각해서 하는 말일 것이다. 하지만 나이 먹고 혼자 산다고 해서, 그리고 조금 괴짜라는 것만으로 행동까지 감시받아야 한단 말인가. 그렇게 생각하니 어쩐지 화가 났다.

구리코는 구니에다 노인이 늘 앉던 창가 자리로 눈길을 주었다. 늘 머물던 주인이 없는 의자는 조금 쓸쓸해 보였다.

아르바이트가 끝나자, 구리코는 부리나케 옷을 갈아입고 종업원용 출입구를 뛰쳐나왔다.

오늘 오후 어머니가 안을 데리러 갈 거라고 했었다. 지금쯤 안은 집에 돌아와 밥을 먹고, 그러고 나서 좋아하는 거실 매트 위에 배를 깔고 누워 있을 것이다.

구리코가 돌아오기를 기다리며 현관에 나와 있을지도 모른다. 그리 생각하니 저절로 걸음이 빨라졌다.

공원 앞까지 왔을 즈음, 구리코는 발을 멈췄다. 벤치에 구니에다 노인의 모습이 보인 것 같았기 때문이다.

다가가 보니 역시 그랬다. 비 올 기미도 없는데 우산을 손에 들고, 눈을 감은 채 사색에 잠겨 있는 듯 보였다.

하얀 머리카락이 고양이 털처럼 가늘고 부드러워 보였다. 마치 동화에 나오는 마법사 같다고 구리코는 생각했다. 좀 과장이다 싶으면 마을 장로라든가.

아무리 어렵고 복잡한 사건도 그 사람 손에 걸리면 스르륵 매듭이 풀려 한 가닥 실이 된다.

그런 공상을 하고 마는 자신의 유치한 면에 쓴웃음을 지으며 구니에다에게 다가갔다.

'실제로는 그저 고독한 괴짜 할아버지일 테지만.'

"안녕하세요, 구니에다 씨."

"오오, 나나세 양인가."

옆에 앉자 구니에다는 온 얼굴에 주름이 자글자글 잡히도록 웃어 보였다.

"어떤가. 안 양의 상태는."

"오늘 퇴원해서 집에 돌아와 있을 거예요. 아직 보진

못했지만요."

"그래도 회복해서 다행 아닌가."

구리코는 고개를 끄덕였다. 구니에다 노인의 윗옷을 아직 돌려주지 않았다는 사실이 문득 생각났다. 안을 감싸느라 빌리고서 세탁소에 맡겨놓았던 것이다.

"죄송해요, 옷도 아직 못 돌려드리고……. 세탁소에 맡겨놔서 내일 찾으러 가려고요."

"그러지 않아도 되는데. 어차피 싸구려인걸."

"하지만 이미 맡겨버려서. 어디서 만나 돌려드리면 될까요?"

"자네가 편한 시간에 여기서 보도록 하지. 아르바이트 가는 길이든 돌아오는 길이든 상관없네. 어차피 나야 하루 종일 한가하니까."

그렇게 말하며 웃는 구니에다 노인의 얼굴은 정말이지 치매하곤 거리가 멀었다. 혼자서 아무리 낯선 장소에 간들 곤란한 일은 없을 성싶다.

단지 괴짜에, 벤치에서 차를 달인다는 이유만으로 그렇게들 생각하고 있는 걸까.

지난번에 모모코가 했던 말이 생각나서 구리코는 물어보았다.

"구니에다 씨, 아드님이 해외에서 일하신다고 들었는데요."

"모모코 양한테서 들었는가. 여자들 사이에선 말이 퍼지는 게 빠르군."

당황한 구리코는 급히 변명했다.

"전 모모코한테 이야기하지 않았어요."

그리고 다시 한 번 물었다.

"외롭지 않으세요?"

"혼자가 편해. 딱히 불편한 것도 없고."

그런 걸까. 문득 마코토가 떠올랐다. 그 애도 언젠가는 외로움을 못 이겨 자기 방에서 나오겠거니 생각하고 있었는데, 어쩌면 그런 날은 오지 않을지도 모르겠다.

"무슨 고민거리라도 있는가."

갑작스런 말에 구리코는 놀라 고개를 들었다.

"왜 그런 말씀을?"

"얼굴에 쓰여 있구먼."

이야기할까 말까 망설였다. 구니에다와는 아무 상관없는 이야기였다. 하지만, 그래서 더 이야기하고 싶은 기분이 들었다. 부모님에게도, 그리고 친구들에게도 털어놓을 수 없었다.

구리코는 띄엄띄엄 말하기 시작했다.

에둘러서 마코토의 어릴 적 일화부터 중학생 때 이야기, 그리고 지금까지. 이윽고 이야기가 지난번 죽은 개를 발견한 아침에 이르자, 구니에다는 그제야 입을 열었다.

"나나세 양은 마코토 군을 무서워하고 있구먼."

구리코는 고개를 끄덕였다. 그 애가 했는지 아닌지 의심한다기보다, 그 애를 모르겠다. 그 애가 무섭다.

그리고 그런 자기 자신이 못 견디게 싫다.

그 후에도 구리코는 이야기를 계속했다. 마코토가 종종 동틀 무렵에 집을 나간다는 것, 안의 물그릇을 걷어찼다는 것.

구니에다는 말을 끊지 않고 구리코의 이야기를 계속 듣고 있었다.

구리코가 이야기를 마치고 한숨 돌리자, 구니에다는 말했다.

"마코토 군의 사진 같은 거라도 보여줄 수 있겠는가."

"사진이요?"

생각지도 못한 말에 구리코는 당황했다. 사진 따위를 함께 찍지 않은 지 이미 오래된 것 같은데.

"응. 종종 눈이 일찍 떠지는 날에는 새벽부터 이 근처를 산책하거든. 만약 보게 되거든 주의 깊게 봐두도록 하겠네."

구리코는 고개를 끄덕였다.

윗옷을 돌려주기 위해 내일 밤, 여기서 다시 만나기로 약속했다.

"그럼, 안 양에게 안부 전해주게나."

구리코가 일어서자 구니에다는 벤치에 앉은 채 그렇게 말했다. 구리코는 약간 이상하다는 생각이 들었다.

이 사람은 하루에 얼마나 이 공원에 나와 있는 걸까.

다음 날 아르바이트를 마치고, 구리코는 다시 그 공원에 갔다.

어젯밤 집에 돌아가 보니 아니나 다를까, 안은 현관에 엎드려 구리코를 기다리고 있었다. 구리코의 얼굴을 보더니 두 다리로 일어서서 열심히 얼굴을 핥으려 했다.

안과 잠시 놀아준 후, 구리코는 앨범에서 마코토의 사진을 찾았다.

짐작했던 대로 요즘에 찍은 사진은 한 장도 없었다. 하지만 덩치가 큰 마코토는 고등학생 때나 지금이나 겉모습에 별 차이가 없었다. 그 무렵의 사진을 몇 장 찾아냈다. 지금의 마코토와 가장 비슷한 사진을 골라 주머니에

숨겼다. 없어졌다는 걸 알아챌 사람은 없겠지.

구니에다 노인은 늘 앉는 그 벤치에서 기다리고 있었다. 구리코는 세탁소 봉투를 내밀었다.

"여기, 정말로 감사했습니다."

"아니, 나야말로, 세탁까지 해주고 외려 미안하구먼."

"그리고……" 하며 구리코는 주머니를 뒤졌다.

"이게 마코토 사진이에요."

구니에다는 눈을 가늘게 뜨고 사진을 보았다.

"역시, 자네와 많이 닮았군."

닮았다는 말은 어릴 때는 자주 들었다. 하지만 벌써 몇 년 넘게 그 말을 듣지 못했다.

우선 남자와 여자인 데다 머리 모양이며 복장, 화장에 따라 분위기가 완전히 달라졌다.

역시 오래 살아온 사람의 눈은 그런 표면상의 차이에는 속아 넘어가지 않는가 보다.

불현듯 구니에다 노인의 눈이 구리코의 뒤를 보았다. 그 시선을 따라 돌아보니, 적갈색 푸들을 데리고 나온 여자가 주뼛거리며 걷고 있었다. 오늘은 구리코가 등을 보이고 있는 탓인지 알아채지 못한 눈치였다.

구리코는 소리 죽여 구니에다에게 말했다.

"저 사람, 느낌이 안 좋아요."

"무슨 일이라도 있었는가."

"저번에, 강아지가 귀엽네요, 하고 말을 걸었더니 기분이 좋아서는 곧 새끼가 태어날 텐데 분양받지 않겠느냐고 하는 거예요. 그런데 제가 잡종견을 기르고 있다고 말하니까, 갑자기 손바닥 뒤집듯이 태도를 바꾸더라고요. 그 후로는 제 얼굴을 보기만 해도 피하려 들고, 이상한 사람이에요."

구니에다는 시선을 구리코에게로 돌렸다.

"뭐, 묘한 인간은 어디에나 있는 법이지."

그렇게 말하고 나서 갑자기 몸을 앞으로 기울였다.

"한데, 나나세 양. 실은 부탁이 하나 있는데, 하루만 이 늙은이와 같이 있어주지 않겠는가."

"같이 있다뇨?"

구니에다는 당황한 듯 손을 내저었다.

"아니 아니, 이상한 뜻은 전혀 없네. 딱 하루만, 내 손녀 역을 연기해주었으면 하는 거라네."

약속한 역 앞 로터리에서, 구리코는 안절부절못하며 기다리고 있었다.

감청색 스커트와 하얀 블라우스 따위를 입을 일 자체가 드물다 보니 진정이 되질 않았다. 귀에 하고 있던 피어싱도 전부 뺐다. 가능한 한 평소 분위기와 다른 차림으로 와달라는 구니에다의 부탁이 있었던 것이다.

'손녀를 동반한 모습을 도대체 누구한테 보여주려는 걸까.'

드라마나 만화 같은 데서 곧잘 써먹는 고정 패턴 중에, 시골에 계신 어머니가 상경하게 되었는데 그 어머니를 안심시켜 드리고자 아무 관련 없는 여성에게 애인인 척 해달라고 부탁한다는 줄거리가 있다. 하지만 손녀도 없는데 손녀인 척한다는 얘기는 들어본 적이 없다.

'무엇보다, 구니에다 씨에게 시골의 어머님이 계신다면 그 연세가 도통 얼마나 되실는지도 모르겠지만.'

그런저런 생각을 멍하니 하고 있노라니, 뒤에서 구니에다의 목소리가 났다.

"나나세 양, 기다리게 해서 미안하네."

"아뇨, 저도 방금 도착한 참이라……."

돌아선 구리코는 눈을 의심했다. 우선 시선을 돌려 구니에다를 찾았다. 하지만 구니에다 같은 사람은 근처에 보이지 않았다. 다시 한 번, 눈앞에 있는 사람과 시선을 맞췄다.

"구…… 구니에다 씨?"

안경 아래에 있는 얼굴은 분명 구니에다이고, 평소와 달리 빈틈없이 매만지긴 했지만, 백발도 그대로다.

늘 입던 구깃구깃한 옷이 아니라 고급 회색 재킷과 체크무늬 셔츠를 멋지게 소화해내고 있다. 하지만 옷 때문만은 아니다. 옷만으로 이렇게까지 다른 사람으로 보일 리는 없다.

거기까지 생각하다 구리코는 깨달았다.

등줄기가 꼿꼿했다.

항상 굽어 있던 구니에다의 등은 곧게 펴 있고, 시선도 구리코보다 높을 정도였다.

구니에다는 구리코의 놀라는 모습이 즐거운 듯 싱글싱글 웃으며 서 있었다.

변장했다는 말이 아니다. 머리도 물들이지 않았고, 안경을 썼을 뿐 얼굴도 달라진 구석이 없다. 하지만 평소의 구니에다와 전혀 다른 사람 같다.

평소의 구니에다는 누가 봐도 노인 같은데, 지금 눈앞에 있는 사람은 초로의 신사 같은 분위기다. 길을 가다 마주쳐도 아무도 같은 사람이라고는 생각하지 못하리라.

"구, 구니에다 씨……? 어떻게 되신 거예요?"

그 질문에는 대답하지 않고 구니에다는 목울대를 그르렁거리며 웃었다.

"나나세 양, 이 일은 아무에게도 이야기하지 말아주었으면 하네."

그러고는 그대로 걷기 시작했다.

"내 생각에, 이 세상에서 가장 모습을 바꾸기 쉬운 건 노인인 듯하네. 사람들은 노인의 얼굴을 그다지 유심히 보질 않아. 나이를 먹으면 주름 탓인지 노인들의 얼굴은 죄 비슷비슷해지거든. 해서, 얼굴과 키와 몸집이 아니라, 행동거지며 허리의 굽은 정도, 걸음걸이가 빠른지 느린지 따위가 그 사람의 개성이 되고 말지."

척척 앞서 가는 구니에다를 뒤쫓으며 구리코는 물었다.

"저, 그럼, 구니에다 씨는 평소에 일부러 그렇게 등을 구부리고 걸으셨던 거예요?"

대체, 어째서, 무엇 때문에? 조금이라도 젊게 보이려 한다면 이해가 가지만, 나이 들어 보이려고 하다니, 무슨 영문인지 모르겠다.

구니에다는 신호등 앞에 멈춰 서서 돌아보았다.

"아니 아니, 지금이 억지로 젊게 보이려 하는 게지."

거짓말, 하고 구리코는 마음속으로 중얼거렸다. 구니에다의 발걸음은 구리코가 따라잡기에도 벅찰 정도로 가벼웠다.

하지만 구니에다의 아까 그 말은 맞는 말이라고 새삼 깨달았다. 자세와 걸음걸이가 바뀐 덕분에 구니에다는 완전히 딴사람 같았다. 나이도 열 살은 젊어 보였다.

간신히 기분을 추스르고 나서 구리코는 물었다.

"그런데, 오늘은 어디 가시는 거예요?"

"아아, 개를 사러 간다네."

"개요?"

생각지도 못한 단어가 튀어나와 구리코는 당황했다.

"개를 사실 거면 굳이 손녀가 없어도………."

"아니, 혼자 가면 아무래도 얼굴을 기억할 가능성이 높아. 젊은이가 함께 가면, 내 얼굴은 그다지 주목해서 보지 않게 되지."

그렇게 되나, 하고 구리코는 고개를 갸우뚱했다.

그건 그렇고, 구니에다는 남들에게 얼굴이 기억되고 싶지 않은 이유라도 있는 걸까. 이전에도 경찰이라면 영 질색이라고 했다.

'어쩌면, 아주 몹쓸 짓을 한 사람이었다든가…….'

순간, 조금 겁이 났다. 유괴라도 당하는 게 아닐까 하는 생각까지 들었지만, 구리코에게 무슨 짓을 할 생각이었다면 이제까지 기회는 얼마든지 있었을 터였다.

애견 가게로 가는 줄 알았는데 구니에다는 큰길과는 반대 방향으로 걸어갔다. 한동안 길을 따라 걷다가 어느 집 앞에 섰다.

"미리 말해두지만, 나는 아카사카 고이치로이고, 자네는 아카사카 마이일세. 나에 대한 호칭은 할아버지면 되네. 개들을 보고 고르는 척은 하되, 살 필요는 없어. 고민하다 결정을 못 내리는 척하게."

"구니에다 씨가 아닌 거예요?"

"여기서는."

더 캐물으려 했지만, 구니에다는 이야기를 끝내려는 듯 인터폰을 눌렀다.

치와와 새끼 세 마리가 거실을 뛰어다니고 있었다.

너무 귀여워서 현기증이 날 지경이었다. 어느 녀석 할 것 없이 아직 몇백 그램밖에 안 되어 안기도 조심스러울 만큼 작았다.

방문한 곳은 치와와를 전문으로 기르는 집이었다. 젊

은 부부가 그들을 상냥하게 맞이하며 2층에서 강아지를 데려왔다.

하얗고 까만 얼룩무늬 강아지가 구리코가 있는 곳까지 달려와 무릎에 발을 얹었다. 구리코가 손을 뻗자 거기에 달라붙어 장난치며 깨물어댔다.

안의 재롱부리는 모습도 귀엽지만, 역시 이 강아지에 비하면 어른스러운 분별이 느껴졌다. 이 녀석의 몸짓은 흡사 갓난아기의 몸짓이었다.

구니에다는 부모견이며 혈통서 따위에 관해 질문하고 있었다. 정말이지, 어떤 녀석이든 좋으니 데려가고 싶다는 마음을 꾹꾹 누르며 구리코는 말했다.

"어쩌죠. 못 고르겠어요, 할아버지."

"음. 그럼 집에 가서 천천히 생각해보는 게 어떻겠니?"

나중에 다시 연락하겠다는 말을 남기고 구리코 일행은 그 집을 뒤로했다.

다음으로 찾아간 곳은, 미니어처 닥스훈트가 있는 집이었다. 듣자 하니 그곳은 전문 브리더의 집은 아니고, 자기 집에서 태어난 강아지를 분양할 곳을 찾고 있다고 했다.

거기서도 다섯 마리나 되는 강아지에 둘러싸여 구리코

는 거의 실신할 지경이었다.

강아지들을 앞에 두자, 지금까지 의식하지 않았던 모성 본능의 밸브가 갑자기 열려 콸콸 쏟아져 나오는 것만 같았다.

여전히 구니에다의 생각은 알 길이 없고, "이 녀석을 갖고 싶어요"라고 말하고 싶은 것을 꾹꾹 참았다.

여기서도 또 연락하겠다는 말만 남기고 돌아서 나왔다. 다음은 요크셔테리어를 키우는 브리더의 집.

즐거운 건 즐거운 거고, 왜 구니에다가 이런 일을 하고 있는지 알 수 없었다.

그 집을 나온 후, 구니에다가 말했다.

"피곤하지? 다음이 마지막이야."

"아니, 괜찮아요. 즐겁기도 하고."

구리코의 말에 구니에다는 미소 지으며 고개를 끄덕였다.

"다음 집에서는 한 마리 고르시게. 자네가 돌봐야 할 필요는 없다네. 내가 데리고 돌아갈 테니까."

"네?"

지금까지도 이상했지만 이번에도 수수께끼다. 만약 처음부터 다음 집에서 살 생각이었다면, 여태 들렀던 집들은 대체 뭐였단 말인가.

다음 집은 택시로 갔다. 이제까지 방문했던 곳은 전부 구리코네 집에서 걸어서 갈 수 있는 거리였는데, 이번에는 조금 멀리 가는 모양이었다.

도착한 곳은, 오래됐지만 넓은 마당이 있는 집이었다. 마당에서 개 짖는 소리가 들려왔다.

맞이하러 나온 사람은 화장기 없는 사십 대가량의 여성이었다.

"기다리고 있었습니다."

그렇게 말하고 구리코와 구니에다를 마당으로 안내했다. 거기에는 담장으로 칸을 나눈 개집이 있고, 열 마리 가까운 성견들이 있었다.

"이쪽에 있는 아이들은 질병도 없고, 성격에도 문제가 없는 아이들이에요. 가정에서 기르기에 아무 문제 없답니다."

털이 부스스한 시츄가 담장에 얼굴을 눌러 붙인 채 짧은 꼬리를 끊어져라 흔들었다. 옆 칸의 잡종견도 마찬가지로 눈을 빛내고 있었다.

바로 이해했다. 이곳은 지금까지처럼 브리더를 하는 집이 아니라, 버려진 개를 보호하고 있다가 새 주인을 찾아주는 집이리라.

"어떻게 할 건가?"

구니에다의 재촉에 구리코는 개들을 견주어 보았다. 하나같이 구리코 일행을 빤히 올려다보고 있었다. 개들은 아는 눈치였다. 이 사람이 자신들을 데리고 가줄지도 모른다.

선택할 수 없다고 생각했다. 하지만 선택하지 않으면, 이대로 전부 놔두고 가는 꼴이 된다.

딱 한 마리, 담장에 얼굴을 붙이고 있지 않은 개가 있었다. 안과 비슷한 크기의 잡종견. 갈색인데 코끝과 발끝만 까맸다. 이쪽을 보고는 있지만, 조금 떨어진 자리에 멍하니 주저앉아 있었다. 어쩐지 포기하고 있는 듯이 보였다.

구리코는 고개를 끄덕였다. 그리고 그 코가 까만 개를 가리켰다.

"저 애가 좋겠어요."

리드줄이 팽팽하게 앞서 걸으면서도, 그 개는 자꾸만 구리코 쪽을 돌아보았다.

아직 꼬리는 흔들지 않는다. 왠지 미심쩍다는 눈길로

구리코를 보고 있다.

"이름을 붙여줘야겠네."

구리코가 그렇게 중얼거리자 구니에다가 돌아보았다.

"이름은 안 붙일 게야."

"어째서요?"

그 물음에 구니에다는 웃기만 할 뿐 대답하지 않았다.

역이 가까워지자 구니에다는 구리코에게서 리드줄을 받아 쥐었다.

"덕분에 오늘은 정말 도움이 됐네."

딱히 뭔가 도움이 됐다는 생각은 전혀 들지 않았지만 구니에다가 그렇게 말하니 그런가 보다고 구리코는 생각했다.

코가 까만 개는 구리코 쪽을 이상하다는 듯 보았다. 구리코는 그런 개의 가슴팍을 어루만져주었다.

"또 보자."

그렇게 말하자 개는 고개를 갸웃거렸다.

일단 등을 돌렸던 구니에다가 다시 돌아섰다.

"그래 그렇지, 동생 일 말이네만."

"네?"

"대화를 한 번 나눠보게나."

바로 대답이 나오지 않았다. 다시 등을 돌린 구니에다에게 구리코는 물었다.

"대화하면, 뭔가 바뀔 거라고 생각하세요?"

십 대 때는, 자신만만한 얼굴로 자기와 이야기하려 드는 어른이 싫었다. 대화만 하면 이해할 수 있다, 어린아이는 아무리 고집을 부려봤자 결국 어른인 자신에게 도움을 청하게 되어 있다, 그런 오만함이 은연중에 엿보여 구리코는 그런 사람에게는 더욱 반발심이 일곤 했다.

자신이 마코토와 대화를 나누지 못하는 건, 그런 생각이 깔려 있기 때문일지도 모른다고 구리코는 깨달았다.

그 애를 알고 싶다. 하지만 그 애를 아는 척하고 싶지는 않다.

구니에다는 웃었다.

"바뀔지도 모르고 바뀌지 않을지도 모르지. 하지만 나나세 양은 동생이 어떻게 되든 상관없다고 생각하고 있진 않잖은가. 그렇다면, 이야기를 해보는 게 좋을 게야."

그러고 나서, 이번에는 정말로 개를 데리고 걷기 시작했다. 그 뒷모습을 잠시 바라보다 구리코도 등을 돌렸다.

방 안에서 내내 생각에 잠겨 있었다.

일어섰다가 다시 앉기를 몇 차례. 다시 한동안 생각에 잠겨 있다가 그대로 아래층으로 내려갔다.

부엌에서 핫케이크를 굽고 있자 고소한 냄새에 끌렸는지 안이 다가와 구리코를 올려다보았다. 뒤이어 어머니도 얼굴을 내밀었다.

"너, 뭐 하는 거니?"

"핫케이크 만들어."

"이 시간에 괜찮겠어? 살찐다."

"괜찮아, 가끔은."

핫케이크를 넉 장 부쳐 접시에 담고, 홍차를 끓였다. 그것을 쟁반에 담아 2층으로 올라갔다.

마코토의 방문을 노크했다.

"마코토, 있니?"

"뭐야."

잠에 취한 듯 흐리멍덩한 목소리가 났다.

"핫케이크 만들었는데, 안 먹을래?"

조금 놀란 듯한 기척에 이어 잠시 침묵이 이어졌다. 마코토가 말했다.

"거기 놔둬."

순간 꺾이려는 기분을 북돋았다.

"같이 먹자. 잠깐 할 얘기가 있어."

다시 정적. 불안해질 만큼 침묵이 흐르고 난 후, 문이 열렸다.

마코토는 자고 일어나 뻗친 머리카락을 손가락으로 쓸어 올리면서 구리코의 얼굴을 힐끔 보았다.

"무슨 바람이 불었기에."

"그러니까, 할 이야기가 있다고."

옛날에 이따금 그랬듯이, 침대 옆에 놓인 접이식 밥상을 꺼내 펼쳤다. 그 위에 핫케이크와 홍차를 내려놓았다.

접시를 내밀자 마코토는 말없이 받아 들었다.

마코토는 서투른 손놀림으로 나이프와 포크를 놀려 핫케이크를 입에 넣었다.

"탔어."

"못 먹을 정도는 아니잖아."

그런 짧은 대화만 간간이 이어졌다. 먼저 다 먹은 마코토가 포크를 내려놓았다.

"근데, 할 이야기라는 게 뭐야."

구리코는 남은 핫케이크를 작은 크기로 잘랐다.

"그게 말이지. 안 얘긴데."

그 말에 마코토는 눈에 띄게 맥 빠진 표정을 지었다.

"개가 어쨌다고."

"너, 안이 싫으니?"

마코토의 눈썹이 쓱 가늘어졌다. 살짝 불쾌해 보이는
표정.

"왜 그렇게 생각하는데?"

"그런 느낌이 들어서."

다시 침묵. 구리코는 남은 핫케이크를 입에 밀어 넣었
다. 맛 따윈 없었다.

"그래서, 내가 싫다면 어쩔 건데."

"어쩌겠다는 건 아냐. 하지만 그걸 알고 있는 것과 모
르는 건 다르니까."

마코토는 다시 입을 다물었다. 홍차를 한 모금 마시고
나서 컵을 내려놓았다.

"짜증 나."

그 말만 하고 입을 다물었다. 하지만, 구리코가 뭔가
말하려 하기 전에 마코토는 다시 입을 열었다.

"개가 아니라, 개를 둘러싸고 단란한 가정인 척하는 식
구들이."

구리코는 잠시 생각에 잠겼다. 어떤 대답을 해야 할지
몰랐던 것이다.

"누나도 아빠 엄마랑 할 이야기가 없잖아. 정작 중요한 이야기는 요만큼도 같이 안 하면서, 개가 있는 것만으로 왠지 기분이 들떠서는 두루뭉술하게 넘어가고. 그게 짜증 나. 나한테도 하고 싶은 말이 잔뜩 있을 텐데, 그저 입 다물고 실실대기만 하는 식구들이 짜증 난다고."

구리코는 또다시 생각에 잠기고 말았다. 마코토 말도 확실히 일리가 있는 듯했다.

구리코만 해도 결론을 내지 않으면 안 될 일이 잔뜩 있다. 그 문제를 부모님과 이야기하면 보나 마나 싸움이 될 것이다. 안이 오기 전엔 그런 이야기만 하고 있었는데, 안이 오고부터 왠지 묻혀버린 느낌이다.

하지만 그렇다고 어물쩍 넘어가려는 건 아니다. 제대로 설명은 못 하겠지만.

구리코는 미간에 주름을 잡았다.

"미안, 좀 더 생각해볼게. 난 잘 모르겠다."

"뭐, 됐어. 누나 대답을 듣고 싶은 건 아냐."

"응, 그럴지도 모르겠지만."

구리코는 빈 접시와 컵을 쟁반에 담았다.

"방해해서 미안. 그래도 맛있었지?"

"그런 말 자기 입으로 하지 마."

쟁반을 들고 일어서려다, 아직 중요한 것을 묻지 않았다는 생각이 났다.

"그런데 마코토. 요즘 아침 일찍 나가더라. 뭐, 하는 거 있니?"

마코토가 휙 얼굴을 돌리고 내뱉듯이 말했다.

"잠이 안 와서 걷다 오는 것뿐이야."

"다 좋은데, 엄마가 걱정하셔. 그런 시간에 네가 없으면 말이야."

"시끄러워."

구리코는 이번에는 정말로 일어섰다.

"그럼 잘 자."

"어."

문을 닫는 순간, 혀 차는 소리가 들렸다. 하지만 화는 나지 않았다. 어린애라고 생각했을 뿐이다. 구리코도 조금은 어른이 되었는지도 모른다.

그로부터 사흘쯤 지난 후의 일이었다.

벽 너머로 무슨 소리가 들려 구리코는 눈을 떴다. 멍하니 시계를 보고 있는 동안 발소리가 구리코의 방문 앞을 지나쳐 갔다.

'마코토 녀석, 또 나가나.'

뒤를 밟을까 어떡할까 망설이면서 구리코는 몸을 일으켰다.

잠시 고민한 후, 나가기로 했다. 파자마를 갈아입고 아래층으로 내려갔다.

현관으로 나가자 안이 거기 있었다. 평소에는 거실 매트 위에서 자는데 마코토를 배웅하려고 나왔을까.

구리코는 몸을 수그리고 안의 귓전에 속삭였다.

"산책 갈래?"

안의 얼굴이 기쁨으로 빛나고 꼬리가 살랑살랑 흔들렸다. 신발장 위에 놓아둔 리드줄을 안의 목줄에 연결하고, 함께 현관을 나섰다.

그 일을 겪은 후에도 안은 산책을 꺼리지 않았다. 그 대신 땅에 떨어진 음식물을 주워 먹는 짓은 딱 멈췄으니, 어쩌면 잘된 일이라고도 할 수 있다.

늘 다니는 코스를 따라 공원으로 갔다. 아직 어두워서 마주치는 사람은 없었다.

공원에 들어선 순간, 갑자기 안이 멍멍 하고 짖었다. 그대로 리드줄을 당기며 달려 나갔다.

"자, 잠깐 안! 어디 가니?"

안은 키 작은 덤불 뒤로 거침없이 들어갔다. 안에게 끌려가 고개를 들이민 구리코는 깜짝 놀랐다.

그곳에는 구니에다 노인이 웅크려 앉아 있었다. 옆에는 지난번에 데려온 코가 까만 잡종견도 있었다.

"구, 구니에다 씨?"

"이런 이런, 들켜버렸네. 안 양은 정말 좋은 코를 가졌구나."

안은 크게 기뻐하며 구니에다 노인의 얼굴을 핥았다. 그게 끝나자 이번에는 옆의 개에게도 인사를 했다. 까망이는 귀찮다는 표정을 지으며 얼굴을 돌렸다.

"미안하지만 별로 눈에 띄고 싶지 않아서 말이야. 이쪽으로 들어와 주지 않겠나?"

시키는 대로 구리코는 안을 데리고 덤불 뒤쪽으로 들어갔다.

"뭘 하고 계시는 거예요?"

그러고 보니 구니에다 노인은 요즘 들어 론도에도 오지 않았다. 까망이는 구니에다 옆에 얌전히 앉아 있었다.

"아직은 설명해줄 수 없지만, 조금 걸리는 일이 있어서. 이 녀석 도움을 받아 확인하고 싶어서 말이야."

그렇게 말하며 검버섯이 핀 손으로 까망이의 머리를

쓱쓱 쓰다듬었다. 까망이는 귀찮은 표정을 지었다.

확인하고 싶은 일이란 대체 뭘까. 동틀 녘의 공원에는 인기척이라곤 없었다.

구리코는 젖은 땅 위에 앉았다. 안도 옆에 와 앉았다. 조금 으스스하니 추웠다.

"감기 걸릴지도 모르니 돌아가게나."

구니에다는 구리코 쪽을 흘낏 보며 말했다.

"싫어요. 구니에다 씨야말로 감기 걸리시겠어요."

구니에다는 쓴웃음을 지었다. 고집 센 아이로군, 라고 얼굴에 쓰여 있었다.

아무 일도 일어나지 않은 채 시간은 흘렀다. 하도 지루해서 그만 일어서려고 했을 때였다.

구니에다의 얼굴이 갑자기 굳어졌다. 까망이의 리드줄을 꽉 잡아당겼다.

왜 그러세요? 라고 물으려다 조용히 하라는 눈짓을 받았다.

구리코는 덤불 그늘에서 공원을 찬찬히 살폈다.

몇 번 본 적 있는 여자가 걷고 있었다. 작은 적갈색 푸들을 산책시키고 있었다.

저 사람이 무슨 짓이라도 한 걸까. 의아해하고 있는데

구니에다가 까망이의 리드줄을 놓았다.

까망이는 부리나케 덤불 밖으로 뛰어나갔다.

기척을 알아챘는지 여자가 이쪽을 보았다. 표정이 굳어지더니 발을 멈췄다.

마치 독사라도 본 것 같은 얼굴이었다. 숨을 삼키며 뒷걸음질을 쳤다.

"싫어…… 오지 마……."

그녀는 자신의 애견을 안아 올렸다. 도망치듯 뒷걸음질했다. 그러거나 말거나 까망이는 관심을 보이듯 여자에게 다가갔다.

"싫어……."

여자는 겁먹은 듯 웅얼거리며 뛰어 달아났다. 까망이는 잠시 뒤쫓는가 싶더니 흥미를 잃은 듯 멈춰 섰다. 그대로 공원 풀숲의 냄새를 맡고 있었다.

구리코는 고개를 갸웃거렸다.

저 여자는 개를 무서워하는 걸까. 자기도 개를 기르면서. 물론 화난 개라면 무섭겠지만, 까망이는 전혀 화를 내지도 위협하지도 않았다. 아무 일 없으리라는 건 개를 기르는 사람이라면 알 텐데.

"어떻게 된 일이죠?"

대답 대신 구니에다는 손가락을 입술에 댔다. 이상하게 여기며 공원을 바라보았다.

그 여자가 공원 입구로 돌아와 있었다. 어디다 매어두고 왔는지 푸들은 곁에 없었다. 하지만 대신 손에 커다란 돌을 들고 있었다.

여자는 천천히 까망이에게 다가갔다.

구리코는 놀라 숨을 삼켰다. 생각났다. 그, 죽은 개. 머리가 벽돌에 맞아 깨져 있었다.

여자는 까망이 앞에 오더니 돌을 높이 치켜들었다.

그 순간 구니에다가 일어섰다.

"우리 개한테 무슨 짓을 하고 있는 게요!"

여자의 손이 멈췄다. 구니에다를 보더니 사색이 되어 그대로 돌을 내던지고 뛰어가 버렸다.

구리코는 놀라 일어섰다.

"저 사람…… 대체, 어째서."

저 사람이 개를 죽인 범인인 걸까. 자기도 개를 기르면서, 어째서 개를 죽이려 하는 것이지?

구니에다가 일어서자 까망이가 구니에다 쪽으로 달음질쳐 왔다.

"그건 나중에 설명함세. 우선은 파출소에 가서 우리 개가 습격당할 뻔했다고 신고해야 하니까."

다음 날, 구리코는 아르바이트가 끝난 후 공원에 갔다.

구니에다에게 자세한 설명을 듣기로 했던 것이다. 구니에다는 먼저 와서 벤치에 앉아 있었다. 까망이도 함께였다.

구리코를 향해 손을 흔들었다. 구리코는 잔달음으로 가서 구니에다 옆에 앉았다.

"그 사람, 붙잡혔나요?"

"으응, 공원에 살충제가 든 과자며 빵을 놓아둔 것도 역시 그 여자였다는군. 경찰이 추궁하자 시인했다지."

"어째서……."

구리코는 조그맣게 중얼거렸다. 개를 싫어하는 사람이 한 짓이라고만 여겼다. 설마 마찬가지로 개를 기르는 사람이 한 짓이라고는 꿈에도 생각 못 했다.

"그 사람은 그 사람 나름으로 자신의 개를 사랑한 거야. 그렇지만 칭찬받을 만한 일은 아니지."

구니에다는 그렇게 중얼거리고는 까망이의 머리를 쓰다듬었다. 구리코가 물었다.

"왜 그런 짓을 한 거죠?"

"그 여자는 푸들만 여러 마리를 기르고 있다네. 전업 브리더는 아니지만, 그래도 새끼를 받아 원하는 사람에게 팔아 이익을 얻고 있었던 모양이야."

구니에다는 천천히 이야기를 이어 나갔다.

"한데, 두 달쯤 전에 갓 태어난 강아지가 전부 죽어버리는 사건이 있었던 모양이야. 산후라 몸이 약해진 어미 개도 죽고. 나름대로 설비에도 투자한 터라 기대했던 수입이 생기지 않아 적자를 보았지. 그뿐 아니라, 아끼던 애견의 죽음에 충격도 컸을 게야."

"왜 죽었대요?"

"병이야. 개 파보바이러스 감염증. 새끼를 번식시키는 경우에는 치명적이라고도 할 수 있는 병이지. 발병되기 며칠 전 그 여자가 어미 개를 산책시키고 있던 중에, 리드줄이 풀린 개가 다가왔다지. 보통은 그렇게 놔두지 않는데, 그날따라 아무 생각 없이 그 개와 자기 개가 놀게 놔두었던 모양이야. 그 후 새끼와 어미 개에게 병이 퍼져 다 죽고 말았어. 그래서 그 사람은 파보바이러스와 그 개를 연관지어 생각한 게야. 진상은 알 수 없지만."

구리코는 시선을 땅에 떨구었다.

"감염원이 그 개였는지는 모르겠어요. 하지만 친구가

주운 개도 파보바이러스로 죽었거든요."

적어도 한 달 전, 파보바이러스에 감염된 개가 이 공원에 있었던 건 사실이다. 바이러스도 이 공원에 존재했을 것이다. 백신을 접종받은 건강한 개라면 발병하지는 않고 바이러스를 옮기는 숙주 노릇만 하는 경우도 있다.

"그 후로 그 여자는 다른 개들을 극단적으로 두려워하게 되었지. 특히 리드줄이 풀려 자기 쪽으로 다가오는 개나 잡종견을 말이야. 그 후 본인이 키우던 다른 개가 임신했다는 것도 알게 됐어. 이번에는 무슨 일이 있어도 자기 개를, 태어날 강아지들을 지켜내야만 한다고, 그 사람은 그렇게 생각했던 모양이야."

그래서 공원에 있는 다른 개들이며 바깥에 내놓고 기르는 개들을 죽이려 했다. 자기 개들을 지키기 위해서.

그 마음은 애정이라고 볼 수 있을지도 모른다. 하지만, 역시 그건 이기적인 애정이다.

문득 생각이 나서 구리코는 고개를 갸우뚱했다.

"혹시, 지난번에 강아지를 보러 다닌 것도 이번 일과 관련이 있는 건가요?"

"으응, 나나세 양의 이야기를 듣고 그 여자가 묘하다고는 생각했지만, 개를 번식시키는 다른 사람들 중에도 같

136

은 동기를 가진 사람이 있지 않을까 싶었지. 하지만 이 공원 근처에서, 직접 브리딩을 하면서 특별히 신경질적인 반응을 보이는 사람은 없었네. 그 여자 이외에는."

구리코는 까망이의 머리를 쓰다듬었다.

"이 아이를 데려오신 것도 그 사람의 반응을 이끌어내기 위해서였나요?"

"그것도 있고, 우선 피해 신고를 내야 했거든. 그 사람 뒤를 밟아서 약이 든 빵 따위를 놓아두는 장면을 포착할 수 있으면 좋겠지만, 그것도 쉽지 않은 일이라서 말이지."

구니에다는 미소 지으며 까망이의 얼굴을 바라보았다.

"수고했다. 이따 상으로 고기를 주마. 그 후에 네 새 주인을 찾아야 하겠지만."

그 말을 듣고 구리코는 놀랐다.

"구니에다 씨가 키우는 거 아니에요?"

구니에다는 고개를 가로저었다.

"키우고 말고 할 문제가 아니라네. 이 녀석은 아직 세 살 정도밖에 안 됐다는데. 앞으로 15년 이상을 살지도 몰라. 내가 그때까지 살 수 있을지……."

구리코는 다급히 말했다.

"구니에다 씨는 정정하시잖아요. 괜찮을 거예요."

"괜찮을지도 모르고 그렇지 않을지도 모르지. 하지만 키우던 개에게 주인의 죽음을 지켜보게 하는 가엾은 노릇만은 시키고 싶지 않네. 지금이라도 새 주인을 찾아주면 이 녀석은 나에 대해선 금세 잊겠지. 그런데 만약 이 녀석과 10년을 함께 살다가 내가 먼저 가버리면, 남겨진 이 녀석이 너무 가엾지 않겠나. 그때 가서 새 주인을 만난들, 다 늙어 새로 정 붙이기가 얼마나 힘들겠어. 그러니 이참에 나이도 더 젊고, 이 녀석을 끝까지 길러줄 만한 사람을 찾아야 한다네."

까망이는 구니에다가 무슨 말을 하는지 알아듣는 듯한 표정을 짓고 있었다.

그제야 구리코는 구니에다가 까망이에게 이름을 붙여주지 않았던 이유를 이해했다.

"하기야 나도 당장 오늘내일 어찌 될 정도는 아니니, 차분히 좋은 사람을 찾아봐야지."

그렇게 말하며 까망이의 머리를 쓰다듬는 구니에다에게 구리코는 과감히 말했다.

"저…… 그 아이, 저희 집에서 길러도 괜찮은데요."

구리코는 구니에다의 놀라는 얼굴을 처음 보았다.

까망이에게는 '토모'라는 이름을 붙여주었다. 그 애가 온 날이 토모비키*였기 때문이다.

토모는 안처럼 사람을 잘 따르는 편은 아니라서 마음을 여는 데 시간이 걸렸지만, 그래도 조금씩 이 집에 적응해가고 있다.

고작 한 달 빨랐을 뿐인데 안은 선배랍시고 토모의 등을 핥아주는가 하면, 산책할 때도 앞장서 걸어가곤 한다. 토모는 그다지 신경 쓰는 기색도 없이 느긋하게 안의 뒤를 따라간다.

그 모습이 마치 누나와 남동생 같아서 구리코는 매번 웃음을 터뜨리고 만다.

얼마 지난 어느 날, 구리코는 일찍 잠에서 깼다. 4시 반이라는, 말도 안 되게 이른 기상이었다.

일어나 나와 마코토의 방을 노크해 보았으나 역시 대답은 없었다. 문을 열자 텅 빈 침대가 눈에 들어왔다.

구리코는 옷을 갈아입고 살며시 집을 나왔다. 안과 토모가 자기들도 데려가 달라며 눈으로 호소했지만 무시했다. 개를 데려가선 안 되는 장소도 있는 법이다.

• 일주일을 6일로 하여 어떤 날의 길흉을 판단하는 일본의 민속 달력 육요(六曜)에서, 무슨 일을 해도 승부가 나지 않는다는 날.

139

며칠 전 론도에서, 주문을 받으러 간 구리코에게 구니에다가 이렇게 속삭였다.

"월, 수, 금 중 아무 때나 아침 일찍 이리로 와보게나."

론도는 24시간 영업이라 새벽에도 문을 연다. 그래서 구리코는 이날 일찍 일어났던 것이다.

평소 종업원용 출입구를 이용하기 때문에 정문으로 들어가기가 어쩐지 쑥스러웠다.

어서 오십시오, 하는 소리에 쑥스러움이 극에 달했다.

구리코는 구석 자리로 안내받았다. 커피를 주문하고 가게 안을 둘러보았다.

평소 구리코가 일하는 시간대와는 손님 층이 완전히 달랐다. 한눈에 봐도 술이 떡이 되어 아침 첫차가 운행되길 기다리고 있는 듯한 손님도 있고, 일을 마치고 한숨 돌리는 듯한 택시 기사도 있었다.

어쩐지 피로에 찌든 공기가 떠도는 가게 안, 금연석 한 구석에 낯익은 얼굴이 있었다.

마코토였다.

커피 잔을 앞에 두고 멍한 얼굴로 가게 안을 바라보고 있었다. 마코토의 그 시선 끝자락을 더듬어가다 구리코는 납득했다.

짧은 커트 머리의 귀여운 웨이트리스가 커피 리필을 하러 돌아다니고 있었다. 심야 근무를 하는 애라서 어쩌다 한 번씩 보는 정도였지만, 이름이 무라카미라고 했다. 기억하기론 그 애가 근무하는 요일은 월, 수, 금이었다.

'그랬단 말이지.'

그렇게 생각하며 히죽히죽 웃고 있으려니, 문득 마코토의 시선이 이쪽을 향했다. 눈이 휘둥그레졌다.

구리코는 무라카미에게 신호를 보내고 나서, 커피 잔과 계산서를 들고 마코토가 앉은 테이블로 가 앉았다.

"뭐, 뭐야. 누나가 왜 이런 데 있어!"

"잠이 안 와서 커피 마시러 왔을 뿐이야."

뭔가 말하려던 마코토의 입이 닫혔다. 무라카미가 웃는 얼굴로 물컵을 받쳐 들고 테이블로 왔던 것이다.

"안녕하세요. 어쩐 일이세요, 나나세 씨."

"아, 가끔은 손님으로 와보고 싶어져서. 아, 얘는 내 동생 마코토라고 해."

마코토는 평생 처음 보는 듯한 진지한 표정으로 꾸벅 고개를 숙였다.

"누님께는 항상 신세지고 있습니다. 자주 오시죠? 나나세 씨 동생인 줄은 전혀 몰랐어요."

웃는 얼굴로 그렇게 말하는 그녀에게 마코토는 그저 고개만 굽실거릴 따름이다.

'좀 더 쿨하게 나가지 않으면 가망 없어, 이 녀석아.'

속으로 질타와 격려를 보냈으나, 마코토는 구리코의 얼굴을 볼 정신도 없이 얼이 빠져 있었다.

무라카미가 테이블을 벗어나자 구리코는 말했다.

"소개해줬다. 고마운 줄 알아."

"뭐, 뭐, 뭐야. 그런 거 아냐. 집에서는 정신이 산만해져서 공부하러 왔을 뿐이라고."

가만 보니 테이블 구석에 참고서와 노트가 놓여 있었다. 펼쳐진 흔적이 없다는 건 굳이 지적하지 않으마, 하고 구리코는 생각했다.

구리코는 턱을 괴고 창밖을 바라보았다. 하늘이 조금씩 희번해지고 있었다.

"있잖아, 요전번에 한 얘기, 조금 생각해봤는데."

"뭐야."

흥미 없다는 투로 말하는 마코토를 곁눈질했다.

"우리도 이제, 스스로 어른이고 웬만한 일은 다 할 수 있다고 생각하고 있잖아."

"그야 그렇지. 성인식도 마쳤으니까."

"그런데 말야. 아빠랑 엄마는 20년도 더 전부터 우리 뒤치다꺼리를 해오신 거잖아. 처음엔 엄마 아빠 소리도 제대로 못했는데 할 수 있게 되고, 혼자 힘으로 걸을 수 있게 되고, 배변도 스스로 가릴 수 있게 되고, 그런 것들을, 하나 하나 단계를 거쳐 봐오신 거잖아."

"당연한 소릴."

밉살스럽게 대꾸했지만 일부러 못 들은 척했다.

"그러니까, 그런 두 분에게는 우리가 어떤 일을 척척 잘 해내지 못한다고 해도 별로 특별한 일이 아니지 않을까, 그런 생각이 들더라. 다른 사람들은 잘 해내는 걸 잘 못하고 뱅뱅 돌고만 있어도, 어쩔 수 없지 하면서 기다려주시고 있는 거 아닐까."

그리고 그건 특별한 일도, 그렇게 부끄러운 일도 아니다. 엄마 아빠는 구리코와 마코토가 어른이 되어가는 것을 무려 20년 넘게 기다려주고 있으니까. 한두 해쯤 더 기다리는 것 정도야 그분들에겐 그리 큰일도 아닐 것이다.

마코토는 한숨을 쉬더니 코를 벅벅 긁었다.

"이게 내가 내린 결론. 이해돼?"

"몰라."

마코토는 귀찮은 듯 그렇게 말하고 참고서를 펼쳤다.

"얘기 끝났으면 집에 가."

"내가 여기 있으면 무라카미가 또 말 걸러 올지도 모르는데?"

"상관없네요."

말은 그렇게 하면서도, 마코토는 더 이상 구리코를 쫓아 보내려 하지는 않았다.

구리코는 쿡쿡 웃으면서 가게 안을 둘러보았다. 생각해보니, 여기는 구니에다가 늘 앉는 자리였다.

그래, 초조해하지 않아도 될 만큼 인생은 길다. 구니에다와 같은 풍경을 볼 수 있게 되기까지는 정신이 아득해질 만큼 많은 시간이 남아 있는 것이다.

론도에서 생긴 일

위험해. 너무 위험해.

요즘 구리코는 하루에도 몇 번씩 그렇게 중얼거린다. 개를 산책시키는 동안에도, 아르바이트하러 가는 도중에도, 친구들과 노래방에 갔다 돌아오는 길에도, 혼자서 자전거로 국도변을 전력 질주하고 있을 때도.

발단은 아르바이트하는 패밀리 레스토랑에 유미타라는 남자 아르바이트생이 새로 들어오면서부터다.

큰 키에 얼굴이 갸름하고 약간 매부리코의 그를 처음 본 순간, 구리코는 숨이 멎고 말았다. 요컨대 무진장 멋있다는 말이다.

'남자는 얼굴이 아니라 성격'이라는 것이 구리코의 모토이다. 전문학교 때 엄청나게 멋있던 동급생 남자애와 사귀면서 험한 꼴을 당한 적이 있기 때문이다. 그놈은 구리코뿐만 아니라 구리코의 친구와도 사귀고 있었다.

겉모습이 괜찮은 남자는 인기가 있다. 인기가 있다는 건 다시 말해 여자 친구 후보가 얼마든지 있다는 뜻이다. 때문에 성격까지 어지간히 좋은 애가 아니라면 자연히 오만해지기 십상이다.

그래서 앞으로 누굴 사귄다면, 멋있진 않더라도 성실하고 착한 사람을 만나고 싶다고 생각해왔다.

그런데 유미타가 오고부터 구리코의 머릿속은 온통 그에 대한 생각뿐이다.

'결국 나도 얼굴만 보는 건가.'

자기 자신을 돌아볼 때 그건 너무 뻔뻔스러운 것 같아서 얼굴이 아니라 성격으로 사람을 좋아하고 싶었다. 그랬는데 이번에도 또 한눈에 반하고 말았다.

유미타 앞에 서면 심장 박동이 두 배로 빨라지고 횡설수설하게 된다. 아직 주위 사람들은 눈치 채지 못한 것 같지만, 자기 마음은 자기가 잘 아는 법.

사랑의 감정이 아니라고 딱 잘라 말해버리기엔 너무

무리가 있다.

그래, 이건 틀림없이 사랑이다.

구리코에게는 이것이 지난 1년을 통틀어 가장 큰 사건이기도 했지만, 구리코의 일상은 전혀 달라진 보람이 없다. 경사스럽게도 사랑이 이루어져 사귀게 된다면야 달라지겠지만, 지금으로서는 기껏해야 서로 인사 아니면 일하면서 필요한 대화를 나누는 정도다. 유미타는 주방에서 일하기 때문에 잠깐 짬이 난다고 한들 잡담을 나눌기회도 없다.

사랑을 한다고 해서 세상이 확 달라지는 일 따윈 없는 것이다.

구리코는 여전히 앞으로 어떻게 해야 좋을지를 고민하느라 지쳐 있고, 동생 마코토는 마코토대로 재수학원에도 안 가고 구시렁거리며 방 안에 틀어박혀 있다. 아버지와 어머니는 그런 두 자식들의 무기력한 꼴을 대놓고 나무라지는 않지만, 역시 조금 한심하게 여기는 눈치다.

고민의 씨앗인 불그레한 얼굴은 아무리 화장품을 바꿔도 나아지지 않고, 다이어트를 좀 해야겠다 싶으면 한 주에 사흘은 꼭 저녁 식탁에 튀김이 오른다.

물론 사소한 변화는 있다.

한동안 소원했던 전문학교 때 친구한테서 다시 문자가 오게 됐다던가, 최근 발매된 아이스크림에 홀딱 반해 매일 귀갓길에 편의점에 들르게 돼버렸다던가.

또한, 강아지 토모가 마코토 방에서 자게 된 것도 작은 변화다. 구리코의 집에는 또 한 마리, 안이라는 개도 있는데 안은 놀기를 좋아해서 늘 토모를 졸졸 따라다닌다. 토모는 그게 귀찮아지면 멋대로 2층으로 올라가 마코토의 방문을 코끝으로 밀어 열고 안으로 피난해버린다.

그 후로 마코토의 방문은 언제든 토모가 들어올 수 있도록 항상 아주 조금 열려 있게 되었다.

게다가 사소하지만 구리코의 마음에 그늘을 드리우게 한 변화가 생겼다.

구니에다 노인을 공원에서 볼 수 없게 된 것이다.

구니에다 노인과는 두 달쯤 전에 우연히 알게 되었다.

그 전에도 이미 구니에다는 구리코가 일하는 패밀리 레스토랑 '론도'에 자주 왔다. 창가의 4인용 테이블에서 커피 한 잔을 시켜놓고 몇 시간씩 버티면서, 가져온 지나간 신문을 수도 없이 되풀이해 읽다가 창밖을 물끄러미 바라보곤 했다. 그렇더라도 성가신 손님은 아니었다. 구니에다는 항상 손님이 뜸한 시간대에만 찾아왔다가 가게가 북적이기 시작하면 얼른 자리에서 일어나 돌아가 버렸기 때문이다.

그렇게 단지 유별난 손님쯤으로 여겼던 구니에다 노인과 구리코는 묘한 일로 말을 나누는 사이가 되었다. 마주치는 곳은 대체로 늘 같은 공원이었다. 구니에다 노인은 우산에 몸을 기대고 멍하니 하늘을 바라보거나 벤치에 앉아 차를 마시곤 했다. 그리고 구리코의 망설임과 혼란에 딱 들어맞는 조언을 해주었던 것이다.

그런데 어느 날 갑자기 구니에다는 공원에서 모습을 감추었다.

가게로는 예전만큼 빈번하게는 아니지만 그래도 가끔씩은 온다. 하지만 구리코는 가게에서는 구니에다에게 말을 걸지 않기로 하고 있다.

'구니에다 씨, 왜 공원에는 오지 않게 된 걸까.'

늘 한가로이 공원 벤치에 앉아 자기에게는 시간이 얼마든지 있다고 했던 구니에다다. 갑자기 공원에도 못 올만큼 바빠졌으리라고는 생각되지 않는다. 건강이 안 좋아져서 자주 나다닐 수 없게 된 건 아닐까.

그렇다고, 무슨 수를 써서든 구니에다와 하고 싶은 이

야기가 있는 것도 아니다. 구니에다가 매번 혼란을 해결해준다지만, 차마 유미타에 관한 일까지 할아버지뻘 되는 노인과 상담할 생각은 없다.

정 하고 싶은 이야기가 있다면, 주문을 받거나 커피를 내갈 때 작은 소리로 몰래 말을 걸 수는 있다.

그러나 론도에서의 구니에다는 어쩐지 딴사람 같고, 공원에서 만날 때보다 열 살은 더 나이가 들어 보인다. 그 때문에 아무래도 말 걸기가 쉽지 않다.

그것은 정말로 사소한 변화다. 곤란하지도, 슬퍼서 못 견딜 정도도 아니다.

그래도 늘 같은 장소에 있던 사람이 그곳에 없다는 사실만으로 마음에 작은 구멍이 뚫린 듯한 기분이 든다.

잠이 얕아진 건 언제부터일까.

고등학교 때는 배구부였기 때문에 매일 침대에 눕자마자 곯아떨어져 아침이 될 때까지 눈을 뜨는 일이 없었다. 전문학교에 다닐 때도 밤늦도록 놀러 다니고 친구와 늦게까지 전화 통화에 문자 메시지를 주고받느라 자는 시간이 늦긴 했지만, 일단 잠이 들면 웬만해선 중간에 깨는 일이 없었다.

지금 하는 패밀리 레스토랑의 웨이트리스 일도 육체노동이라서 몸은 피곤한데, 왜 그런지 한밤중에 자꾸 눈이 떠진다. 아침에도 깜짝 놀랄 만큼 이른 시간에 깨버리는 일이 다반사다.

'이런 게 나이를 먹는다는 건가.'

어머니 앞에서 그런 말을 하면, 이제 스물하나에 별 소리 다 한다며 배를 잡고 웃겠지. 그래도 열여덟, 열아홉 때와는 확실히 무언가가 다르다.

론도에서 일하는 파트타이머인 무라사키 씨가 이런 말을 하는 걸 들은 적이 있다.

"서른이 지나면 체력이 급격히 떨어져. 이십 대 때와는 완전히 다르다니까."

그게 사실이라면, 구리코는 앞으로도 내내 나이 먹는 걸 의식하면서 살아가야 하는 걸까.

사십 대가 되면 삼십 대를 그리워하고, 쉰을 넘기면 사십 대로 돌아가고 싶다고 생각하면서 계속 늙어간다.

십 대 초반에는 나이를 먹는다는 게 실감나지 않았다. 자신은 서른 살 안에 죽을 거라고 믿어 마지않았다. 지금은 그런 생각을 하지 않지만, 불안한 마음은 늘 있다.

이대로 패밀리 레스토랑의 웨이트리스 노릇만 하며 살

수도 없고, 그러고 싶지도 않다. 메이드 같은 원피스만 해도 어울리지 않는 날이 곧 올 게 뻔하다. 그렇게 되었을 때 자신이 어떻게 할지 짐작도 가지 않는 것이다.

아르바이트만 전전하는 인생 따윈 싫고, 그렇다고 전업주부가 어울릴 것 같지도 않다. 도대체 결혼 상대를 찾을 수 있을지조차 알 수 없다.

'뭔가 안 되는 것 투성이네.'

이리 뒤척 저리 뒤척 하며 구리코는 한숨을 쉬었다.

잠이 얕은 건 별 상관없다. 심각한 불면증도 아니라서 잠들지 못한 다음 날은 또 잘 잔다. 하지만 밤중에 눈을 뜨면 쓸데없는 생각만 하게 된다. 그게 싫다.

구리코는 일단 몸을 일으켜 기지개를 켜고 나서, 다시 침대로 파고들었다.

적어도 즐거운 생각을 하자고 마음먹는다.

만약 유미타와 사귈 수 있게 된다면. 생각만 했을 뿐인데 심장이 확 오그라들면서 숨쉬기가 힘들어진다.

함께 놀이 공원이며 영화관에 가는 장면을 상상한다. 유미타는 키가 크니까 항상 올려다보며 이야기해야 하겠지. 가는 길에 우연히 친구를 만나면 놀림을 받기도 하고……

냉정한 구리코가 달콤한 상상 속에 멍하니 빠져 있는 자신을 두들겨 깨운다.

'유미타에 대해 아무것도 모르면서.'

동갑이고, 조리사 전문학교에 다니고 있으며 최근 이 근처로 이사 왔고, 이름은 유미타 유즈루이며 항상 은점토 팔찌를 끼고 다니고, 단것을 좋아한다.

구리코의 머리에 입력되어 있는 그에 관한 정보는 정말 보잘것없어서, 그 적은 정보로 잘도 이렇게까지 좋아할 수 있다는 게 신기할 따름이다.

하지만 웃을 때 남자다운 얼굴이 살짝 무너지면서 헤실헤실해지는 그를 떠올리면, 등골이 녹신해지는 듯한 기분이 드는 것이다.

내일은 같은 시간대에 근무가 잡혀 있을 것이다. 그런 생각을 하며 구리코는 다시 이불을 뒤집어썼다. 요즘엔 자기 스케줄보다 그의 스케줄이 더 완벽하게 머릿속에 입력되어 있다. 빨리 잠들고자 눈을 감고 호흡을 고른다. 잠을 못 자 부은 얼굴로 그를 만나는 건 절대 싫으니까.

가끔가다 유난히 바쁜 날이 있다. 어째서일까.

우주인이 우주에서 '오늘 점심은 론도에서 먹어라' 라는 전파라도 보낸 게 아닐까 하는 생각이 든다. 평소엔

런치 타임에도 80% 정도만 차는데, 바쁜 날은 1시가 넘어도 손님이 끊이지 않고 빈자리가 나길 기다리는 사람까지 있다.

물과 메뉴판을 테이블로 내가고, 잠시 기다렸다 주문을 받고, 주방에 주문을 넣고, 나이프, 포크, 스푼 따위의 식사도구를 챙겨 등나무 통에 담아 테이블에 내려놓고, 그 후 요리가 완성되어 나오면 그것을 나르고, 손님이 식사를 마치면 빈 그릇을 거둬오고, 커피나 홍차를 후식으로 내간다. 때로는 리필용 커피도 가져간다. 손님이 돌아가면 남은 그릇을 치우고 테이블을 닦는다. 이 모든 일을 손님이 올 때마다 되풀이하는 것이다. 예전에 쇠고기덮밥 집에서 아르바이트하는 친구의 이야기를 듣고 부러워했던 일을 떠올린다. 쇠고기덮밥이라면 보통인지 곱빼기인지만 묻고, 주문을 전달하고, 금방 만들어져 나온 덮밥을 손님에게 내가면 끝이다. 다음은 손님이 돌아간 후에 그릇만 치우면 된다.

구리코와 다른 직원 모두 녹초가 되도록 일을 계속했다. 간신히 정신을 차린 것은 2시가 다 되었을 즈음.

아직 손님이 많이 남아 있지만, 식사는 거의 다 나갔고 남은 건 식후 디저트를 내가는 것뿐이었다. 새로 들어오는 손님도 거의 없고, 겨우 한숨 돌릴 타이밍이었다.

"잠깐 물 좀 마시고 와도 돼?"

같은 웨이트리스인 츠치다 미하루가 구리코에게 그렇게 속삭였다.

"그래."

"5번이랑 9번 테이블, 이따 음료 나갈 때만 신경 좀 써 줘."

아닌 게 아니라 미하루가 담당하는 5번과 9번 테이블은 당장이라도 식사를 마칠 분위기였다. 구리코는 계산서를 확인했다. 양쪽 다 아이스커피니까 준비하는 건 간단했다.

갑자기 가시 돋힌 목소리가 났다.

"여기요!"

중앙 테이블에 앉은 여성 일행 둘 중 한 여성이 구리코를 향해 손을 들고 있었다. 구리코는 황급히 테이블로 다가갔다.

"이 카레, 뭔가 좀 이상한 맛이 나는데…… 쓰다고 해야 할지 혀가 아리다고 해야 할지……."

"예?"

구리코는 당황하여 여자 손님 앞에 있는 시푸드 카레

를 손에 들었다.

"죄송합니다. 지금 곧 새로 만들어 드리겠습니다."

손님은 언짢은 듯 고개를 끄덕였다.

구리코는 카레 접시를 거둬 주방으로 향했다. 부조리
장인 야마자키에게 말을 걸었다.

"저, 손님이 이상한 맛이 난다는데요?"

야마자키는 미간을 모으고 접시를 받아 들었다. 카레
를 손가락으로 조금 찍어 핥아보았다.

"별다른 거 없는데."

"그럼 손님이 잘못 안 걸까요."

다시 한 번 핥고 나서 야마자키는 고개를 끄덕였다.

"뭐, 어쨌든 다시 만들어 내보내지. 그래도 불평이 나
오면 내가 나갈 테니까."

"부탁드립니다."

다행히, 카레라면 금방 만들 수 있다. 이게 만약 도리
아나 그라탕이라면 시간이 꽤 걸린다.

전광석화 같은 속도로 나온 카레와 새 식사도구를 챙
겨 구리코는 좀 전의 테이블로 내갔다.

"대단히 죄송합니다. 새로 만들어 가져왔습니다."

여자 손님은 조심조심 카레를 입에 떠 넣었다. 삼키고

나서 고개를 끄덕였다.

"음, 이건 괜찮네. 아까 건 뭐가 들어가 있었지?"

"그건…… 죄송합니다. 지금 조사하고 있습니다만, 당장은……."

다른 한 여자 손님이 말했다.

"이런 데 카레야 어차피 다 레토르트식품일걸. 그게 상했다거나 그런 거 아냐?"

"그러게."

어차피 레토르트식품이라는 말에 구리코는 울컥 치밀어 오르는 화를 억눌렀다. 확실히 가공식품이긴 하지만, 그래도 더 좋은 맛이 나도록 연구하고 있고, 실제로 맛있다. 패밀리 레스토랑이란 데가 원래 어느 지점이든 똑같은 맛을 제공해야 하니 어쩔 도리가 없다.

"불편을 끼쳐드려 대단히 죄송합니다."

다시 한 번 사과하고 나서 구리코는 테이블을 떠났다.

그 손님들이 돌아간 후, 야마자키가 주방에서 나왔다.

"아까 그 손님, 돈을 못 내겠다는 말은 하지 않았나?"

"아뇨, 그렇게까지는."

물론, 가게 측의 명백한 실수일 경우에는 돈을 받지 않는다. 하지만 그 여자 손님들은 다시 만든 카레에는 만족

했는지, 불평 없이 돈을 지불하고 갔다.

"그럼 일부러 트집 잡은 것도 아니라는 얘긴데. 정말 이상하네."

야마자키는 고개를 갸웃거렸다.

"아무것도 없었나요?"

"일단 본사에 보내 조사해보기로 했지만, 내 느낌으론 이상하다는 생각은 안 들었어."

하지만 그 여성들이 거짓말을 할 이유가 없다. 이따금 들르는 단골손님인 데다 이쪽을 곤경에 빠뜨리고 즐거워할 부류로 보이지도 않았다.

"일단 점장님께는 보고해두겠는데, 아마 그 사람들 기분 탓일 거야."

"그럴 수도 있겠네요."

야마자키는 끄덕이고 나서 주방으로 돌아갔다.

그때는 흔히 있는 사소한 문제이겠거니 생각했다. 원인을 모른다는 것이 이상했지만, 구리코는 금세 그 일을 잊어버렸다.

방에서 잡지를 뒤적이고 있는데 아래층에서 어머니의 목소리가 들렸다.

"구리코, 지금 할 일 없거든 안이랑 토모 데리고 산책 좀 다녀오렴."

할 일 없는 건 아니거든요? 라고 마음속으로 대꾸했지만, 지금 당장 아무 일 안 하고 있는 것도 사실이다. 옷을 갈아입고 아래층으로 내려갔다.

두 녀석은 벌써 산책 나갈 낌새를 알아차렸는지 구리코의 발치에 들러붙었다.

리드줄을 연결하고 있는데 부엌에서 어머니가 얼굴을 내밀었다.

"내일은 비 온다니까, 좀 오래 걷다 오렴."

"알았어."

안도 그렇지만 토모는 유난히 산책을 좋아해서, 비 오는 날이면 원망스럽다는 얼굴로 창 너머 바깥만 바라본다. 때로는 울분을 풀기라도 하듯 복도를 미친 듯이 뛰어 돌아다닌다. 따라서 조금은 힘을 빼둘 필요가 있다.

두 마리를 데리고 밖에 나와 구리코는 생각했다. 이 부근을 천천히 걷는 것도 좋지만, 여유가 있으니 조금 멀리까지 가보는 것도 괜찮을 거야.

집에서 20분쯤 걷다 보면 강변이 나오는데, 일요일 같은 때는 큰 개를 데리고 나오는 사람들이 제법 많다. 거기까지 가서 놀다 돌아오면 좋은 운동이 될 것이다.

구리코는 두 마리를 데리고 걷기 시작했다.

저녁나절의 공기는 살갗에 달라붙지 않고 시원하게 미끄러지는 삼베 같다. 기분 좋게, 그러면서도 지나치지는 않은. 아침 공기가 더 상쾌하기는 하지만, 너무 상쾌해서 어쩐지 피부가 반발하는 듯한 느낌이 든다. 저녁에는 그런 게 없다.

두 마리 다 눈을 빛내며 물웅덩이의 냄새를 맡았다가 스쳐 지나는 사람들을 올려다보았다가 한다.

한참 걷다 보니 마지못해 집을 나온 사실조차 잊어버렸다. 구리코는 리드줄 두 개를 다루며 경쾌하게 걸었다.

낯선 장소를 걷고 있는 탓인지 안은 꼬리를 완전히 내리고 있었다. 반대로 토모의 꼬리는 빳빳하게 서 있어서, 그 차이가 묘하게 우스웠다.

문득 토모가 멈춰 섰다. 공기 냄새를 킁킁 맡더니 갑자기 달려 나갔다.

"어, 야, 토모!"

질질 끌려가면서 구리코는 리드줄을 꽉 쥐었다. 안까지 토모의 뒤를 쫓아가려고 줄을 끌어당겼다.

두 마리가 끌어당기는 통에 구리코도 질질 끌려가듯이

걷는 수밖에 없었다.

"아 진짜, 제대로 좀 걷자!"

평소에는 두 마리 다 멋대로 끌어당기는 버릇은 없다. 항상 구리코 옆을 얌전하게 걷는데 오늘은 대체 어찌 된 일일까.

두 마리는 작은 골목으로 들어가더니 쭉쭉 앞으로 나아갔다. 개라도 있나, 하고 구리코는 의아해했다.

골목 막다른 곳에 작은 공원이 있었다. 어린이용 놀이 기구가 하나 있을 뿐, 공원이라 부르기에도 뭐한 작은 공간이었다.

그곳에 구니에다 노인이 앉아 있었다.

토모는 구니에다에게 달려들어 무릎에 앞발을 얹고 얼굴을 핥았다.

"이런 이런, 나나세 양 아닌가."

구니에다는 토모를 쓰다듬으면서 구리코에게 눈웃음을 건넸다.

"안녕하세요. 오랜만에 뵙네요."

"그렇게 오랜만도 아니지. 가게에서 보지 않는가."

그야 그렇지만 론도에서 만나는 구니에다는 어쩐지 구

니에다가 아닌 것만 같았다.

"토모가 갑자기 끌어당기는 바람에 여기까지 왔어요. 구니에다 씨가 계시다는 걸 알았던 거죠."

토모는 잠시 구니에다의 집에 살았던 적이 있다. 구니에다는 토모의 등을 쓰다듬었다.

"그래? 날 기억하는 모양이구나. 건강해 보이고 털도 반지르르하네. 맛난 것 많이 먹지?"

"사료만 먹이는 걸요."

"그래도 귀여움 받고 있다는 티가 확 나는구먼. 눈이 달라."

그건 구리코도 느끼고 있었다. 집에 막 데려왔을 때의 토모는 어딘가 흐릿하고 공허한 눈을 하고 있었다. 그러다 어느 때부터인가 기쁜지 슬픈지, 화나는지 따분한지, 눈을 보면 알 수 있게 되었다. 뿌연 유리를 말끔하게 닦아낸 것 같다.

지금도 사람을 잘 따른다고 하기는 어렵고, 천진난만한 안과 같이 놓고 보면 까다로운 편인 것은 사실이다. 하지만 구리코가 보기에 토모는 전보다는 행복해진 것 같다. 자기 입으로 말하자니 어째 좀 쑥스럽긴 해도.

구리코는 새삼 주위를 둘러보았다.

주택에 둘러싸인 작은 공원이다. 큰길로만 다니면 이런 곳에 공원이 있는 줄은 모를 것이다. 아마 근처 사람들만 이용하는 장소인 듯하다.

하지만 여기는 구니에다의 집에서 조금 떨어져 있다. 산책 나왔다가 잠시 쉬고 있는 참일까.

구리코의 의문을 눈치 챘는지, 구니에다가 정면의 집을 가리켰다.

"이 집을 보고 있었다네."

거기에 서 있는 것은 새집이었다. 정면에 커다란 창이 나 있어서 내부 공사 중임을 알 수 있다. 결코 넓다고는 할 수 없지만 통풍도 잘 될 것 같고 편안해 보인다.

목재를 넉넉하게 쓴 외관도 세련될 뿐만 아니라 따스함까지 느껴진다.

"멋진 집이네요."

"석 달쯤 전부터 여기서 공사를 하고 있다네. 재미있어 보여서 가끔 보러 오곤 했는데, 거의 완성 단계라서 부쩍 자주 오고 있지. 완성되어 사람이 살게 되면 빤히 쳐다봐선 실례니까."

내부는 아직 완성되지 않은 듯 욕조가 바닥에 그대로 놓여 있고, 마루도 아직 덜 깔려 있다.

"재미가 쏠쏠하거든. 집이 완성되어 가는 모습을 본다는 건 말이야."

어떤 사람이 살게 될까. 구리코도 그런 생각을 하면서 안쪽을 바라보았다.

뒤쪽이 이 공원이니 볕도 잘 들 것 같고, 창이 크고 내부가 훤히 뚫려 있어서 통풍도 잘 될 것 같다. 흔해 빠진 구리코네 집하곤 차원이 다르다.

구리코는 돌아서서 구니에다를 보았다.

"그래도 다행이네요. 늘 오시던 공원에 안 계셔서 어디 편찮으신가 했어요."

"이런 이런, 걱정을 끼쳤는가."

"아뇨, 가게에서 뵐 수 있으니까 크게 걱정한 건 아니지만요."

"그래도 신경을 써주니 기쁘구먼."

어느새 지루해졌는지, 안과 토모가 다른 데로 가자고 눈으로 호소하기 시작했다.

"그럼, 구니에다 씨, 다음에 또 뵐게요."

"아, 잠깐 기다리시게."

구니에다는 주머니에서 수첩을 꺼내더니 무언가를 쓱쓱 적어 내려갔다.

"이게 내 주소일세. 만약 나라도 도움 될 일이 있거든 연락하시게나. 늘 여기에 나와 있는 것도 아니니."

받아 든 종이에는 달필로 주소만 적혀 있었다.

"전화는 내가 싫어해서 놓질 않았어. 그러니 편지를 보내든가 직접 찾아와주면 좋겠네. 만약 정히 급할 경우에는 전보라도 괜찮네만."

구니에다는 그렇게 말하고 미소 지었다. 구리코는 놀랐다. 역시 별난 사람이다.

론도에서 사건이 일어난 것은 그로부터 며칠 후였다.

점심 시간의 분주함이 가라앉기 시작할 즈음, 창가 테이블에서 여성의 자지러지는 목소리가 들려왔다.

"다카히로! 왜 그러니?"

가게 안에 있던 손님들의 시선이 그쪽으로 쏠렸다. 구리코도 다급히 테이블로 갔다.

초등학생쯤 되어 보이는 아이가 테이블 위에 구토를 하고 있었다.

"괜찮으십니까? 물수건 가져다 드릴까요?"

어머니로 보이는 여성이 고개를 끄덕였다. 구리코는 물수건을 가지고 테이블로 돌아왔다.

아이의 얼굴이 창백했다.

"속이 안 좋아⋯⋯."

조그맣게 중얼거렸다. 어머니와 할머니인 듯한 여성 둘이 얼굴을 마주 보았다.

"다카히로, 너 아까 스파게티에서 이상한 맛이 난다고 했었지?"

테이블을 치우던 구리코는 그 소리에 퍼뜩 고개를 들었다. 남자 아이는 아래를 바라보며 고개를 끄덕였다.

"좀 썼어⋯⋯."

할머니가 구리코를 홱 노려보았다.

"이상한 걸 내온 거 아닌가요!"

"그럴 리가⋯⋯, 잠시만 기다려 주시겠습니까?"

구리코에게는 힘에 부치는 일이었다. 점장을 부르려고 고개를 드니, 소동을 들었는지 이미 점장인 가츠노가 테이블을 향해 다가오고 있는 참이었다.

"무슨 일 있으십니까?"

어머니가 축 늘어진 아이를 끌어안으며 말했다.

"아까, 이 애가 스파게티에서 이상한 맛이 난다고 했어요. 워낙 가리는 게 많은 애라서 또 그러는가 싶어 그냥 먹으라고 했는데, 갑자기 토하고 속이 안 좋다면서⋯⋯."

아이의 얼굴은 창백했고, 거짓으로 연기하는 것처럼 보이지는 않았다.

역시 점장의 얼굴도 굳어졌다.

"저희는 안전에 만전을 기하고 있습니다만, 만에 하나의 경우도 있을 수 있습니다. 일단 자제 분을 병원으로 데려가는 게 좋겠습니다. 원인에 대해서는 곧 조사하도록 하겠사오니……."

할머니와 어머니는 얼굴을 마주 보고 고개를 끄덕였다.

주위 손님들도 이쪽을 엿보는가 하면 자기들끼리 무언가 조그맣게 말을 주고받고 있다. 평온하게 식사를 계속할 수 있을 만한 분위기는 아니다.

구리코는 테이블을 다 정리하고 나서 홀 구석으로 물러갔다. 미하루가 다가왔다.

"식중독 아닐까. 큰일이네."

구리코는 고개를 끄덕였다. 이런 일은 처음이다.

곧 구급차가 도착하고, 그 가족과 점장은 병원으로 향했다. 야마자키가 남은 미트소스 스파게티 접시를 들고 주방으로 갔다. 이번엔 선뜻 맛을 볼 마음이 나지 않는 모양이다.

구리코는 야마자키에게 물었다.

"그거, 조사하시는 거예요?"

"응. 만약 식중독이라면 보건소에 제출해야 하겠지만, 일단은 본사에 연락해서 일부만이라도 가져가 조사해봐야지."

스파게티의 경우, 파스타는 주방에서 데치지만 소스는 레토르트식품을 쓴다. 식중독이 발생할 만한 과정이 있을 수 없다. 만약 소스에 문제가 있다면 공장에서 만들어진 소스 전부에 이상이 있다는 것이다.

"그러고 보니 지난번에도 카레 맛이 이상하다는 손님 있었잖아요. 그건 어떻게 됐나요?"

"아아, 그건 본사에서 조사해봐도 도무지 원인을 찾아낼 수 없다고 하더라고. 손님의 기분 탓이지 싶다는데."

이번에는 아이가 구토를 할 정도였으니 기분 탓만은 아닐 것이다. 하지만 이상한 맛이 났다는 점에서는 비슷하다. 구리코는 반년 이상 론도에서 일해왔지만, 여태까지 이런 사건은 없었다. 머리카락이 들어 있다는 불평이 한두 번 있었던 정도다.

점장은 저녁 무렵이 되어서야 돌아왔다. 야마자키가 주방에서 나와 물었다.

"어떻게 됐습니까?"

"아, 식중독은 아닌 것 같아. 구토도 병원에서 좀 자고 나니 가라앉고, 설사도 없어. 일단 검사도 받아봤는데 이상은 없었어."

"거참, 이상하군요."

"의사 말은 정신적인 요인이 아니겠느냐고……, 왠지 이상한 맛이 난다는데도 그걸 억지로 먹이려 드니까 탈이 난 게 아니겠느냐는 거지."

야마자키는 언짢은 얼굴을 했다.

"그게 사실이라면 괜히 시끄럽게 됐네."

옆에서 듣고 있던 구리코도 그리 생각했다. 그때, 주위에 있던 손님들은 론도에서 문제가 있는 요리를 제공했다고 생각할 것이다. 그건 아이의 기분 탓이었다고 일일이 설명하고 다닐 수도 없는 노릇이다.

일단 식중독이 아니라는 건 불행 중 다행이지만, 이상한 일이 계속되고 있다.

"여하튼, 당분간은 다들 청결을 엄수하도록. 일단 본사에도 연락해둘 테니까."

점장은 기분을 환기하듯 그렇게 말하고 사무실로 들어갔다. 야마자키도 자기 구역으로 돌아갔다.

무심코 주방을 바라보다가 유미타와 눈이 마주쳤다.

그는 무척 어두운 표정을 짓고 있었다.

그만 퇴근해도 된다는 말을 들었을 때는 9시가 조금 넘어 있었다.

구리코는 탈의실에서 유니폼을 갈아입고 종업원용 출입구로 가게를 빠져 나왔다. 계단을 내려가려는데 자전거 주차장에 사람 그림자가 보였다.

유미타였다. 자기 자전거에 기대어 서서 담배를 피우고 있었다.

"아, 수고했어."

구리코를 알아차리고 고개를 가볍게 숙였다. 구리코는 거세지는 심장 박동을 억누르며 인사로 답했다.

말을 걸 찬스였다. 구리코는 천천히 계단을 내려가 유미타에게 다가갔다.

"담배 피우네."

"아, 응. 하루에 두세 개비지만."

담배 피우는 사람은 솔직히 별로 좋아하지 않지만, 그 정도라면 상관없다고 자기 좋을 대로 생각하고 만다.

"오늘은 대단했어. 그래도 식중독이 아니라서 정말 다행이야."

구리코나 다른 사람들도 걱정하긴 했지만, 실제로 요

리하는 입장에 있는 사람들의 불안은 더 컸을 것이다.

유미타는 후우 하고 연기를 토했다. 하얀 연기가 어둠에 섞여 사라졌다. 구리코는 그의 옆얼굴을 넋 놓고 바라보았다.

"나나세 씨……였던가."

였던가, 라는 말에 조금 상처를 입었지만 구리코는 고개를 끄덕였다.

"나, 얼마 안 있으면 이 가게 그만둘지도."

유미타의 말에 구리코는 깜짝 놀랐다. 그는 이제 막 연수 기간이 끝난 참이다.

"왜? 무슨 언짢은 일이라도."

그는 고개를 조그맣게 가로저었다.

"딱히 언짢은 일은 없어…… 아니, 있나."

그러면서 주머니에서 휴대용 재떨이를 꺼내 담뱃불을 비벼 껐다.

"무슨 일 있었어?"

"오늘 그 애 미트소스를 만든 게, 나야. 지난번 그 카레도."

순간 놀랐지만, 그것이 전혀 이상한 일도 아니라는 것을 바로 깨달았다.

파스타를 데쳐 소스를 끼얹기만 할 뿐. 카레는 밥을 담아 소스를 얹을 뿐. 갓 들어온 아르바이트생도 할 수 있는 메뉴다. 조리할 필요가 있는 메뉴는 경험이 많은 종업원이 하니까, 갓 연수를 마친 유미타가 담당하는 건 그런 메뉴들뿐이리라.

"하지만 그건 조사해서 문제가 없지 않았나? 손님의 기분 탓일 거라고 점장님도 말씀하셨어."

그런데도 누군가에게 안 좋은 소리를 들은 걸까.

"어어, 점장님한테도 그런 말을 들었지만, 왠지 사람이 먹는 걸 만든다는 게 갑자기 두려워져서 말이야."

자기가 만든 음식을 먹고 구토한 사람을 본다면 그렇게 느끼는 게 당연할지도 모른다. 게다가 이제 막 아르바이트를 시작했다면 더더욱.

"나, 조리사 전문학교에 다니고 있는데, 거기도 왠지 가고 싶지 않아졌고."

구리코는 유미타의 얼굴을 들여다보았다.

"하지만 유미타 씨 잘못이 아닌데……."

"그렇지만 결국 원인은 알 수 없었잖아. 내 탓이 아니라는 증거도 없고."

그렇게 말하고 나서 그는 서둘러 웃음을 띠었다. 갑자

기 눈초리가 내려가면서 귀여운 얼굴이 된다.

"미안, 나나세 씨한테 이런 말 해봤자 어쩔 수 없는 일인데."

코앞에서 본 웃는 얼굴에 어찔어찔해 있던 구리코는 퍼뜩 제정신으로 돌아왔다.

"그렇지 않아. 그 마음을 모르는 것도 아니고……. 그래도 기운 내."

"으응, 고마워."

유미타는 그렇게 말하고 자전거에 올라탔다.

"그럼, 수고 많았어. 또 보자."

그 말을 남기고 그는 자전거를 몰아 주차장을 나갔다. 그의 자전거를 바라보면서 구리코는 한동안 그 자리에 못 박혀 있었다.

그와 이야기할 수 있었던 건 기뻤지만, 대화 내용은 우울했다.

그만두지 말았으면 좋겠다. 구리코는 진심으로 그렇게 생각했다.

나를 좋아해주지 않아도 좋다. 가끔씩 그 웃는 얼굴을 볼 수만 있다면, 그걸로 족하다.

다음 날은 휴일이었다. 구리코는 아침 일찍 집을 나섰다. 구니에다와 이야기하고 싶었던 것이다. 예전에 안이 독이 든 것을 먹고 탈이 났던 사건을 구니에다는 멋진 솜씨로 풀어냈다.

구니에다라면, 론도에서 일어난 사건의 원인도 알아낼지 모른다는 생각이 들었던 것이다.

그리고 그 원인이 밝혀지면 유미타가 아르바이트를 싫어할 일도, 곧장 그만둘 일도 없을 것이다.

동기는 조금 불순할지 몰라도, 유미타가 기운을 내주었으면 하는 마음은 진심이다. 게다가 구리코 또한 진실을 알고 싶었다.

손님이 아무 이상 없는 요리를 이상하다고 여기는 일이, 그렇게 연이어 일어날 수 있을까. 만약 어디엔가 원인이 있다면, 그 일은 또다시 반복될 것이다.

구토하던 아이의 창백한 얼굴이 잊히지 않았다. 원인이 있다면 꼭 없애고 싶었다.

어쩌면 지난번의 그 공원에 있을지도 모른다는 생각은 했지만, 먼저 구니에다의 집을 찾아가 보기로 했다. 그쪽이 구리코의 집에서도 가깝다.

적어준 주소에 의지하여 구니에다의 집을 찾았다. 구

리코네 집에서 걸어서 10분 정도 걸리는 장소였다. 어릴 적에는 그 근처에 친한 친구가 살아서 그 부근에서 자주 놀곤 했다. 그 애가 이사 간 후론 그다지 지나다닐 일이 없던 길이었다.

번지수를 보면서 걷다 보니 옛날 기억이 되살아났다.

'어라, 여긴 혹시……'

오래된 커다란 일본식 가옥이 보여 구리코는 멈춰 섰다. 이 집은 구리코가 어릴 때부터 여기 있었다. 마치 옛날 추리소설에 나오는 저택 같아서, 이 집을 무대로 친구와 이런저런 공상을 펼쳤던 추억을 떠올렸다.

밖에서 보면 담 너머로 흙벽으로 된 광도 보여서, 저기엔 어떤 보물이 가득 있을까 상상하며 가슴 설레곤 했다.

구리코는 주저하다 정문 쪽으로 돌아갔다.

'역시.'

거기에는 '구니에다' 라는 문패가 걸려 있었다.

왠지 갑자기 우스워졌다. 문 옆에는 커다란 나무가 가지를 뻗고 있었다. 이건 분명 감나무였다. 가을이 되면 새빨갛게 익은 열매가 주렁주렁 달려 있어서 조금 부러운 마음으로 올려다본 기억이 났다.

만약 구리코가 좀 더 개구쟁이에 장난꾸러기여서 담에

올라가 감을 따거나 했다면, 구니에다와 그 시절에 만났을까. 그런 생각을 하고서 구리코는 피식 웃었다. 구니에다라면 감을 따는 정도로는 화내지 않았을 것 같다는 느낌이 들었다.

구리코가 이 집 앞을 자주 지나다녔던 것은 10년쯤 전이다. 그 무렵의 구니에다는 어떤 모습이었을까.

문득, 구리코는 구니에다의 나이를 모른다는 사실이 생각났다.

대체 그 노인은 나이를 짐작할 수가 없다. 론도에서 노안경을 끼고 신문을 읽고 있을 때는 비칠비칠하니 기운이 하나도 없어 팔십 대 정도로 보인다. 하지만 공원에서 만나 이야기해보면, 도저히 그 나이 대로는 느껴지지 않는다. 많이 봐야 일흔 살 정도?

게다가 한 번은 변장한 모습의 구니에다를 본 적이 있는데, 그때의 구니에다는 무척 젊어 보였다. 60세 이하라고 해도 믿었을 것이다.

하지만 구니에다가 설령 몇 살이든, 지난 10년 사이에 구리코가 변한 만큼은 변하지 않았을 것이 틀림없다. 10년 전의 구리코는 아직 운동화를 신고 책가방을 멘 초등학생이었으니까.

그렇게 생각하고 나니 갑자기 신기하게 느껴졌다.

앞으로 10년이 더 지나면 구리코는 서른하나가 된다. 물론 지금과는 달라져 있을 것이다. 하지만 초등학생 때와 비교했을 때 지금만큼 확연히 다르지는 않겠지.

나이를 먹는다는 것은 그만큼 시간의 흐름이 완만해진다는 뜻이리라.

구니에다에게 있어서 10년이란, 구리코의 2~3년과 그리 다르지 않을지도 모른다.

바람이 감나무 잎을 흔드는 소리에 구리코는 퍼뜩 정신을 차렸다. 문 앞에 서서 인터폰을 눌렀다.

"뉘십니까."

구니에다 같은 목소리가 났다. 역시 집에 있었던 모양이다.

"나나세라고 합니다."

"오오, 잘 왔구먼. 잠시만 기다리시게."

바로 현관문이 열리고 구니에다가 얼굴을 내밀었다.

"갑자기 찾아와서 죄송합니다."

"전화가 없으니 갑자기 올 수밖에. 자, 올라오시게."

현관 앞에서 신을 벗고 집 안으로 들어섰다.

원래 일본식 집과는 그다지 연이 없다 보니, 구리코의

눈에는 내부가 거의 여관으로까지 보였다. 널판이 삐걱대며 우는 복도를 지나 구니에다는 안으로 향했다.

"멋진 집이네요."

"나 혼자 살기엔 너무 넓긴 해도 말이지."

찻장과 낮은 밥상이 놓인 거실 비슷한 방으로 구리코를 안내했다.

"곧 차를 내옴세. 잠깐만 기다리시게."

구니에다는 그렇게 말하고 방을 나갔다. 구리코는 툇마루에 서서 뜰을 바라보았다.

흙광은 여기서는 보이지 않는 걸로 보아 반대편에 있는 듯했다. 소나무와 연못이 있고, 옛날엔 잘 손질되어 있었으리라 짐작되지만 지금은 잡초가 무성하다.

하지만 소나무는 다듬지 않은 가지를 시원스레 뻗고 있고, 연못에는 작은 물고기 그림자도 보인다. 야단스럽게 깔끔 떠는 정원보다는 이런 모습이 좋다고 구리코는 생각했다.

구니에다의 발소리가 들렸다. 구리코는 뜰 구경을 중단하고 방으로 돌아왔다.

그때, 찻장 위에 놓인 액자가 눈에 들어와 자연스레 발이 멈췄다.

고등학생으로 보이는 남자 아이가 긴장한 듯한 표정으로 사진 속에 들어 있었다. 요즘 사진은 아닌 듯싶지만 컬러사진이니 그리 오래된 것도 아니었다. 구리코는 사진을 찬찬히 들여다보았다. 구니에다와 닮은 느낌도 들고, 그다지 안 닮은 것 같기도 했다. 같은 아르바이트생으로 구니에다의 집 근처에 산다는 모모코가 구니에다의 아들이 해외에서 일한다고 했던 이야기가 생각났다.

　　구니에다가 쟁반을 받쳐 들고 돌아왔다. 구리코가 물었다.

　　"이분, 구니에다 씨 아드님이세요?"

　　구니에다는 사진을 힐끗 쳐다보고는 고개를 끄덕였다.

　　"아아, 그래요."

　　"지금은 어디 사시는데요?"

　　"방콕."

　　"그쪽에 가신 지는 오래됐나요?"

　　"으응, 한 15년쯤 됐나."

　　적적하시겠네요, 라고 말하려다 구리코는 입을 다물었다. 이전에 구니에다는 '외롭지는 않아. 혼자가 마음 편해.' 라고 말했었다. 대신 물어보았다.

　　"언제 돌아오시나요?"

구니에다는 찻잔과 물양갱을 구리코 앞에 놓았다.

"글쎄. 이젠 안 돌아오지 싶은데. 설령 일본으로 돌아오더라도, 여기에는 오지 않을 테고."

"예……?"

반질반질한 물양갱에 눈을 빼앗기고 있던 구리코는 놀라 고개를 들었다.

"어째서……요?"

그렇게 묻고 나서 지나치게 파고들었나 싶어 후회했다. 하지만 구니에다는 부드럽게 눈웃음을 지었다. 그리고 이야기를 시작했다.

"옛날에, 어떤 부자(父子)가 있었다네. 아이 엄마가 일찍 세상을 뜨는 바람에 아버지는 외아들을 진심으로 아끼고 사랑했지. 하지만 이제 와 생각해보면, 그건 조금 이기적인 애정이었어. 아들을 생각하는 마음이 앞선 나머지 아들이 선택하려 했던 직업도 간섭해서 포기하게 만들었고, 아들이 사랑하던 여성에게 이혼 경력이 있다는 이유로 둘 사이를 갈라놓았지. 그리고 자신이 고른 직장에 아들을 취직시키고, 자신이 고른 여성과 결혼까지 시켰어. 좋은 직장이었고, 좋은 아가씨였지만. 아들은 어른스러운 성격이라 고민하면서도 결국은 아버지 말을 받아들였다네. 하지만 꾹꾹 눌러온 감정이 어느 땐가 폭발했지. 아들은 아버지에게 반기를 들었네. 아버지에게서 가장 소중한 것을 빼앗았어."

"가장 소중한 것이라면……."

"아들 자신이었다네."

구니에다는 그렇게 말하고서 눈을 반쯤 감았다.

"이제 두 번 다시 아버지를 보지 않겠다고. 그 아이는 그렇게 결심하고 일본을 떠났네. 무슨 일이 일어나든 어떤 일을 당하든, 아버지가 죽는 날이 올 때까지 자신은 절대 이 집으로는 돌아오지 않겠노라고, 그렇게 말하고서. 그게 아버지에 대한 아들의 복수였을 게야. 그건 지금도 계속되고 있어."

구리코는 마른침을 삼키며 구니에다의 이야기에 귀를 기울이고 있었다.

"그거…… 구니에다 씨 이야기인가요?"

구니에다는 웃으며 고개를 끄덕였다.

"그렇다네."

구리코는 어떻게 대답해야 할지 몰랐다. 만약 자신이 아들의 입장이었다면, 분명히 아버지에게 화를 냈을 것이다. 아무리 애정에서 나온 행동이었다 해도 자신의 미래나 결혼 상대까지 부모가 결정한다면 참을 수 없다.

하지만 꼭 그렇게까지 해야 했나, 하는 생각도 든다. 눈앞의 구니에다가 갑자기 작고 외로워 보였다.

외롭지는 않아. 혼자가 마음이 편해.

구니에다는 망설임 없이 그렇게 잘라 말했지만, 역시 그건 허세였는지도 모르겠다.

자신의 피붙이가 그렇게까지 자신을 거부한다. 생각만으로도 심장이 욱죄이는 듯이 아팠다. 예를 들자면, 구리코는 동생 마코토와 솔직히 사이가 좋다고 하기는 어렵다. 사흘 동안 한 마디도 않고 지날 때도 얼마든지 있다. 하지만 만약, 그 애에게 그렇게까지 미움받는다면 구리코는 상처 입을 것이다. 친구에게 미움받는 것과는 사정이 다르다. 그 대상이 부모님에 이르면, 그분들과 정말로 사이가 나빠진다는 건 구리코로서는 상상도 할 수 없다. 물론 화가 날 때야 얼마든지 있다. 끔찍하게 싫다고까지 생각한 적도 있다. 하지만 역시 그들은 구리코에게 이 세상에서 가장 가까운 사람들인 것이다.

구니에다는 조금 쓸쓸하게 웃고 나서 포트의 더운물을 찻주전자에 따랐다.

"자, 차가 식었을지 모르겠구먼. 새로 따라줌세."

구리코는 당황하며 찻잔을 손에 들었다.

"저, 워낙 뜨거운 걸 잘 못 마셔서, 이거면 괜찮아요."

입 안에 머금은 호우지차는 식기는 했어도 달콤하면서도 구수한 맛이 났다. 집에서 마시는 호우지차와는 사뭇 달랐다.

"맛있어요, 이 차. 이렇게 맛있는 건 처음 마셔봐요."

"싸구려 번차를 집에서 덖었을 뿐이라네."

"덖어요?"

"커피콩을 볶듯이, 연기가 나면서 고소해질 때까지 불에 올리는 거라네."

처음 알았다. 과연, 덖으니까 덖음차라고 하는구나.

구니에다는 자세를 다잡으며 구리코를 보았다.

"어쩐지 나만 계속 떠든 것 같아 미안하군. 뭔가 용무가 있어서 찾아왔을 테지."

생각났다. 구리코는 차를 마저 마시고 찻잔을 내려놓았다.

"저…… 도와주셨으면 하는 일이 있는데요."

"마법사도 명탐정도 아니니, 어렵겠군."

구리코의 이야기를 다 듣고 난 구니에다는 그렇게 중

얼거리며 고개를 갸우뚱했다. 듣고 보니 확실히 그렇다. 성급하게 상담하러 온 자기 자신이 부끄러웠다.

하지만 그 후에 구니에다는 이렇게 말했다.

"뭔가 원한 살 만한 일은 없었는지, 조사해봐 주겠나."

"원한이요?"

론도는 흔하디흔한 교외 패밀리 레스토랑이다. 원한이라는 단어와는 전혀 어울리지 않는다.

"원한이라니…… 대체 어떤?"

"예를 들면, 아르바이트에서 잘렸다거나 그런 일들 말일세. 그 가게는 최근에 문을 연 게 아니니 손님을 가로챘다거나 하는 유의 문제는 없을 테지만."

구리코는 고개를 갸웃거렸다.

"아르바이트를 잘려요? 아마 최근엔 없었을 걸요."

구리코의 근무시간은 12시부터 9시까지다. 낮에만 일하거나 밤에만 일하는 멤버도 잘 알고 있다. 시간 활용이 자유로운 프리터이다 보니 가끔 밤늦은 시간에 일할 때도 있어서 심야 근무조와도 안면이 있다. 따라서 만약 그런 일이 있다면 귀에 들어오지 않을 리 없다.

"뭐, 그 외에도 뭔가 문제가 없는지 조사해봐 주게나. 점장에게 원한이 있을 수도 있겠지만, 점장이 경영하는 가게가 아니니 그럴 가능성은 낮겠지."

아닌 게 아니라 점장이라 해도 본사 사원 중 하나일 뿐이라서, 반년에 한 번 꼴로 이동이 있다. 가게에 나쁜 소문이 나서 손님 수가 줄어들면 점장으로서야 확실히 곤란하겠지만, 그다지 치명타가 되는 것도 아니다.

"점장의 개인적인 원한 관계라면 저로서는 알아낼 도리가 없어요."

"그렇지. 그러니 가게에서 일어난 소란 같은 거라도 좋네. 뭔가 나쁜 짓을 하려던 손님이 붙들려 나갔다든가."

그런 일이라면 소문이 도는 척 물어봐서 알아내기는 어렵지 않다. 구리코가 기억하는 한 딱히 그럴 만한 일은 없었으니, 쉬는 날이거나 심야 아니면 아침 시간대겠지.

"하긴, 더 이상 아무 일도 일어나지 않는다면 그보다 좋은 일이 없겠지만."

구니에다는 남은 차를 후루룩 마시고 나서 그렇게 중얼거렸다.

"안 그런가?"

대답 없는 구리코가 의아했는지 곧이어 그렇게 물었다. 구리코는 억지로 웃는 얼굴을 지어 보였다.

"그렇죠."

하지만, 설령 이제 아무 일이 일어나지 않는다 해도 유미타는 사람들 입에 들어가는 것을 만들기가 싫어졌을지 모른다. 모처럼 조리사를 목표로 학교에 다니고 있는데, 그 미래가 닫혀버릴지도 모른다.

하지만 그건 구니에다와는 아무 상관없는 일이다. 게다가 이 이상 아무 일도 일어나지 않는다면, 이미 끝나버린 사건을 어떻게 할 수도 없다. 그 손님들이 다시 가게에 올지 안 올지도 알 수 없다.

"무슨 일이라도 있는 겐가."

구니에다의 물음에 구리코는 고개를 가로저었다.

"아뇨, 아무것도 아니에요."

갑자기 찾아온 일을 사과하고 구리코는 구니에다의 집에서 물러가기로 했다.

"잠시만 기다리시게."

구니에다는 안으로 들어가더니 작은 꾸러미를 가지고 돌아왔다.

"호우지차가 아직 남았으니 가지고 가게나. 오늘내일까지는 좋은 향이 날 게야."

구리코는 감사 인사를 하고 꾸러미를 받아 들었다. 달콤한 듯 구수한 향이 콧구멍을 간질였다.

구니에다의 집을 나와 3분쯤 걸었을까. 낯선 노인이 구리코에게 말을 걸었다.

"아가씨, 미안하네만 이 근처에 구니에다라는 커다란 집을 혹시 아시는가."

구리코는 놀라서 그 노인을 빤히 보았다.

"아는데요. 조금만 더 가시면 있어요."

"미안한데, 안내 좀 해주면 안 될까? 10년 만에 오는지라 헤매고 있었다네."

구리코는 고개를 끄덕였다. 오던 길을 되돌아가야 하지만, 구니에다의 지인이라는데 어쩔 수가 없었다.

걸으면서 구리코는 물었다.

"구니에다 씨와 아시는 사이세요?"

풍채 좋은 노인은 눈을 휘둥그레 뜨고 구리코를 내려다보았다.

"이런, 아가씨, 구니에다를 아시는가. 그 친구, 지금도 그리 고집이 센가?"

"고집……이요?"

아무래도 고집이라는 것과는 조금 다른 느낌이 든다. 고집이 아니라고 단정 지을 수도 없지만.

하지만 옛날엔 고집스러웠을지도 모르겠다. 그렇지 않

았다면 아들과 그렇게 옥신각신할 일도 없었을 테니.

노인은 소리 높여 웃었다.

"아무래도 나이를 먹으니 사람이 조금은 둥글어졌나 보군. 나는 구니에다와는 고등학교 때부터 친구라네. 둘이서 못된 짓도 엄청 했지. 한데 오래간만에 연락하려는데 전화가 안 되는 거야. 걱정도 되고 마침 근처에 온 참이라 얼굴이라도 보고 가야지 싶어서."

"구니에다 씨, 집에 전화를 안 놓았다고 하셨어요."

그렇게 말하고 나서 깨달았다. 그 오래된 집에 지금까지 한 번도 전화가 없었다고는 생각할 수 없다. 지금이라면 또 몰라도, 부인과 아이가 있고 직업이 있던 시절에는 전화가 필요했을 것이다. 이 노인도 전화번호를 알고 있었던 눈치이니, 요컨대 최근에 없애버렸다는 말이 된다.

'역시, 별난 사람이야.'

고집이 세다면 세다고 할 수 있을지 모르겠다.

구리코는 조심조심 노인에게 물었다.

"죄송합니다. 실례지만, 연세가 어떻게 되세요?"

"나는 구니에다와 동갑이야. 일흔둘."

일흔둘이라. 딱 적당한 정도다. 노인은 웃으면서 말을 이었다.

"구니에다보다 젊어 보이지?"

"예에, 그렇네요."

일단 그렇게 말해두었다. 확실히 론도에서 보는 구니에다보다는 훨씬 젊어 보였다. 그러나 지난번 함께 개를 보러 다니던 때의 구니에다 쪽이 좀 더 젊어 보였다.

새삼 희한한 사람이라는 생각이 들었다.

이런저런 이야기를 하며 걷는 동안 구니에다의 집에 도착했다. 노인은 인터폰을 눌렀다.

그대로 돌아갈까 싶었지만, 그것도 이상한 것 같아 구리코는 노인 옆에 서 있었다.

왜 그런지 안에서는 아무 대답이 없었다.

"집을 비웠나."

노인은 집 안을 엿보았다. 구리코도 고개를 갸우뚱했다. 구리코가 집을 나온 지 5분 정도밖에 지나지 않았다. 구니에다는 그새 어디로 나가버린 걸까.

노인이 문을 밀자 어렵지 않게 열렸다. 그는 곧장 안으로 들어갔다.

"어이, 구니에다. 얼굴 보러 왔네."

현관의 미닫이문을 열고 큰 소리로 외쳤다. 하지만 대답은 없었다. 안에서는 작은 소리 하나 나지 않았다.

"흐음, 일껏 왔더니 외출한 모양이구먼. 그럼 쪽지라도 남겨둘까."

노인은 낙담한 듯 한숨을 쉬었다.

조금 전까지 계셨는데요, 라고 말하려다 그런다고 어떻게 될 것도 아니어서 구리코는 노인을 두고 돌아가기로 했다.

"그럼, 전 이만 실례하겠습니다."

"아아, 만약 구니에다와 만날 기회가 있거든 시계타가 왔었다고 전해주게. 일단 쪽지는 남겨놓고 가네만."

가는 길에 돌아서서 집을 쳐다보았다.

오래된 집은 갑자기 인기척이 사라져버린 것처럼 어쩐지 쓸쓸해 보였다.

다음 날 구리코는 조금 일찍 론도에 갔다. 정보 수집을 하려면 아르바이트 외의 시간이 좋다.

일찌감치 유니폼으로 갈아입고 주방에 가서 뜨거운 커피를 한 잔 내렸다. 가게 음식이라고 해도 케이크나 파르페를 양껏 먹을 수는 없지만, 고맙게도 커피만은 자유로이 마시게 했다.

가게 안쪽에서 유미타의 얼굴을 발견하고 구리코는 가슴을 쓸어내렸다. 그는 아직 그만두지 않았다.

휴게실 의자에 앉아 커피를 마셨다. 누군가 오기를 기다리고 있는데, 근무 중이던 미하루가 휴게실에 왔다.

"지금 한가해?"

"응, 아직 손님도 거의 없고, 치하루가 있으니까."

마에카와 치하루는 고등학교를 중퇴했다는 열일곱 살된 여자 아이다. 구리코와 마찬가지로 프리터이지만, 나이가 어린 만큼 그다지 앞날에 불안을 느끼는 것 같진 않다. 갑자기 아르바이트를 빠지거나 가게 비품을 몰래 가지고 돌아가는 등 곤란한 구석은 좀 있는 아이지만, 일은 시원시원하게 잘한다.

그러고 보니 사건이 있었던 이틀 모두, 점심 시간에 홀을 담당했던 웨이트리스는 구리코와 미하루와 치하루 세 사람이었다.

미하루는 구리코 맞은편에 걸터앉았다.

"그건 그렇고, 구리코 들었어?"

"아무 소리 못 들었는데."

무슨 일인지는 모르겠지만 바로 대답했다.

"어제, 가게로 협박장이 왔대."

미하루의 입에서 새어 나온 말의 불길한 느낌에 구리코는 숨을 삼켰다.

"협박장이라니, 음식에 독을 넣겠다거나, 그런 거?"

"그런 구체적인 건 아니었던 모양이야. 그러니까, 유미타가 발견했는데."

미하루가 주방 쪽을 향해 유미타 ―, 하고 불렀다.

어느새 사이가 그렇게 가까워졌나 하는 생각에 조금 화가 났지만, 그런 기분도 그가 다가오는 것과 동시에 아무려나 상관없어지고 말았다.

주방도 아직 한가한 듯, 유미타는 느긋한 표정으로 휴게실로 왔다.

"이야, 나나세 씨, 안녕."

"아, 안녕……."

또다시 심장이 두방망이질 쳤다. 여전히 살인적인 미소가 너무 귀여웠다.

"협박장에 뭐라고 써 있었지?"

협박장이라는 말을 듣자 유미타의 표정이 굳었다.

"뭐라더라, '정신 차리고 자기 자신에게 부끄럽지 않은 일을 해라. 그렇지 않으면 안 좋은 일이 또 일어날 거다.' 이렇게 쓰여 있었어."

유미타의 이야기에 따르면, 컴퓨터로 작성된 그 종이가 종업원용 출입구 문에 붙어 있었다고 한다.

구리코는 고개를 갸웃거렸다.

"……그게, 협박장이라고?"

"애매하지."

유미타는 그렇게 말하며 팔짱을 꼈다.

"보통 협박장이라면, 돈을 내놓으라든가 그런 내용일 텐데. 자기 자신에게 부끄럽지 않은 일을 하라니, 무슨 설교 같잖아."

"그러게."

어떻게든 협박장으로 몰아가고 싶은 눈치인 미하루는 입술을 삐물었다.

"그치만, '그렇지 않으면 안 좋은 일이 또 일어날 거다'라는데. 수상하잖아."

뭐, 그 부분은 확실히 이상했다.

"안 좋은 일이라는 게 뭘까. 또 음식에 이상이 생겨서 손님이 불평한다는 걸까. 종업원 몰래 음식에 뭔가 넣는 일이 가능할까."

"그런 짓이 가능할 리 없잖아."

유미타가 낙담해 있다는 것을 알고 있는 구리코는 안절부절못했다.

"이제 그만 하자. 분명히 그냥 장난일 거야. 자리 너무 오래 비운 거 아냐?"

그 말에 미하루는 그제야 근무 중이라는 사실을 떠올린 모양이었다. 황급히 홀로 돌아갔다.

휴게실에는 유미타와 구리코 둘만 남았다. 심장이 다시 두방망이질 치기 시작했다.

뭔가 말하고 싶은데 무슨 말을 해야 좋을지 모르겠다. 커피잔을 든 손도 가늘게 떨리고 있었다.

"아, 나도 점심 준비해야지."

유미타는 그렇게 말하고 요리사 모자를 고쳐 썼다. 그 순간 온몸의 맥이 탁 풀리고 말았다. 뭐, 이 긴장감에서 해방되는 건 다행이지만.

휴게실을 나서려던 유미타가 문득 걸음을 멈추고 돌아보았다.

"나나세 씨, 지난번엔 이상한 말 해서 미안."

당황한 구리코는 자세를 다잡았다. 고개를 설레설레 흔들었다.

"아, 아니, 전혀 이상한 말 아냐. 유미타 씨 기분 이해하니까."

"그렇게 말해주니 마음이 놓인다."

그는 또 웃었다. 눈초리가 처진 부드러운 웃는 얼굴 앞에서 구리코의 체온은 급격히 상승했다.

"저기, 아직도 그만두고 싶다는 생각 해?"

"음—."

유미타는 대답을 얼버무리듯 고개를 갸웃거리고는 다시 웃었다. 그 표정을 보고 알았다. 아직 마음속에서 정리가 되지 않은 것이다. 고민하고 있지만, 그것을 입 밖에 내고 싶진 않은 것이리라.

구리코는 황급히 말했다.

"아르바이트 정도야 그만둬도 큰일은 아니지만, 그래도 유미타 씨, 모처럼 조리사 학교에도 다니고 있는데, 아깝잖아."

주제넘은 참견인 줄은 알지만, 말하지 않고는 견딜 수가 없었다. 실은 아르바이트도 그만두지 않기를 바라는 마음이지만.

"고마워. 여하튼 긍정적으로 생각해볼게."

그는 고개를 끄덕이더니 한 손을 들어 인사하고 주방으로 돌아갔다.

그가 나가자마자 긴장이 풀리는 바람에 구리코는 등받이에 몸을 기댔다.

어쩌면 구니에다의 추측이 맞았는지도 모르겠다. 그

벽보에는 확실히 악의가 느껴졌다.

혹시 누군가가, 조사를 해도 밝혀낼 수 없는 불쾌한 맛이 나는 무언가를 음식에 몰래 집어넣은 걸까.

구리코는 생각에 잠겼다. 그럴 수 있는 건 음식을 만든 유미타와, 그것을 내간 사람뿐이다. 첫 사건인 카레 때는 미하루가 내갔고, 미트소스 스파게티 때는 구리코가 서비스했다. 자신은 일단 결백하고, 유미타도 당연히 아무 짓 하지 않았을 거라 생각한다. 물론 그것을 뒷받침할 만한 증거가 있는 건 아니지만 그렇게 믿고 싶다.

그렇다면 이제 남은 건 실제로 그 음식을 입에 넣은 손님뿐. 하지만 첫 번째 손님은 연기였다 쳐도, 두 번째 손님은 어린아이였다. 정말로 속이 안 좋아 보였고, 연기로 보이지도 않았다. 설마 어머니가 자기 아이가 먹을 음식에 이상한 것을 넣지는 않았겠지.

결국, 무언가를 몰래 넣을 수는 없다는 결론에 이른다.

그렇다면, 사건을 목격한 사람이 일부러 골탕 먹이려고 그런 글을 써 붙인 걸까? 그리고 그 경우도 가게에 원한을 품은 사람이 있다는 뜻이 된다.

정신 차리고, 자기 자신에게 부끄럽지 않은 일을 해라.

'꼭 우리가 부끄러운 일을 하고 있다는 것 같잖아.'

구리코는 입술을 깨물었다. 물론 신이 아닌 이상 모든 일을 항상 완벽하게 해낼 순 없다. 주문을 착각할 때도 있고, 웨이트리스끼리 모여 잡담을 할 때도 있다. 하지만 그렇게까지 비난받을 만한 짓은 하지 않았을 것이다.

구리코는 시계로 눈을 돌렸다. 슬슬 홀에 나가 봐야 할 시간이었다.

그날, 일하는 틈틈이 구리코는 다른 아르바이트생들의 이야기를 들어보았다.

하지만 아르바이트생이 잘렸다는 말도, 손님과 문제를 일으켰다는 이야기도 없었다.

이렇다 할 정보를 얻지 못한 채 저녁 휴식 시간이 되었을 무렵이었다.

"아, 구리코 언니."

휴게실 테이블에 치하루가 앉아 있었다. 그녀는 이미 30분 전에 오늘 일을 마쳤을 터였다. 대체 뭘 하고 있는 걸까.

"언니, 기다리고 있었어요."

"무슨 일 있어?"

치하루 옆에 앉으면서 구리코는 물었다.

"실은 상담하고 싶은 일이 있어서요……."

"상담?"

치하루와는 나름 사이가 좋기는 하지만, 역시 나이 차이가 난다는 것만으로 조금 거리가 생긴다. 상담을 청하다니 처음 있는 일이다.

"아까, 언니가 가게에서 문제가 없었느냐고 물으셨잖아요?"

어리광 부리듯 혀 짧은 소리로 재잘대면서 치하루는 의자째 구리코 앞으로 다가와 앉았다.

"조금 생각난 일이 있어서요."

"뭔데?"

종업원용 식사로 나온 필라프를 입에 넣으면서 이야기를 들었다.

"실은……, 가끔 점심 때 오는 남자, 기억하세요? 비실비실하니 빼빼 말라가지구선 안경 끼고, 조금 기분 나쁜 느낌의, 항상 스파게티만 시키는 사람."

듣고 보니 그런 사람이 분명 있다. 치하루의 표현에는 젊은 여자애들 특유의 무심한 악의가 깔려 있어서, 구리코는 조금 웃었다.

젊고 예쁜 여자애들은 가끔 지독하게 오만하다. 젊거

나 예쁘지 않은 것들을 간단히 짓밟아버린다. 딱히 예쁜 건 아니지만, 그 마음은 구리코도 조금은 안다. 열일곱 살 때는 구리코도 지금보다는 훨씬 오만했다.

"그 사람이 어쨌는데?"

"뭐랄까, 두세 번 트집을 잡힌 적이 있어요. 기분 나빠서 무시하고 말았는데, 어쩌면 그래서 앙심을 품었는지도……."

구리코는 눈살을 찌푸렸다. 아닌 게 아니라, 가끔 이상한 손님이 와서 불쾌한 말을 하거나 추파를 던질 때도 있다. 구리코도 그럴 때는 못 들은 척하곤 한다.

"그런 거라면 내 생각엔 문제없을 거 같은데…… 혹시 모르니 점장님이나 매니저와 의논하는 게 나을지도 모르겠다."

치하루의 얼굴이 확 굳어졌다. 그리고 목소리를 낮추었다.

"저기, 점장님이나 매니저한테는 아무 말 말아주세요."

"왜?"

치하루는 잠시 머뭇거리다 말했다.

"그 손님이 저보고 머리를 묶으라고 그랬거든요. 올 때마다, 몇 번씩."

론도의 종업원 수칙에 따르면 어깨보다 긴 머리는 반드시 위로 올려 묶도록 되어 있다. 하지만 치하루는 점장이 없을 때에는 머리를 내리곤 했다. 구리코도 조금 신경이 쓰이긴 했지만 주의까지는 주지 않았다. 여자애들에겐 마음에 드는 머리 스타일을 할 수 있느냐 없느냐 하는 것이 무척 중요한 일이다. 치하루의 기분도 이해하고, 구리코도 어차피 일개 아르바이트생일 뿐이다. 일부러 지적하는 것은 구리코의 소관이 아니다. 그렇다고 해서 고자질하기도 싫다.

"그런데, 그것뿐이지?"

"그게 다예요."

치하루의 표정을 봐선 거짓말을 하고 있는 것 같지는 않았다. 그리고 고작 그 정도 일로 앙심을 품을 사람은 없을 것 같다.

"아마 괜찮을 거야."

그렇게 말하자, 치하루는 크게 숨을 토해내고 나서 의자에 몸을 기댔다.

"다행이다. 그렇게 말해주시니까 안심이에요."

구리코는 물을 한 모금 마셨다.

"하지만, 그건 트집 잡는 거랑은 조금 다르다고 봐."

그 말에 치하루는 갑자기 입을 빼물었다.

"그치만 트집 잡은 거나 마찬가지예요. 내 머리가 자기랑 무슨 상관이 있다고. 왠지 재수 없어."

두 번 생각하는 법이 없다. 구리코는 쓴웃음을 지었다.

"그래도 말해줘서 고마워. 아마 상관없을 테지만."

"그쵸? 그래도 말하고 나니까 후련해졌어요. 그럼, 가볼게요."

"그래, 수고했어."

탁탁탁, 경쾌한 발소리를 내며 휴게실을 나가는 치하루를 구리코는 눈으로 좇았다.

아마 앞으로도 그녀가 머리를 묶는 일은 없을 것이다. 그녀의 그 무구함이 이제 와 생각하니 조금 눈부시다.

그만큼 어른이 돼버렸다는 걸까.

녹초가 된 몸을 이끌고 집으로 돌아오는 길에 구리코는 공원 앞에서 발을 멈췄다. 가로등 빛이 드리워진 벤치 위에 낯익은 사람이 앉아 있었다. 구리코는 밤의 공원에 발을 내디뎠다.

"구니에다 씨, 안녕하셨어요."

"호오, 나나세 양 아닌가."

늘 그렇듯 비 올 낌새도 없는데 우산을 들고, 구니에다는 멍하니 생각에 잠겨 있었던 모양이다. 구리코를 보더니 눈을 가늘게 뜨며 미소 지었다.

"무슨 진전은 있으셨는가."

구리코는 구니에다 옆에 앉았다. 수수께끼의 벽보에 관한 이야기를 구니에다에게 했다.

"과연. 그래서, 가게에 원한을 가진 사람은 찾았고?"

구리코는 고개를 갸우뚱했다.

"원한이랄 것까지는 없다고 생각하지만요……."

그렇게 서두를 달고, 오늘 치하루에게서 들은 이야기를 구니에다에게 전했다. 구니에다는 미간에 주름을 잡았다.

"마에카와라면……, 그 키 작고, 부산하게 돌아다니는 아가씨로구먼."

론도에 자주 오는 만큼 구니에다는 제대로 보고 있다. 치하루는 확실히 자기중심적인 구석은 있지만 그게 다는 아니다. 손님의 커피 잔이 비는 것을 가장 먼저 발견하는 건 언제나 그녀이고, 다 비운 그릇도 늘 그녀가 앞장서서 거둬온다. 구리코나 미하루처럼 웬만한 일 아니면 되도록 움직이지 않고 편하게 있고 싶어 하는 타입이 아니다.

몸을 움직이는 쪽이 오히려 기분이 좋다면서 항상 손님들 사이를 분주히 지나다닌다.

구니에다는 잠시 생각에 잠겨 있었다.

"그, 마에카와 양에게 트집을 잡았다는 남자가, 사건이 있던 날 가게에 왔는지 알 수 있겠는가."

이리저리 기억을 더듬어보았지만 생각이 나지 않았다. 하지만 그 남성은 대체로 12시가 지날 즈음 나타났다가 1시 전에는 돌아갔다. 사건이 일어난 시간대에는 아마 없었을 것이다.

그렇게 말했지만 구니에다는 고개를 저었다.

"시간은 상관없어. 그날 왔는지 여부를 알고 싶은 거라네."

아마 치하루라면 기억하고 있을 것이다. 안 좋은 소릴 들어서 그 남자를 의식하고 있었을 테니까.

구리코는 주머니에서 휴대전화를 꺼내 치하루에게 전화를 걸었다. 역시나 그녀는 기억하고 있었다.

통화를 마치고 구리코는 구니에다에게 전했다.

"이틀 다, 12시 넘어서 왔다는데요."

그뿐만이 아니다. 어린아이가 토하는 사건이 일어났을 때에도 가게 안에 있었다고 했다. 치하루가 똑똑히 기억하고 있었다.

구니에다는 만족스럽게 고개를 끄덕였다.

"역시 그랬군."

이상하게 생각되어 물었다.

"혹시, 그 사람이?"

"가능성은 높지."

하지만 일개 손님이, 카레나 스파게티에 무언가를 집어넣을 수 있을 턱이 없다. 무엇보다 음식에는 아무것도 들어 있지 않았던 것이다.

그 의문을 입 밖에 내자 구니에다는 미소 지으며 차근차근 설명해주었다.

구니에다의 이야기가 끝나갈 무렵에는 구리코도 납득을 했다. 모든 것이 구니에다의 추측일 뿐 증거도 아무것도 없지만, 확실히 그 말대로라면 모든 상황이 설명되었다.

그러나 새로운 문제점이 떠올랐다.

"하지만, 그게 사실이라면 저희는 어떻게 하면 되죠?"

구니에다도 팔짱을 끼고 생각에 잠겼다.

"막을 방법은 간단해. 하지만 그 사람을 벌하기는 어려울지 몰라."

"벌은 주지 않아도 괜찮아요. 다만 더 이상 그런 짓을 하지 않길 바라는 거죠."

"그건…… 어떻게 해야 좋을지."

구니에다에게도 묘안은 없는 모양이었다.

"여하튼 좀 더 생각해보기로 하지. 나도 내일 론도에 가 보겠네."

그렇게 말하고 구니에다는 일어섰다. 그만 돌아갈 생각인가 보다.

문득 구리코는 요전 날 일이 생각났다.

"구니에다 씨, 요전 날 친구 분이 찾아오셨어요. 제가 댁에서 나온 바로 후에."

"아아, 안내해준 사람이 나나세 양이었나. 쪽지가 있기에 답장은 해두었네."

"어디 나가셨던 거예요?"

그렇게 묻자 구니에다는 고개를 끄덕였다.

"으응, 늘 하던 대로, 일 없이 다니는 게지."

어쩐지 미심쩍은 기분이 들었다. 구리코가 돌아 나올 때의 구니에다는 전혀 외출할 차림새가 아니었다. 그런데 고작 5분 만에 채비를 하고 어딘가로 나가버렸다니.

"그럼, 나나세 양. 내일 또 봄세."

구니에다는 그 말을 남기고 우산을 한 손에 들고서 걷기 시작했다. 구리코는 벤치에 앉은 채 구니에다를 배웅했다.

역시, 어딘가 수수께끼 같은 사람이다.

다음 날 12시가 되기 전, 구니에다는 가게에 왔다. 주문을 받으러 간 미하루가 돌아와 구리코에게 속삭였다.

"저 할아버지, 만날 커피 한 잔이더니 오늘은 웬일로 오늘의 점심을 시켰어. 내일 해가 서쪽에서 뜨려나 봐."

그 말을 듣고 웃음을 터뜨렸던 것도 잠시, 구리코의 얼굴이 긴장했다. 문제의 남자 손님이 들어온 것이다.

더구나 하필이면 구리코가 담당하는 테이블로 안내받았다. 구리코는 심호흡을 했다.

분명 구니에다가 한 말은 아귀가 맞지만, 그렇다고 해서 저 남자가 한 짓이라고 판명 난 건 아니었다.

"어서 오십시오."

구리코는 웃는 얼굴로 그가 앉은 테이블로 다가갔다. 냉수와 메뉴판을 테이블에 내려놓았다.

남자는 메뉴판을 펼쳐 보지도 않고 말했다.

"버섯 스파게티."

"알겠습니다."

주방에 주문을 전달하고 나서, 구리코는 식사도구를 가지런히 담아 남자가 앉은 테이블로 가져갔다.

슬슬 가게 안이 붐비기 시작했다. 다른 손님들을 응대하면서 구리코는 그 남자 쪽을 힐끔힐끔 살폈다. 남자는 구리코가 보고 있는 줄은 모르는 눈치였다.

그럭저럭하는 사이 버섯 스파게티가 나오고, 구리코는 접시를 남자의 테이블로 날랐다. 남자는 구리코를 한번 쳐다보는 일도 없이 포크를 손에 들고 먹기 시작했다.

그 후로도 구리코는 남자의 행동을 계속 지켜보았다. 가끔씩 구니에다 쪽을 보면, 그도 신문을 읽으면서 남자에게 주의를 기울이고 있는 눈치였다.

남자는 평범하게 스파게티를 먹고 있었다. 수상쩍은 행동을 할 기미는 없었다. 오늘은 아무 짓도 안 할지 모르겠다고 그만 포기하려던 때였다.

남자가 주위를 둘러보는가 싶더니 행동에 돌입했다. 구리코는 숨을 삼켰다. 어제 구니에다가 지적했던 행동 그대로였다.

구니에다 쪽을 보니, 그도 눈짓으로 이쪽에 신호를 보내고 있었다. 구리코는 고개를 끄덕였다.

확실히 구니에다가 말한 대로, 이쪽이 신경만 조금 쓰면 다른 손님들에게 가는 피해는 막을 수 있다. 하지만, 그건 뭔가 아니라는 생각이 들었다. 이 가게에서는 신경을 쓴다 해도, 이 남자가 다른 데 가서 같은 짓을 하지 않는다는 보장이 없는 것이다.

문득 어떤 생각이 구리코의 머리를 스쳤다. 구리코는 남자의 테이블을 향해 걷기 시작했다. 이마에 땀이 배어 나왔다.

그 손님 바로 뒤에 서서 구리코는 말했다.

"죄송합니다. 스푼이 더러워진 모양이네요, 바꿔드리겠습니다."

남자가 파랗게 질린 얼굴로 돌아보았다. 구리코의 얼굴을 빤히 노려보았다.

구리코는 비장의 영업용 스마일을 띠었다.

"과연. 생각이 있었던 게로군."

구니에다는 자못 유쾌한 듯 목을 울리며 웃고는 그렇게 말했다.

"퍼뜩 떠오른 생각이었어요. 그런데 앙심을 품지는 않을까요?"

"앙심을 품을 턱이 없지. 자네는 스푼을 바꿔주었을 뿐인데 말이야."

그날, 아르바이트가 끝난 후 구리코는 공원으로 직행하여 구니에다를 만났다. 구니에다는 구리코가 취한 행동을 매우 재미있어했다.

그 남자는 식사도구함에 남아 있던 스푼에다 작은 스프레이로 무언가를 뿜어대고 있었다. 세제나 그 비슷한 것일지도 모르겠다고 생각했지만, 병원 검사에서도 이상이 발견되지 않는 점을 보면, 간수처럼 입에는 쓰지만 인체에는 무해한 것일지도 모른다. 말라버리면 알 수 없게 되는 그런 거.

스파게티를 주문하면, 포크뿐 아니라 스푼도 같이 내간다. 하지만 포크만 사용하고 스푼은 그대로 두는 경우도 있다. 그래서 식사도구함에 스푼이 남아 있으면, 설거지거리로 넘기지 않고 그대로 다음 손님에게 내가는 경우가 간혹 있다.

카레를 먹은 손님도, 미트소스 스파게티를 먹고 토했던 아이도 그 스푼을 사용했던 것이다.

아마도 남자는 심한 결벽증을 갖고 있을 것이다. 처음엔 머리를 제대로 정리하지 않은 치하루가 신경에 거슬

려 그녀에게 주의를 주었다. 하지만 치하루가 귓등으로
도 듣지 않자 몹시 화가 났다.

그뿐 아니라, 치하루가 한번 손님에게 내갔던 스푼을
식사도구함에 그대로 들어 있다는 이유만으로 사용하지
않은 것으로 판단, 다른 손님에게 다시 내가는 장면도 목
격했을 것이다. 결벽증을 가진 사람에겐 다른 손님이 손
에 쥐었을 가능성이 있는 도구를 씻지도 않고 다시 내놓
는다는 건 생각조차 할 수 없는 일이었으리라.

그래서 이런 행동으로 표출되었다. 식사도구함에 남은
포크나 스푼에 무언가 쓴맛이 나는 성분을 뿌려둔다. 만
약 그것을 제대로 씻어 다음 손님에게 내간다면 아무 문
제도 일어나지 않는다. 하지만 그것을 그대로 다음 손님
에게 내간다면 불평이 나올 것이다.

그 협박장에는 그런 의미가 담겨져 있었다.

'정신 차리고 자기 자신에게 부끄럽지 않은 일을 해라.
그렇지 않으면 안 좋은 일이 또 일어날 거다' 라고.

남자의 행위를 범죄로 불러야 할지, 애매하다는 생각
이 든다. 그가 장난질한 도구를 그 자신이 사용할 수도
있는 것. 변명할 여지가 얼마든지 있다.

하지만 그는 이제 다시는 그런 행위를 되풀이하지 않

을 것이다. 구리코가 눈치 챘다는 사실을 알았을 테니까.

구리코는 조그맣게 한숨을 쉬었다.

"그 사람은 정의의 철퇴라도 내릴 심산이었을까요. 왠지 그건 아닌 것 같은 느낌이 들지만."

구니에다는 구리코를 흘끗 보았다.

"그 말대로야. 그건 정의 같은 게 아니네."

그의 말은 단호했다. 가슴에 쌓여 있던 개운치 않은 감정을 대번에 날려버릴 만큼.

"철저하지 못하다는 건 결코 칭찬받을 만한 일은 아니야. 마에카와 양이 머리를 묶지 않은 것도 분명 잘한 일은 아니지만, 그렇더라도 수갑을 채워 연행해 갈 정도의 죄는 아니지. 하지만, 그 철저하지 못하다는 것을 죄로 몰아가겠다는 생각 자체가 악의라는 거지. 자기 일에 철저하지 못한 것보다 그쪽이 훨씬 무거운 죄야."

그렇게 말하고 나서 구니에다는 설핏 웃었다.

"물론 악의를 가졌다는 것만으로 사람을 심판할 수는 없지만 말이네."

때문에 그를 경찰에 넘길 수는 없다. 그래도 구리코에게 자신의 악의를 들켜버린 이상, 그의 행위는 이미 정의도 무엇도 아닌 것이다.

구니에다는 계속해서 말했다.

"아마 그 남자는 남을 자기 뜻대로 조종하고 싶었을 게야. 하느님처럼."

치하루는 그 남자의 겉모습이 신통찮다는 사실 하나만으로 아마 무의식중에 그를 무시하는 듯한 표정을 지었을 것이다. 그런 탓에 남자가 더더욱 그런 마음을 먹었을 수 있다.

"물론 세상에는 수많은 규칙이 있고 그것들을 지키지 않으면 안 되지만, 그렇다고 해서 작은 규칙을 하나 어긴 정도로 중죄에 해당하는 벌을 받아서는 안 된다는 것, 그 또한 중요한 규칙 가운데 하나이지 않겠나."

구니에다의 그 말은 가만히 생각해보면 당연한 이야기지만 무척 신선하게 다가왔다. TV나 주간지 같은 데서, 그와 같이 작은 규칙을 어긴 사람들을 잡아먹지 못해 안달하는 모습을 수없이 보아왔다. 그때 느꼈던 위화감이 개운하게 걷히는 느낌이다.

구리코는 구니에다에게 꾸벅 고개를 숙였다.

"구니에다 씨, 정말 감사드려요."

구니에다는 손을 저으며 웃었다.

"실마리를 준 건 나일지 모르지만, 사건을 해결한 건

자네라네."

결국 구리코는 사건의 진상을 유미타에게 전하지 않았다.

그는 아직 그만두지 않고 론도에 남아 있다. 사건이 일어나고 한 달이 지난 지금까지 그만두지 않았다는 것은, 다시 말해 이제 불안은 극복했다는 뜻이겠지.

과연 조리사 지망생답게 눈 깜짝할 새에 주방 일을 익혀 든든하게 일을 해내고 있다는 이야기가 나오고 있다.

유미타와는 가끔 농담을 나눌 정도로 친해졌다. 하지만 여전히 그가 웃을 때마다 구리코의 심장은 두방망이질 친다. 아직은 한참 위험하다.

유미타와 관련된 아주 작은 사건이 하나 있었다. 아니, 사건이라고 할 정도도 아니지만 구리코에게는 대사건이었다.

그날, 구리코는 같은 웨이트리스 동료인 미하루, 모모코와 셋이서 영화를 보러 갔다. 물론 여자 셋이 모였는데 영화만 보고 끝날 리가 없었다. 그 후에는 카페에서 길고 긴 수다가 이어졌다.

문득 미하루가 말을 꺼냈다.

"저기, 우리 가게에서 제일 멋있는 남자애가 누구라고

생각해?"

구리코의 심장이 확 오그라들었다. 그런 이야기는 거북하다. 좋아하는 사람이 없다면 몰라도. 하지만 모모코는 이미 그 화제에 뛰어들 태세였다.

"심야 시간에 와타나베라는 애가 있거든요? 꽃미남처럼 생겼는데 엄청 귀여워요."

"에? 누구지? 난 모르고 있었는데."

"미하루 언니는 낮 시간에만 나오잖아요."

"하긴. 남자애들은 대부분 밤 아니면 심야 근무잖아. 나도 그 시간에 일했으면 좋았을걸."

"그러는 미하루 언니는 누가 제일 멋있는 것 같아요?"

"정직원인 나카다 씨."

"아, 좋죠. 어른 같은 느낌이잖아요."

문득 둘의 시선이 구리코에게 쏠렸다. 라임 소다를 마시고 있던 구리코는 움찔했다.

"있잖아, 구리코는 누가 제일 멋있는 것 같아?"

미하루가 몸을 내밀며 그렇게 물었다. 순간 다른 사람의 이름을 댈까 했지만, 머리에 떠오르는 이름이 도통 없었다. 어쩔 수 없이 입을 뗐다.

"글쎄…… 그다지 내 취향은 아니지만…… 유미타 정

도면 괜찮지 않나…….”

그 말이 떨어지기 무섭게 두 사람은 입을 모아 말했다.

“에에!?”

“그거, 진심으로 하는 말이야?”

이번엔 구리코가 놀랄 차례였다.

“응, 멋있지 않아?”

모모코가 아이스티의 빨대를 쥔 채 고개를 갸우뚱거렸다.

“흐음, 전혀 아닌 것도 아니지만요, 중상 정도라는 느낌? 그냥 보통이에요.”

“그래 맞아. 가만히 있을 땐 제법 봐줄 만한데, 웃으면 갑자기 바보 같아진다니까.”

그게 좋잖아, 라는 말이 나올 뻔해서 황급히 입을 다물었다.

“뭐야, 구리코, 유미타 같은 타입 좋아해?”

미하루의 말에 구리코는 당황하여 억지웃음을 지었다.

“아니, 내 타입이라는 게 아니라…… 비교적 반듯한 얼굴이 아닌가 싶어서…….”

“구리코 언니, 미적 감각이 이상해요!”

모모코에게 일격을 당하고 말았다. 구리코는 어깨를

축 늘어뜨렸다.

"그래?…… 그런가……."

미하루가 히죽히죽 웃으며 구리코의 어깨를 두드렸다.

"그래도 말이지, 미적 감각은 특수한 쪽이 나아. 남들이랑 취향이 다르면 그만큼 라이벌도 적을 테니."

"아, 그러고 보니 그렇네. 구리코 언니 부러워요."

왠지 바보 취급을 당하고 있는 듯한 기분이 들었다. 구리코는 빨대로 소리를 내며 라임 소다를 빨아 올렸다.

그렇지만 조금은 생각해보았다. 어쩌면, 어쩌면 그리 뻔뻔한 사랑은 아닌지도 모른다고.

'다음번엔 같이 술이라도 한잔하자고 말해볼까나.'

단순하게도 그런 생각까지 떠올랐다.

일단, 그를 볼 때마다 호흡곤란이 일어날 정도로 동요하는 마음을 어떻게든 해결하고 난 후의 이야기이지만.

구니에다의 비밀

물고기는 낚싯바늘에 꿰인 미끼를 삼켜버렸을 때, 어떤 생각을 할까.

아파할까. '앗, 당했다!'라고 생각할까. 아니면, 무슨 영문인지도 모른 채 낚여버리고 마는 걸까.

운 좋게 실이 끊어져 뱃속에 바늘을 넣은 채 계속 헤엄쳐 다니는 물고기도 있겠지.

만약 내가 물고기라면, 하고 구리코는 생각했다.

분명 내 뱃속에 바늘이 들어 있다는 사실조차 깨닫지 못하고 파도 사이로 둥둥 떠다니고 있을 것만 같았다.

"흐음. 알 것도 같고, 모를 것도 같고……."

유미타 유즈루는 낮은 소리로 중얼거렸다. 미간에 주름이 잡히긴 했지만 입가에는 나오는 웃음을 참으려는 듯 경련이 일고 있다.

구리코가 고민을 털어놓았을 때의 반응이다.

남은 진지하게 이야기하고 있는데 그런 반응은 뭐야, 하는 생각도 들지만, 스스로도 이상하다는 생각이 드는 판국이니 어쩔 수 없나 싶기도 하다.

요전부터 내내 가슴 깊숙이 무언가가 걸려 있는데, 그게 뭔지 잘 모르겠다. 잊어서는 안 될 중요한 일을 까맣게 잊고 있는 듯한 기분도 들지만, 수첩을 넘겨봐도 그런 중요한 일은 찾아볼 수 없다.

우울하다는 것과는 조금 다르다. 마음이 무거운 것도, 괴로운 것도 아니다. 그저 무어라 형용할 수 없는 어정쩡한 기분이 지속되고 있을 뿐이다.

그래서 구리코는 자기 자신이 물고기 같다고 생각했다. 어느 샌가 낚싯바늘을 삼켜버렸는데도 그런 사실을 까맣게 잊고 한가로이 파도 사이를 헤엄치고 있는 물고기.

말을 하면 할수록 제 무덤을 파는 것만 같아서, 구리코는 말없이 홍차를 입으로 가져갔다.

좀 더 즐거운 이야기를 해야지. 어쨌거나 오늘은 첫 데이트인걸.

아니, 정확하게 말하면 데이트는 아닐지 모른다. 둘이서 함께 영화를 보고, 그 후에 차를 마시는 것일 뿐. 상대방은 전혀 데이트란 생각은 안 하고 있는지도 모른다.

계기는 미하루가 이번 달에 적자가 나서, 남자 친구와 가려고 예매해놓은 영화표를 좀 사달라고 한 데에서 시작됐다. 아르바이트 가게 휴게실에서 그 이야기를 꺼낸 미하루에게 유미타는 선선히 말했다.

"아, 나 마침 그 영화 볼 생각이었는데. 한 장은 사줄 수 있어."

사실은 전혀 흥미도 관심도 없는 장르의 영화였건만, 엉겁결에 "나도 그거 보고 싶었어" 하고 입을 놀려버린 구리코를 어느 누가 탓할 수 있으랴.

그 말을 들은 유미타는 느긋한 어조로 말했다.

"그럼, 같이 갈래?"라고.

어제는 심장이 벌렁거려 잠을 이룰 수가 없었다. 가지고 있는 옷을 죄다 꺼내 입었다 벗었다, 옷에 맞춰 액세서리를 달았다 떼었다 하는 통에 결국 이불 속으로 기어든 것은 새벽녘이 다 되어서였다.

그래 놓고 막상 오늘 입고 나온 건 평소와 다름없는 티셔츠와 청바지라니, 스스로 생각해도 웃음이 나왔다. 물론 청순한 원피스 따위가 없는 건 아니지만, 갑자기 그런 차림으로 나가면 속셈이 빤히 보일 것만 같아 부끄러워졌던 것이다.

그나마 여성스러워 보이는 핑크색 티셔츠를 골랐지만, 가만 생각해보니 이 티셔츠도 가슴팍에 해골이 수놓여 있어서 잘해야 본전, 아니면 오히려 역효과가 날지도 모르겠다.

그래도 뭐, 하고 구리코는 생각했다.

"같이 갈래?"라고 말해준 건 저쪽이다. 이건 무척 중대한 사실이다. 데이트나 뭐 그런 게 아니었다 하더라도, 그가 구리코를 싫어하지는 않는다는 뜻이니까.

영화는 재미있었다. 총격전으로 도배된 액션물인 탓에 평소 피를 보는 게 질색인 구리코는 고개를 숙이고 숨을 멈춘 적도 한두 번이 아니었지만, 템포 빠른 스토리에는 빠져들었다.

영화가 끝나자 유미타가 말했다.

"나나세 씨는 이 시리즈 지난번 거 봤어?"

확실히 영화는 속편 냄새가 났다. 조금 마음 졸이면서

구리코는 대답했다.

"그건 안 봤어."

"헤에, 그럼 조니 뎁 팬이야?"

딱히 팬이랄 정도는 아니었지만 일단 고개를 끄덕였다. 아니라고 하면 "그럼 왜 보고 싶었는데?"라고 묻겠지. 그 질문엔 대답할 수 없었다.

"역시. 같은 남자가 봐도 멋있으니까."

영화를 보느라 굳은 등을 푸는 듯이 유미타는 몸을 쭉 폈다.

"한데 이제 뭘 하지? 차라도 마실까?"

그 말에 구리코는 힘차게 고개를 끄덕이고 말았다. 혹시 영화만 보고 헤어지게 되진 않을까 마음 졸이고 있던 차였다.

그러저러하여, 구리코와 유미타는 영화관 근처 커피숍에 마주 앉아 있는 것이다.

유미타는 구리코의 속마음 따윈 전혀 눈치 채지 못한 듯, 느긋하게 아이스커피를 빨대로 빨고 있었다.

"아, 맞다. 나나세 씨, 전편 안 봤으면 내가 DVD 빌려줄까? 재밌어."

"와, 보고 싶다. 빌려줘, 빌려줘."

겨우 데이트다운 대화로 돌아온 것 같아 구리코는 안심했다.

주위 사람들 눈에는 자신들도 커플로 보일까? 그런 생각이 들자 가슴이 두근거리다 못해 터질 지경이었다. 홍차 맛 따위 알 턱이 없었다.

유미타는 그다지 말이 많은 편은 아니었다. 미묘하게 사이가 뜨는 느낌으로 간간이 말을 던질 뿐이었다. 하지만 그 템포가 무척 마음 편했다.

문득 그가 말했다.

"그러고 보니, 인간은 뇌의 기능을 절반도 발휘 못 하고 죽는다는 거 알아?"

"에?"

갑작스런 물음에 구리코는 얼빠진 소리를 내고 말았다.

"평소에 사용하는 건 뇌의 일부분일 뿐이래."

그게 어쨌다는 걸까. 의아하게 생각하면서 구리코는 유미타의 얼굴을 쳐다보았다.

갸름한 얼굴에 매부리코. 약간 차가워 보이는 인상이지만 웃으면 갑자기 눈초리가 축 처져서, 그 모습이 못 견디게 좋았다.

구리코의 반응이 시원찮았는지 그는 조금 불만스러운

얼굴이 되었다.

"왜, 아까 나나세 씨가 뭔가가 신경 쓰인다고, 신경 쓰여서 견딜 수가 없다고 했잖아."

"아…… 응."

이야기가 거기로 돌아가는 건가. 구리코는 그제야 이해하고 고개를 끄덕였다.

유미타는 빨대를 만지작거리면서 히죽 웃었다.

"그러니까 말이야, 아마도 나나세 씨 뇌 가운데 평소 사용하지 않는 부분이, 지금 무언가를 생각하고 있는 걸 거야."

결국, 그 후 유미타와 함께 CD 가게며 서점을 돌았다. 둘이 같은 뮤지션을 좋아한다는 사실을 알고 이야기꽃을 피웠다.

그럭저럭하는 사이 배가 고파져서, 가까운 레스토랑에서 저녁을 먹고 맥주도 조금 마셨다.

하지만 그리 오래 머물지는 못하고, 8시 반쯤 가게를 나와 9시가 안 되어 집 근처 역까지 돌아왔다.

구리코네 집과 유미타의 집은 역을 끼고 반대 방향이라서 역 앞에서 헤어졌다.

"그럼, 내일 보자."

"응, 잘 자."

내일 보자는 말이 단둘만의 약속이 아니라 일하는 가게에서 얼굴을 마주할 뿐이라는 게 아쉽지만, 뭐, 그건 어쩔 수 없지. 그런 게 정말 하찮게 느껴질 정도로 오늘은 기분 좋은 날이었다.

처음으로 둘이서 시간을 보낸 것치고는 이야기도 꽤 많이 나눈 것 같고, 스스로 느끼기에 떠올리면 죽고 싶어질 만한 실수도 저지르지 않았다. 게다가 무엇보다 기쁜 일은 그가 단둘이 있을 때 환멸이 느껴지는 남자애가 아니었다는 사실이다.

예전에 어쩐지 마음이 끌리던 남자애와 단둘이 놀러간 적이 있었다. 그 애는 그날 레스토랑의 종업원을 향해 무척 거만한 언사를 내뱉었다. 음식이 늦게 나와 좀 기다렸을 뿐인데 심하게 화를 내며 종업원에게 치근치근 불평을 늘어놓았다. 참다못한 구리코가 "이제 그만 해"라며 제지하자, "왜 종업원한테 알랑거리지 않으면 안 되는데?"라고 했던 것이다.

떠올리고 싶지 않은 데이트에 관한 기억이다.

유미타가 그런 남자애가 아니라서 다행이다. 구리코는

그런 생각을 하며 미소 지었다.

어디를 들어갈 때도 구리코가 지나갈 때까지 문을 붙잡고 있어주었고, 레스토랑 사람들에게도 "감사합니다, 잘 먹겠습니다"라는 말을 잊지 않았다. 옷 입는 센스가 조금 떨어지고 우스운 이야기를 많이 알고 있는 것도 아니었지만, 그런 건 사소한 일이다.

오늘은 멋진 날이었다. 그는 어떻게 여기고 있을지 모르겠지만.

구리코는 행복한 마음을 안고 집으로 향하는 길을 걸었다. 발밑이 둥둥 떠 있는 느낌이 들면서 무언가에 걸려 넘어질 것만 같았다.

너 참 쉽구나, 하고 스스로도 생각했다. 사귀게 된 것도 고백을 받은 것도 아니고, 그저 둘이서 영화를 보았을 뿐인데.

어쩌면 그에겐 이미 여자 친구가 있을지도 모르고, 여자 친구가 없더라도 구리코 같은 취향이 전혀 아닐지도 모른다. 내일은 펑펑 울게 될지도 모르지만, 그렇기에 더욱 지금 이 순간만큼은 들뜬 기분을 만끽하고 싶었다.

공원 앞에까지 다다랐을 즈음, 구리코는 발을 멈췄다. 안을 들여다보니 벤치에 낯익은 사람이 있었다.

구리코는 들뜬 발걸음 그대로 공원에 들어갔다.

말을 걸 것까지도 없이, 구니에다 노인은 구리코를 알아채고 미소 지었다.

"오 이런, 나나세 양. 좋은 밤이야."

"좋은 밤이네요."

구리코도 그렇게 대답했다. 정말로 좋은 밤이다.

구니에다 노인은 구리코와 유미타가 일하는 패밀리 레스토랑 '론도'의 단골손님이다. 항상 오후의 정해진 시간에 찾아와 커피를 주문하고 창밖을 바라본다.

구리코는 이제까지 이 노인에게 몇 차례 도움을 받았다. 애견을 위기에서 구해준 적도 있고, 의기소침해 있을 때 마음을 다독이는 말을 들려주기도 했다. 아르바이트하는 가게에서 의문의 사건이 일어났을 때, 그것을 해결할 열쇠를 제시해준 적도 있다.

하지만 구리코는 이 노인에 대해 아는 것이 거의 없었다. 만날 때마다 인상이 바뀌는, 어쩐지 종잡을 수 없는 사람이었다. 자기 자신에 관한 이야기도 거의 하는 법이 없었다.

그래도 구리코는 이 사람과 이야기하는 게 좋았다.

"앉아도 될까요?"

226

구니에다는 고개를 끄덕이고 조금 옆으로 엉덩이를 비켜주었다. 그렇게 하지 않아도 구리코가 앉을 공간은 충분했다.

"나나세 양은 오늘 평소보다 기분이 좋아 보이는구먼. 좋은 일이 있었는가."

그 말에 구리코는 조금 창피해져서 바닥을 내려다보았다. 한껏 들떠 있던 자기 자신이 갑자기 꼴사납게 느껴졌던 것이다.

구리코의 심정을 알아챈 듯, 구니에다는 웃었다.

"그런 얼굴 하지 않아도 되네. 좋은 일이 있으면 좋은 거 아닌가. 오늘은 정말로 좋은 밤이야."

겸연쩍어져서 구리코도 웃었다.

"그렇긴 하지만, 좋은 일 다음에는 왠지 나쁜 일이 올 것만 같아서요……."

지금은 함께 영화만 보러 가도 이렇게 행복하지만, 아마 그다음엔 영화를 보러 가는 것만으론 성에 차지 않게 될 것이다. 나를 좋아해 주지 않으면 행복하지 않게 되고, 설령 나를 좋아해 주더라도, 아무것도 아닌 말 한마디, 사소한 일 하나에 힘들어지고 슬퍼하겠지.

구니에다는 눈을 가늘게 뜨고 미소 지었다.

"손을 좀 내보게."

의아해하면서 구리코는 구니에다 앞에 손바닥을 내밀었다.

구니에다는 그 손을 조용히 들여다보았다.

"운명선이 무척 강하고 곧아. 그러니 괜찮을 게야. 나나세 양에게는 나쁜 일보다 좋은 일이 훨씬 많을 걸세."

"그럴까요……."

손금이나 점 같은 걸 믿는 편은 아니지만, 그래도 그렇게 말해주니 가슴 속에 따스한 불이 지펴진 듯한 기분이 들었다.

"아무렴, 나쁜 일보다 좋은 일이 훨씬 많이 일어날 게야. 그리고 앞으로는 이렇게 마음을 먹어보게나. 좋은 일이 일어난다고 그다음에 꼭 나쁜 일이 일어나는 건 아니다, 반대로 나쁜 일이 일어나면 그다음엔 반드시 좋은 일이 올 거다, 하고 말이네."

구리코는 유미타의 얼굴을 떠올렸다.

오늘 행복한 마음이 되었던 건, 그가 무척 좋은 사람이었기 때문이다. 그리고 그와 즐거운 시간을 보냈기 때문이다.

설령 그와 연인이 못 되더라도, 그 사실만은 변함이 없을 것이다.

구리코는 벤치에 기대어 하늘을 올려다보았다.

달은 뭉게구름에 덮여 부옇게만 보이고 별도 그다지 눈에 띄지 않았다.

그래도 구리코는 생각했다.

오늘은 좋은 밤이다, 라고.

론도의 점심 시간은 오전 11시 반부터 오후 2시까지이다.

평일에는 12시를 기점으로 확 바빠지기 시작해서 1시가 넘으면 일단락되지만, 휴일은 다르다.

1시가 넘어도 손님의 발길은 줄어들지 않고 2시가 되어도 다음 손님들이 연달아 들어온다. 가족 동반이 많은 것도 바쁜 이유 중 하나다. 아이들이 먹고 난 후의 테이블을 치우기란 직장인들이 먹고 난 자리를 정리할 때보다 몇 배는 더 힘들다. 어른들만이라면 오렌지 주스를 엎질러서 법석이 일어날 일이 거의 없다. 어린이 점심에는 덤으로 작은 장난감이 딸려 나오는데, 그걸 서로 가지겠다고 다투다가 울음을 터뜨리는 형제도 있다.

그래도 구리코는 휴일의 론도가 좋다.

어머니들은 아이에게 휘둘리면서도 나름대로 편안한 얼굴을 하고 있고, 아이가 어린이 점심을 앞에 두고 눈을 반짝반짝 빛내고 있는 모습을 보면 왠지 모르게 기분이 좋다.

어른에게는 고작 패밀리 레스토랑일 뿐이지만, 아이에게는 온 가족이 밖에 나와 먹는 특별한 식사다. 그리고 어머니에게는 아이가 다소 소란을 피우더라도 너그럽게 이해받을 수 있는 마음 편한 장소이다.

구리코도 어릴 적, 패밀리 레스토랑에 데려가 주는 걸 좋아했다.

어린이 점심 메뉴나 케첩 뿌린 햄버그스테이크, 어쩌다 특별히 시켜주는 초콜릿 파르페가 얼마나 빛나 보였던지.

크게 소란 피우는 아이를 보면 얼굴에 경련이 일 때도 적지 않지만, 그래도 그런 때는 가능한 한 기억해내려 한다. 자기 자신이 그 나이 때 얼마나 즐거웠던지를.

그런 휴일의 떠들썩함이 조금 가라앉은 시간에 구니에다 노인이 왔다.

우산을 지팡이 삼아 굽은 허리를 지탱하며 론도의 문을 연 구니에다를 보고, 구리코는 의아하게 생각했다.

구니에다가 휴일에 가게에 온 적은 거의 없었다. 게다가 오늘은 구니에다가 늘 앉던 자리에 다른 손님이 앉아 있었다.

"어서 오십시오."

그렇게 인사를 건네자 구니에다는 희미하게 미소를 띠며 고개를 끄덕였다.

그러나 늘 앉던 자리가 차 있다는 것을 깨닫고 표정이 조금 흐려졌다. 우선 반대편의 넓은 좌석으로 안내하려던 구리코를 구니에다는 제지했다.

"늘 앉던 자리 옆 좌석으로 해주지 않겠는가?"

"하지만 비좁으실 텐데요?"

"괜찮네."

구니에다의 평소 자리에는 어린아이를 동반한 가족이 앉아 있어서 그 사람들의 소지품이 옆자리까지 차지하고 있었다. 앉을 수 없는 건 아니지만, 그리 편할 것 같지는 않았다.

어쨌든 이르는 대로 구리코는 구니에다를 그 자리로 안내했다.

구니에다는 메뉴도 안 보고 커피를 주문한 후, 재킷의 가슴주머니에서 신문을 꺼내 읽기 시작했다. 흘낏 날짜를 보니 한 달도 더 된 것이었다.

'별난 사람이야.'

구리코는 마음속으로 그렇게 중얼거렸다. 그 구석 자리가 그렇게도 좋을까.

손님이 더 이상 들어오지 않는 잠잠해진 틈을 타 구리코는 잠깐 쉬기로 했다. 밤이 되면 다시 바빠진다. 지금 쉬어두지 않으면 안 된다.

휴게실로 가기 전, 구리코는 자신이 담당하는 테이블을 둘러보았다. 다 먹은 그릇은 없는지. 커피 리필이 필요한 사람은 없는지. 마실 물이 모자란 테이블은 없는지.

마지막으로 구니에다의 테이블에 눈길을 주며 구리코는 고개를 갸우뚱했다.

구니에다는 창밖을 뚫어져라 바라보고 있었다.

그 얼굴은 무척이나 차갑고 해쓱해 보였다.

왜 그런지 같은 꿈만 꾼다.

먼 옛날의 꿈이다. 구리코가 아직 멜빵치마를 입고, 부러질 듯 가느다란 나뭇가지 같은 다리를 한 여자 아이였을 때의 꿈.

여름방학 때였는지, 매미 소리만 요란하게 울려 퍼지

고 있었다.

구리코는 달리고 있었다. 찡그린 얼굴로 가쁜 숨을 몰아쉬며, 죽기 살기로.

어딘가 목적지를 향해 달리고 있는 것은 아니었다. 빨리 집에 돌아가고 싶은 것도 아니었다. 누군가에게 쫓기고 있는 것도 아니었다.

구리코는 울고 있었다. 하지만 울고 있다는 걸 아무에게도 들키고 싶지 않았다. 그래서 죽을힘을 다해 달렸다. 아무도 자신의 얼굴을 보지 못하도록.

옆구리가 쥐어뜯기는 듯이 아프고 목구멍에서 쌕쌕 소리가 났다.

매미 소리는 머릿속에서 웽웽 울렸다.

어째서 울고 있는지도 생각해내지 못한 채 구리코는 항상 슬픈 기분으로 눈을 떴다.

침대에 일어나 앉아서도 지금의 자신이 스무 살이 넘은 어른이라는 사실이 믿어지지 않았다.

눈앞의 다리는 이젠 어릴 때처럼 가늘지도 않은데.

다음 날, 구리코는 저녁에 출근했다.

밤에 일하는 인원이 적어서 11시까지 일해주었으면 좋

겠다는 말을 들었기 때문이다. 요즘 들어 갑작스레 근무 시간 변경을 시달받는 일이 많고, 그때마다 기분이 언짢아진다.

프린터이다 보니 편리하게 다루는 건 어쩔 수 없는 일이라고 납득은 한다.

하지만 편리한 존재가 곧 필요한 존재라는 뜻은 아니다. 구리코가 단순한 아르바이트 직원이라는 사실은 변함이 없다.

학생에게는 이런 아르바이트보다 훨씬 중요한 학교가 있고, 주부들에게는 가정과 자녀가 있다.

다들 자신만의 소중한 장소가 있는데, 구리코에게는 아르바이트보다 우선할 만한 것이 아무것도 없다.

적어도 목표가 있고, 그것을 이루기 위해 프린터로 살고 있는 거라면 그나마 다행이다. 하지만 구리코에게는 아무것도 없다. 프린터로 살면서 얻을 수 있는 것이라면, 마음대로 쓸 수 있는 시간과 남에게 간섭받지 않을 자유, 그것뿐이다.

'그것만으로도 괜찮다고 여기고 있긴 하지만.'

손에 들어온 그것들조차 구리코는 제대로 활용하고 있지 못하는 것이다.

그런 생각을 하면서 구리코는 종업원용 출입구를 지나 론도로 들어갔다. 주방 종업원들에게 인사를 건네고 나서 탈의실로 발길을 옮겨 유니폼으로 갈아입었다.

타임카드를 찍고 5시 정각에 홀로 나갔다.

"안녕."

츠치다 미하루에게 인사를 건네자, 그녀는 눈을 빛내며 돌아보았다.

"안녕, 구리코."

미하루의 근무시간은 분명 5시까지일 텐데, 퇴근할 생각도 않고 얼음냉수를 갈아 넣기 시작했다.

알고 지낸 지 오래된 덕분에 미하루의 눈빛만 봐도 뭘 생각하고 있는지 알 수 있다. 무언가 구리코에게 하고 싶은 말이 있는 거다. 남자 친구와 다투기라도 한 걸까, 아니면 점장이나 매니저에게 야단맞았나.

홀의 상황과 전표를 확인하고 있는데 미하루가 가까이 다가왔다.

"있잖아 구리코, 내 말 좀 들어봐."

드디어 왔구나, 하는 마음으로 돌아보았다. 미하루는 무서워 죽겠다는 얼굴로 구리코에게 속삭였다.

"오늘, 경찰이 왔었어."

"뭐, 경찰?"

뜻밖의 단어에 놀라 구리코는 되물었다.

"그래. 사람들한테 이것저것 막 물어보더라. 밤에도
또 올 거라고 했어."

"무슨 일 있었어?"

미하루는 홀을 살펴보고 나서 소리 죽여 말했다.

"이 근처 사는 어린애가 행방불명됐대. 유괴일지도 모
른다고……."

구리코는 숨을 삼켰다.

론도 부근은 깔끔하게 구획 정리된 신흥 주거지였다.
원래는 논밭 천지였는데 요 두 해 사이에 싹 바뀌었다.
새로 생긴 동네인 만큼 거주자도 젊은 가족들이 많고,
아이도 많다. 이들은 패밀리 레스토랑의 중요한 고객들
이다.

"그런데 왜 경찰이 가게에까지 물으러 온 건데?"

"우리 가게 주차장에 면한 집이 몇 채 있잖아. 거기 애
래. 그러니까 가끔 주차장에서 놀기도 했었나 봐. 게다가
우리 가게에도 일주일에 한 번씩은 꼭 식사하러 왔다고
하고……. 사진을 보여줬는데, 눈에 익은 남자애였어. 구
리코도 기억할걸?"

"몇 살이나 됐는데?"

"초등학교 3학년이라고 했어."

마음이 무거워졌다. 최근 TV 같은 데서도 아동이 피해자인 비참한 사건이 자주 보도되고 있었다. 아이 부모는 지금 제정신이 아닐 것이다.

"어이, 미하루. 얼른 퇴근해."

수다 떠는 걸 알아챘는지 점장이 안에서 나왔다. 미하루는 고개를 움찔하더니, "먼저 실례하겠습니다~"라고 소리치며 종업원용 통로로 향했다. 타임카드를 찍는 소리가 들렸다.

점장은 그 모습을 지켜보고 난 다음 구리코를 돌아보았다.

"이미 미하루한테서 들었겠지만, 그런 일이 있었어. 아이를 아직 찾지는 못한 모양이야. 아마 경찰이 또 물으러 올 텐데, 아는 게 있거든 다른 아르바이트생과 교대해서 이야기해 주라고."

"알겠습니다."

점장에게도 유치원에 다니는 딸이 하나 있으니 남의 일 같지 않겠지. 표정이 딱딱했다.

구리코는 고개를 끄덕이고 나서 홀을 둘러보았다.

지금도, 정중앙의 커다란 테이블에 남자 아이 둘을 데리고 온 어머니가 있었다. 아이들이 한시도 가만히 있질 않아서인지 아까부터 끊임없이 야단을 치고 있었다.

그 행방불명된 남자 아이도 이렇게 가족과 함께 이 가게에 앉아 있었을까. 구리코가 담당한 적도 있을지 모른다. 그런 생각이 들자, 평소에는 흐뭇하게 느껴지는 광경에도 기분이 우울해졌다.

경찰이 찾아온 것은 저녁 시간의 소란이 잦아들기 시작한 밤 9시가 지나서였다. 구리코는 맨 먼저 휴게실로 불려갔다.

형사라고 하면 으레 구깃구깃한 양복 차림에 강압적인 인상을 풍기는 사람이 연상되기 마련인데, 휴게실에 앉아 있던 중년 남성은 온화해 보이는 인상에 키가 작은 사람이었다. 형사라기보다 시청 창구 쪽이 어울릴 법한 얼굴이었다. 미소 띤 얼굴로 구리코에게 자리를 권했다.

"일하는 중에 미안합니다."

구리코는 고개를 꾸벅 숙이고 의자에 앉았다.

"나나세 구리코 씨. 일주일에 4일에서 5일, 매일 8시간, 거의 풀타임, 이 가게에서 일하고 있지요?"

구리코가 고개를 끄덕이자 형사는 주머니에서 사진을

석 장 정도 꺼냈다.

"이 가족이 여기 자주 왔습니까?"

구리코는 사진을 받아 들었다. 짧게 자른 머리 모양에 얼굴이 둥그스름한 젊은 어머니, 다부진 체격의 아버지, 그리고 중학생 정도 되어 보이는 형과 초등학생 동생.

기억난다. 가게에는 꽤 자주 왔다. 하지만 어떤 메뉴를 주문했는지도 기억나지 않고, 인상적인 사건도 없었던 것 같다.

그저 행복해 보이는 많은 가족들 가운데 하나였다.

확실하게 기억하지 못한다는 것은 이 사람들이 다른 손님에게 폐를 끼친 적도, 큰 소리로 소란을 피운 적도 없었다는 얘기다. 싫은 손님이 기억에는 오래 남는다.

그런 것들을 있는 그대로 대답하자 형사는 고개를 끄덕였다.

"낮에 본 아가씨들도 비슷한 말을 하더군요. 무슨 일이 일어났는지 들었습니까?"

구리코는 고개를 끄덕였다.

"초등학생 남자 아이가 행방불명됐다고…… 아직 못 찾았나요?"

"그래요. 어제저녁 5시쯤부터 지금까지."

어제저녁부터라면 꼬박 하루가 지났다. 구리코는 숨을 삼켰다. 그렇다면 조금 멀리까지 놀러 나가는 바람에 귀가가 늦어졌다거나, 친구네 집에 가 있다고 보기는 어려운 이야기다.

이시자카라고 이름을 댄 형사는 자세한 이야기를 시작했다.

소년의 이름은 다카쿠라 하지메. 어제저녁 무렵, 나무에 물을 주러 뜰에 나간 후로 행방을 알 수 없게 되었다고 한다. 부모와 형 모두 집 안에 있었지만, 아무 눈치도 채지 못했다. 뜰에 물 주기는 가족 중 하지메의 일이었고, 뜰로 나가는 아이의 모습도 여느 때와 똑같아 이상한 낌새는 전혀 없었다고.

한동안 물소리가 났던 것을 형이 기억하고 있었다. 하지만 그 소리가 언제부터 끊겼는지, 그것까지는 잘 기억이 나지 않는다고. 비명이라든지 수상한 소리도 전혀 듣지 못했다고 한다.

하지메가 20분이 지나도 들어오지 않자 이상하게 여긴 아버지가 뜰에 나가 보았으나, 그때는 이미 아무도 없었다. 오로지 물을 주는 데 썼던 호스만이 뱀 몸뚱이처럼 뜰에 내던져져 있었다고 한다.

처음엔 마침 지나가던 친구가 있어 함께 공원에라도 놀러 갔으려니, 하고 부모는 생각했다. 하지만 아무리 그렇더라도 부모에게 말 한마디 없이 외출할 아이는 아니라고 한다.

부모는 재혼이었고, 하지메는 아버지 쪽에서 데려온 아이였기 때문에 어쩌면 친엄마가 그리워 만나러 갔나 싶어 친엄마에게도 연락을 취했지만, 그쪽에도 가지 않았다.

각자 흩어져서 근처를 뒤졌지만 결국 찾지 못하고 어젯밤 늦게 경찰에 신고했다고 한다.

형사는 또렷하게 말했다.

"경찰로서는, 하지메 군이 불특정 사건에 휘말려 들었을 가능성이 높다고 보고 있습니다."

사진을 다시 한 번 구리코 앞에 내밀었다.

"어떻습니까? 뭔가 보신 건 없나요?"

생각해내려 했지만, 아무것도 머리에 떠오르질 않았다.

"어제저녁엔 제가 근무하지 않았으니, 아무것도 못 봤겠죠. 집에 가는 길에도 어린아이는 못 보았고요."

형사의 눈이 가늘어졌다.

"그래서 아가씨에게 묻고 싶은 겁니다."

"네?"

방금 들은 말의 의미를 몰라 구리코는 당황했다.

형사는 사진을 자신의 손 밑으로 끌어당기며 말했다.

"다카쿠라 씨 댁은 이 가게 주차장 옆입니다. 그리고 이곳은 다른 많은 패밀리 레스토랑과 마찬가지로 1층이 주차 공간이고, 2층이 영업장이지요. 요컨대 전면이 유리인 가게 안에서는 다카쿠라 씨 댁의 정원이 내다보였을 겁니다. 어떻습니까? 일하는 도중에 창 너머로 수상한 인물이나 하지메 군을 발견한 적은 없습니까?"

"그렇게 말씀하셔도, 일하는 중에 창밖을 내다보는 일은 없어서…… 어디쯤에서 보이는데요?"

"남서쪽 구석 자리요. 4인석에서 가장 잘 보입니다."

형사의 말에 구리코는 깜짝 놀랐다.

구니에다가 늘 앉는 자리였다.

"저기, 엄마. 안이랑 토모, 산책시켰어?"

다음 날 구리코는 눈 뜨자마자 부엌으로 내려가 어머니에게 물었다.

"오늘은 아직. 네가 좀 다녀올래?"

"응, 좋아."

산책이라는 단어를 알아들었는지, 현관에서 자고 있던 두 마리가 일어나 구리코의 발치에 와 착 달라붙었다.

구리코는 두 마리에게 리드줄을 채우고 산책용 가방을 들고서 현관을 나섰다.

안과 토모는 구리코네가 기르는 애견이다. 둘 다 중간 크기의 잡종견인데 묘한 인연으로 구리코 집에 오게 되었다. 셰틀랜드 목양견의 피가 섞였는지 털이 탐스러운 암컷이 안이고, 만화영화에 나오는 도둑처럼 입 주위가 까만 수컷이 토모이다. 안은 사람을 잘 따르고 명랑하지만, 토모는 까다로운 편이라서 가족 이외의 사람에게는 다가가려 하지 않는다. 성격부터가 재미있을 정도로 정반대이지만 둘은 나름대로 잘 지내고 있다.

두 마리를 데리고 구리코는 늘 가는 공원으로 향했다.

오전 중의 공원은 아직 유치원에도 가지 않을 나이의 아이들을 데리고 나온 어머니들로 가득했다. 입구 근처에 있던 남자 아이가 안과 토모를 손가락질하며 "멍멍"이라고 말했다.

평소 구니에다가 앉아 있는 벤치에도 유모차를 끌고 온 어머니 셋이 앉아 이야기꽃을 피우고 있었다. 일단 공원을 한 바퀴 둘러보았으나 구니에다의 모습은 없었다.

구리코는 리드줄을 고쳐 쥐고 집에서 좀 떨어진 작은 공원으로 향했다. 이전에 거기서도 구니에다와 만난 적이 있었다.

안과 토모는 멀리 갈 수 있다는 걸 알아차렸는지 신이 나서 앞다투어 걸어나갔다.

그곳에도 구니에다는 없었다.

마지막으로 구리코는 구니에다의 집으로 향했다. 평소의 산책 코스가 아니다 보니 두 마리는 꼬리를 착 내리고 걸었다.

커다란 감나무가 있는 오래된 일본식 가옥. 그곳에서 구니에다는 홀로 살고 있다. 성가셔서 집에 전화도 놓지 않는다는 괴짜 노인이다.

현관의 인터폰을 눌렀지만 대답이 없었다. 집을 비운 모양이었다.

완전히 헛걸음이었다. 구리코는 한숨을 쉬었다. 그나마 오랜 산책으로 안과 토모가 만족한 것 같다는 사실만이 위안이 되었다.

다카쿠라 하지메와 관련하여 구니에다가 무언가 보았으리라는 확신은 없다. 일요일에 구니에다가 묘한 표정을 지은 것처럼 보였던 것도 구리코의 착각일지 모른다.

어쩌면, 전혀 상관없는 장면을 보고 놀랐든가.

게다가 하지메가 행방불명된 시간대에는 구니에다도 이미 론도를 떠나고 없었다. 결정적인 순간을 보았을 리 없었다.

하지만 설령 그렇더라도, 구니에다라면 뭔가 실마리를 찾아줄 것만 같은 느낌이 들었다. 이제까지도 여러 차례 구리코 주위에서 일어난 불가사의한 사건의 열쇠를 간단히 찾아내 주었으니까.

그렇지만 구니에다를 만나지 못한다면 아무 의미가 없다. 구리코는 포기하고 돌아가기로 했다.

다시 한 번, 오래된 집을 돌아보았다.

2층의 덧문은 굳게 닫혀 있고, 인기척 하나 없었다.

또 같은 꿈을 꾸었다.

구리코는 다시 초등학생으로 되돌아가 울면서 같은 길을 달리고 있었다.

흐느껴 울고 있는 자신은 이것이 꿈이라고는 전혀 생각지 못하는데, 꿈임을 깨닫고 있는 자기 자신도 분명히 존재하고 있어서, 그 부정합이 꿈 같다고 구리코는 막연하게 생각한다.

문득, 왜 울고 있었는지 그 이유가 떠올랐다.

소꿉친구인 나오와 다투었던 것이다. 아니, 다툼이란
것과는 조금 다르다.

그 무렵, 같은 반에 전학 온 여자애가 있었다. 밝고 명
랑해서 눈 깜짝할 사이에 반 아이들 사이에서 인기를 끌
었다. 아버지 직장 때문에 학교를 많이 옮겨 다녔다는 소
녀였다.

나오는 그 애와 친해지면서부터 구리코에게 냉랭해지
기 시작했다.

아이들의 인간관계는 순수하게 보여도 철저한 권력주
의에 바탕을 두고 있으며, 때로는 냉혹하기까지 하다.

그, 이름도 잊어버린 전학생 여자 아이는 명백하게 아
이들 세계의 강자였다. 강자의 눈에 든 나오는 약자인 구
리코 따윈 아무려나 상관없어진 것이었다.

그날, 구리코는 나오네 집에 놀러 갔다. 같이 놀기로
약속했기 때문이다.

하지만 나오는 구리코의 얼굴을 보더니 아주 차갑게
말했다.

"오늘은 같이 못 놀아."

현관에는 여자 아이의 신발이 있었다. 핑크색 스니커

즈는 바로 그 전학생의 것이었다.

그래서 구리코는 울면서 집으로 달려왔던 것이다.

그 전학생은 반년도 채 안 돼 또 다른 학교로 전학 가 버렸고, 나오는 다시 구리코와 사이좋게 지내게 되었다. 구리코도 슬펐던 그날의 사건을 금세 잊어버렸다.

이제 와 생각해보면, 그 전학생은 구리코와 나오의 사이를 떼어놓으려고 했던 것이다. 어릴 적에는 그 애의 일을 떠올리기도 싫었다. 그런데 어른이 되어 깨달은 것이 있다.

전학생이 단기간에 친구를 만들려면 누구에게나 인기 있는 사람이 되는 수밖에 없다. 그렇지 않으면 학교생활이 힘들어지고 만다. 느긋하게 친구를 찾을 여유가 없는 것이다.

그 애가 강자처럼 보였던 것도, 전학생으로서 살아남을 방법이 그렇게 되는 것밖에 없었기 때문이다. 기존의 친구 관계에 끼어들어 그것을 파괴하는 것 말고는 친구를 사귈 방법이 없었을 것이다. 구리코는 달랐다. 멍하니 있어도, 인기가 없어도, 옛날부터 사귀어온 친구는 여전히 그 자리에 있었다. 나오도 곧 다시 사이좋은 친구로 돌아왔다.

진짜 약자는 구리코가 아니라, 바로 그 전학생이었는 지도 모른다. 비몽사몽 간에 구리코는 곰곰이 그런 생각을 하고 있었다.

꿈속의 구리코는 아직도 아스팔트 길을 달리고 있었다. 너무 울어서 콧속이 찡하니 아팠다.

갑자기 세상이 휘청 기울었다. 넘어지는구나 싶었을 때에는 이미 지면에 곤두박질치고 있었다.

살갗이 까졌는지 손바닥이 몹시 뜨거웠다.

한심하기 짝이 없다는 기분이 들었을 때, 눈앞에 나뭇잎 한 장이 떨어졌다. 감나무 잎이었다.

그곳은 구니에다의 집 바로 앞이었다.

다음 날, 구리코는 출근과 동시에 구니에다가 늘 앉는 테이블로 갔다.

소금 · 후추 통을 갈고 냅킨을 정돈하는 척하면서 창밖을 내다보았다. 확실히 그 자리에서는 집이 한 채 보였다. 늘 볼 수 있는 광경인데도 그 집에 어떤 사람들이 사는지 의식한 적은 없었다.

원래 론도 건물이 먼저 들어서 있었기 때문에 가게에서 집 안이 들여다보이지 않게 신경을 쓴 눈치다. 여기서 보이는 건 창고 같은 것이 있는 뒤뜰 쪽이다. 거기에도 크고 작은 화분들이 조금 놓여 있기는 하지만, 론도에서 보이지 않는 방향에 더 넓은 뜰이 있는가 보다.

집에 가는 길에 잠깐 그쪽 길도 걸어보자고 생각했다.

가게 안에 손님은 아직 많지 않았다. 웨이트리스 대기 장소로 돌아가니, 미하루가 말을 걸었다.

"구리코, 어제 형사 만났어?"

"응, 만났어. 드라마랑은 완전 딴판이더라."

미하루는 매니저가 안에 있다는 걸 확인하고 나서 구리코에게 속삭였다.

"저기, 들었어? 역시 유괴 같대."

구리코는 숨을 삼켰다.

"몸값 요구라도 있었대?"

"그건 잘 몰라. 하지만 그 애를 데리고 걸어가는 남자를 목격한 사람이 있다나 봐. 집이랑 반대 방향으로 걸어 갔대."

그 말을 들으니 기분이 어두워졌다. 부모는 필시 제정신이 아니겠지. 무사히 찾아내면 좋겠지만, 그런 종류의 사건에서는 최악을 각오하지 않으면 안 된다는 것을 구리코도 안다.

어디선가 들은 적이 있다. 유괴 사건에서는 아이가 유괴되자마자 살해되는 경우가 꽤 많다고.

저녁이 되어 모모코가 출근했다. 평소에는 늘 방글방글 웃는 여자애인데, 오늘은 무척 침울해 보였다.

"구리코 언니, 들으셨어요? 유괴 이야기."

"응, 들었어. 그 애 기억해?"

모모코는 고개를 가로저었다.

"가게에 자주 온 건 기억나는데……, 그 이상은 몰라요. 하지만 저, 그보다 구니에다 씨 쪽이 더 충격적이라서……."

느닷없이 구니에다의 이름이 나와 구리코는 놀랐다. 모모코네 집은 구니에다의 집 바로 근처인데, 무슨 일이라도 있었던 걸까.

"구니에다 씨가 어쨌는데?"

"구리코 언니, 못 들으셨어요?"

모모코는 창가 자리로 시선을 주었다.

"애가 행방불명된 그날, 구니에다 씨가 그 애를 데리고 걸어가는 걸 본 사람이 있어요."

"뭐……?"

"그래서 지금, 경찰이 구니에다 씨를 찾고 있는 모양인데, 아직 못 찾았나 봐요. 집에도 안 들어오고. 설마 그런 할아버지가 유괴라니……."

구리코는 망연자실하여 모모코를 쳐다보았다. 방금 들은 말이 믿어지지 않았다.

구니에다는 그럴 사람이 아니라고 생각했다. 하지만 뒤이어 깨달았다.

나는 구니에다에 대해 아무것도 모른다.

그날 형사가 찾아온 것은 7시쯤으로, 가장 바쁜 시간 대였다.

아이의 목숨이 걸려 있는 일인 만큼 가게 사정을 신경 쓸 여유가 없었겠지. 구리코는 또다시 맨 먼저 휴게실로 불려갔다.

휴게실에는 이시자카 형사가 있었다. 예상은 했지만 첫 질문은 역시 구니에다에 관한 거였다.

"오후 시간에 여기 자주 오는 노인이 있었을 텐데, 기억하는지?"

두 번째 만남이라 그런지 스스럼없는 투로 말하며 몽타주를 한 장 내밀었다.

곱게 빗어 넘긴 백발, 낡은 안경. 부분적으로 보면 구니에다인 듯 보였지만, 그다지 닮지는 않았다. 그것을 멍하니 바라보았다.

"사진을 한 장도 구할 수가 없어서 말이지…… 인상은 조금 다를지도 모르겠지만."

조금이 아니다. 전혀 다르다. 구리코는 몽타주를 테이블에 내려놓았다.

"기억합니다. 이 그림은 별로 닮지 않았지만요."

이시자카는 쓴웃음을 지었다.

"그 노인은 평소 어느 자리에 앉았지?"

"남서쪽 구석 자리입니다."

다카쿠라 하지메의 집이 보이는 자리.

"뭘 시켜 먹었나?"

"대개 커피 한 잔이었어요. 그걸로 두 세 시간."

"그리고 무슨 행동을 했는지 기억하나?"

"신문을 읽거나…… 창밖을 보거나……."

그래, 곧잘 창밖을 보곤 했다. 안경을 살짝 내리고서.

"어떤 신문이었지?"

"정해진 건 없었어요. 스포츠 신문일 때도 있었고, 경제 신문일 때도 있었고. 하지만 사흘 전 신문이거나 길게는 한 달도 더 된 신문일 때도……."

"어떻게든 그 자리에 앉고 싶어 했나?"

"……네."

이야기하면서 구리코는 놀라고 있었다.

자신이 하고 있는 이야기는 거짓이 아니다. 전부 사실
이다. 하지만 자신의 말을 조합하면, 결국 구니에다가 그
자리에서 다카쿠라 집을 지켜보고 있었다는 것 아닌가.

읽지도 않는 옛날 신문을 읽는 척하면서, 커피 한 잔으
로 몇 시간을 때워가며, 창밖을 바라본다. 하지메를 유괴
할 기회를 노리고 있었던 게 아니냐고, 듣는 사람은 생각
할 것이다.

하지만 구니에다가 그런 짓을 할 리가 없다.

구리코는 용기를 내어 물었다.

"구니에다 씨가 그 남자애를 데리고 걸어가는 걸 누가
보았다는데, 사실인가요?"

메모를 하고 있던 이시자카의 손이 멈췄다.

"이름을 알고 있었나?"

"네, 공원에서 만나 몇 번 이야기한 적이 있어요."

집을 방문한 적도 있지만, 그건 일단 묻어두기로 했다.

이시자카는 고개를 끄덕이고 나서, 누군가가 가져다
준 커피를 한 모금 홀짝였다.

"하지메 군과 비슷한 복장을 한 남자 아이를 데리고 국도변을 걷는 구니에다를 본 사람이 있어. 마침 자전거를 타고 지나가던, 구니에다의 집 근처에 사는 주부였지. 아이를 데리고 있어서 이상하게 여겼다고 하더군. 복장도 일치하고, 시간도 하지메 군이 행방불명된 때로부터 30분 후였어."

손이 가늘게 떨렸다. 구니에다를 아는 사람의 목격담이라면, 다른 누군가와 헷갈렸을 가능성은 적다.

역시 하지메는 구니에다가 데리고 간 걸까.

"어째서……."

"구니에다에게는 치매기가 있었던 모양이야. 봉사자로 드나드는 여성이 증언했네. 그리고 그에게는 해외에 나가 있어서 좀체 만날 수 없는 아들과 손자가 있더군. 그 손자의 나이가 하지메 군과 거의 같다던데, 어쩌면 손자로 착각해서 데려갔을지도 모르지."

"구니에다 씨는 치매 같은 게 아니었어요."

저도 모르게 입이 움직이고 있었다.

"정신도 맑았고, 이상한 점은 전혀 없었다고요."

이시자카의 눈살이 찌푸려졌다.

"하지만 매일 오는 봉사자가 그렇게 증언했어. 아가씨

는 그렇게 단언할 수 있을 만큼 구니에다에 대해 잘 알고 있는가? 치매라고 해도 평소에는 멀쩡해 보이는 사람도 있거든."

그 말을 듣고 구리코는 침묵했다. 납득은 하지 않았다. 하지만 구리코가 아무리 말해도, 형사는 봉사자의 증언을 신뢰할 것이다. 말해봤자 헛수고다.

이시자카는 혼잣말처럼 중얼거렸다.

"하지만 구니에다가 데려갔다면 아직 희망은 있어. 몸값을 노리거나 못된 장난이 목적이라면 유괴당한 아이가 무사히 돌아올 확률은 낮아. 구니에다가 자기 손자로 착각한 거라면 하지메 군에게 위해를 가하지는 않겠지."

그런 말에도 구리코는 아무런 대꾸를 할 수가 없었다. 구니에다가 유괴범이라는 사실이 아직 믿어지지 않았다.

마지막으로 형사는 이렇게 물었다.

"구니에다가 갈 만한 장소로 짐작 가는 곳이 혹시 있나?"

구리코는 말없이 고개를 가로저었다.

돌아오는 길에 공원 앞을 지나쳤다.

구리코는 무의식중에 안으로 들어가려다 그만두었다.

그 벤치에 구니에다가 있을 리가 없다.

만약 하지메 비슷한 남자 아이를 데리고 있었다는 증언이 거짓이 아니라면, 구니에다는 어디로 가버렸을까. 구리코는 아직도 믿어지지가 않았다.

공원을 막 지나쳤을 때, 귀에 익은 개 짖는 소리가 났다. 거의 동시에 발치에 부드러운 털이 휘감겼다. 내려다보니 안이 꼬리를 흔들며 구리코를 올려다보고 있었다.

어째서 이런 곳에 안이 있는지 영문을 몰라 구리코는 눈을 끔뻑였다. 설마 도망쳐 나온 건 아니겠지. 땅바닥에 질질 끌리는 리드줄을 주워들고 공원을 들여다보았다.

이유는 바로 알았다. 벤치에 동생 마코토가 앉아 있었다. 마찬가지로 줄에서 놓여난 토모가 가로등 밑동의 냄새를 맡고 있었다.

"어이, 이제 와?"

짧아진 담배를 피우면서 마코토가 말했다.

구리코는 안의 리드줄을 당기며 마코토에게 다가갔다.

"이럼 안 돼. 줄을 풀어두면."

"뭐 어때. 아무도 없는데."

"도로로 뛰쳐나가면 어쩌려고?"

"얘네들, 그렇게까지 바보는 아냐."

여전히 말대답뿐이었다. 구리코는 안의 리드줄을 쥔 채 마코토 옆에 앉았다. 토모도 구리코를 알아채고 이쪽으로 달려왔다.

"무슨 바람이 부셨길래? 마코토 네가 개 산책을 다 시키고."

처음에 마코토는 개의 존재를 무시했다. 하지만 어느 결에 토모가 자기 방에서 자는 것을 허용하게 되었고, 어느 때부터인가 타월로 줄다리기를 하며 함께 놀고 있는 모습도 눈에 띄었다.

"그래? 요즘 가끔 데리고 나오는데. 누나야 아르바이트하느라 몰랐던 거겠지."

"흐음."

구리코의 목소리에 웃음이 배어 있는 걸 눈치 챘는지 마코토의 표정이 조금 떨떠름해졌다.

"요즘 살이 좀 쪄서 운동해야겠다고 생각했을 뿐이야."

무릎에 앞발을 얹는 안을 쓰다듬으면서 구리코는 조금 웃었다.

"응, 그러니."

마코토는 혀를 차더니 주머니에서 테니스공을 꺼냈다. 개들의 눈을 사로잡고 나서 툭 던졌다. 안과 토모가 앞

다투어 달려 나갔다.

"그런데 말야, 누나한테 부탁이 있는데."

구리코는 놀라서 마코토의 얼굴을 보았다. 몇 년 넘게 마코토가 무언가를 부탁한 적은 한 번도 없었다.

"나 있지, 대학 등급을 좀 낮춰 지원할까 해."

마코토는 이미 삼수째다. 국립대학을 목표로 하고 있기 때문이라고 했지만, 구리코에게는 단순히 집에 틀어박힐 구실로밖에 생각되지 않았다.

"국립은 이제 힘들어서. K대를 쳐볼까 생각 중이야."

마코토가 입에 올린 건 옆 동네에 있는 사립대학을 말한다.

"등록금은 비싸겠지만, 지방 국립대에 가면 그만큼 생활비가 또 드니까 부모님 부담도 뭐, 비슷비슷하지 않을까 하는 생각도 들고."

"돈 문제는 신경 안 써도 되잖니. 나도 이미 졸업했고, 아빠랑 엄마도 네가 원하는 진로를 선택하는 게 중요하다고 생각하고 계시니까."

"뭐, 그렇기야 하겠지만."

안이 공을 물고 달려왔다. 마코토는 그것을 받아 들더니 다시 던졌다.

"그러니까, 누나가 슬쩍 아빠나 엄마한테 말해달라고. 부탁해."

그 정도 이야기는 네 스스로 하란 말이야. 그런 생각이 들었지만 구리코는 입을 다물었다. 몇 년 만에 동생이 하는 부탁이니, 들어주고 싶었다.

"알았어. 하지만 너도 말해야 해."

"나도 할 거지만. 부모님도 조금 마음의 준비를 해두는 게 낫잖아."

구리코는 발끝으로 바닥에 선을 그렸다.

마코토는 달라지려 하고 있다. 지망 대학의 등급을 낮추는 것은 긍정적이라고는 볼 수 없지만, 그래도 재수 생활에 마침표를 찍고 한 걸음 앞으로 나아가려 하고 있다.

구리코도 이대로 있을 수만은 없다. 무언가 달라져야 한다.

그렇게 생각은 하지만, 처음 한 발을 어디를 향해 디뎌야 할지, 판단이 서질 않는다.

이번엔 토모가 공을 물고 왔다. 마코토는 그 공을 구리코에게 건넸다.

구리코는 말없이 받아 들어 공을 던졌다.

자기 딴엔 있는 힘껏 던져보았건만, 공은 그리 멀리 날

아가지 않았다.

또다시 같은 꿈을 꾸었다.

매미 소리가 울려 퍼지는 가운데, 울면서 오로지 달리는 꿈.

그땐 이보다 더 슬픈 일은 다시없을 거라고 생각했다. 영원히 이 상처에서 피가 멎지 않을 것이라고 생각했다.

이건 아주 작은 상처이며, 눈 깜짝할 새에 딱지가 앉고 아물어버릴 것이라고는 생각지 못했다. 그리고 앞으로 더 아픈 상처를 수없이 입게 되리라는 것도.

달리고 달려서, 바람이 되어 사라져버리고 싶었는데.

구리코는 돌부리에 걸려 넘어지고 말았다.

일어서지 못했던 것은 까진 상처가 아팠다기보다, 그런 자기 자신이 비참했기 때문이다.

문득 눈앞의 나무 문이 열렸다.

나온 것은 다부진 체격에 까만 테의 안경을 쓴 남자였다. 웃지도 않고, 부드러운 눈을 하고 있지도 않았다. 조금 무섭다고 생각했다.

하지만 그 사람은 화내지 않았다.

구리코를 안아 일으켜 치마에 묻은 흙먼지를 털어주었

다. 흐느껴 우는 구리코의 어깨를 안고 현관까지 데려가
선 상처에 반창고를 붙여주었다.

"울지 마라. 이제 클 거야."

그 말에 구리코는 고개를 끄덕였다.

가슴은 아직 아팠지만, 마음에 가득 차 있던 슬픔이 조
금씩 어딘가로 흘러가는 듯한 기분이 들었다.

마음에도 배수구가 있는지 모른다. 구리코는 그리 생
각했다.

구리코는 벌떡 일어났다.

방금 꾼 꿈은 대체 무엇이었을까. 단순한 꿈이 아니다.
정말로, 옛날에 있었던 일이다. 슬픈 기억이었기에 마음
속 깊이 묻어둔 채 잊고 있었다.

왜 같은 꿈을 자꾸 꾸었는지, 그 꿈이 마음 어딘가에
걸려 있었는지, 비로소 깨달았다.

그때 구리코는 구니에다의 집 앞에서 넘어졌고, 그 집
에 살고 있는 사람이 상처를 치료해주었다.

하지만 그 사람은 구니에다가 아니었다. 전혀 안 닮은
건 아니지만, 분명 다른 사람이었다.

거세게 뛰는 가슴을 억눌렀다.

구니에다가 그 집에 이사 오기 전이었을지도 모르겠다는 생각이 들었지만, 불과 10년 전 일이다. 구리코에게는 긴 시간이었지만 구니에다에게는 그렇지 않을 것이다. 구니에다는 쭉 그 집에서 살아왔다고 말했다. 구니에다에게 있어 '쭉'이 10년 미만은 아닐 것이다.

그럼 구니에다는 거짓말을 하고 있었다. 하지만, 무엇 때문에?

의혹은 점점 커져만 갔다.

구니에다는 역시 구리코가 생각하고 있던 그런 사람이 아닐지도 모른다. 이제까지 구리코를 도와준 것은 사실이지만, 그저 좋은 사람이 아니라, 무언가 다른 것을 숨기고 있는 사람인지도 모른다.

무언가가 와르르 무너져 내렸다.

다음 날 모모코와 함께 아르바이트를 했다. 한가한 때를 노려 물어보았다.

"구니에다 씨 말이야, 언제부터 그 집에서 살았대?"

모모코네는 구니에다 집 근처이니, 옛날부터 안면이 있을 터였다.

모모코는 고개를 갸웃거리며 무언가를 생각해내려는

표정을 지었다.

"음—, 옛날부터 거기 사시지 않았을까요. 제가 어릴 때부터 구니에다 씨 댁이라고 했으니까."

그렇다면 최근에 이사 온 것도 아니다.

"하지만 구니에다 씨도, 아드님이 해외로 나간 후로는 거의 바깥출입을 하지 않으시게 됐거든요. 원래 좀 까다로운 사람인데다 치매기도 보여 봉사자 시중을 받게 되었다니까……. 요 두 해 정도이려나, 지금처럼 바깥걸음을 하시게 된 게. 원래 건장하니 체격도 좋은 사람으로 체육대학 교수였는데, 오륙 년 틀어박혀 지내는 동안 완전히 야위어서 사람이 몰라보게 달라졌다고 엄마가 그러셨어요."

"흐음……."

구리코는 동요를 숨기기 위해 맞장구를 쳤다.

"하지만 어린아이를 어디로 데려갈 사람이라고는 전혀 생각 못 했는데."

서운한 투로 중얼거리는 모모코를 보며 구리코도 고개를 끄덕였다.

"나도 그랬어. 온화하고 상냥한 할아버지라고 생각했거든."

"그런 집에서 혼자 사셨으니, 역시 외로웠던 걸까요."

구리코는 그 말에는 대답하지 않고 창가 자리로 시선을 돌렸다.

만약 구니에다가 하지메를 데려갔다면, 그건 '외로움' 때문은 아닐 것이다. 구리코는 알고 있다. 구니에다가 보기보다 아주 젊다는 것, 치매 따위는 걸리지 않았다는 것, 두뇌가 명석한 사람이라는 것을.

그렇기에 구리코는 생각했다.

구니에다가 하지메를 데려갔다면, 그건 좀 더 현실적인 이유에서이다. 그 사람은 외롭다는 감정으로 움직일 만한 그런 사람이 아니다.

구리코는 입술을 깨물었다.

구니에다에 대해 알고 싶다. 그가 무슨 생각을 하고 있었는지를, 무엇을 하려 했는지. 어째서 하지메를 데려갔는지를 말이다.

그걸 알지 못한다면, 구리코의 마음은 내내 갈 곳을 잃고 허공을 헤매리라.

그다음 날, 구리코는 아르바이트를 쉬고 구니에다의 집에 갔다.

인터폰을 눌러보았으나 역시 대답은 없었다.

하지메 사건은 마침내 언론에 보도되었다. 바로 보도하지 않았던 것은 몸값을 노린 유괴일 가능성이 있었기 때문이라고 했다.

신문에는 "근처에 사는 남성이 하지메 군을 데리고 걸어가는 모습을 목격했다는 사람도 있어, 그 남성의 행방을 좇고 있다"라고 쓰여 있었다.

구니에다는 대체 어디로 가버린 걸까. 경찰이 수색해도 찾지 못하다니.

구리코는 집 뒤로 돌아갔다. 나무 쪽문을 조심스럽게 밀자, 쉽게 열렸다.

숨을 죽이고 뜰로 들어갔다. 1층의 덧문을 잠가놓지 않은 덕분에 툇마루에서 집 안으로 수월하게 들어갈 수 있었다.

주거침입죄로 체포당하진 않을까 불안해하면서 구리코는 장지문을 열었다.

일단 안을 향해 소리를 쳐보았다.

"구니에다 씨, 나나세예요. 계세요?"

집에 아무도 없다는 건 낌새로 알았다. 그래도 도둑이 아니라는 것을 알리려는 구리코 나름의 의사표시였다.

어떻게 해서든 찾아내고 싶은 것이 있었다. 구니에다가 어떤 사람인지를 알기 위해서였다.

구리코는 거실로 발길을 옮겨 책장을 살펴보았다. 가장 찾고 싶었던 것은 거기엔 없었지만, 다른 것을 발견했다. 서랍까지 뒤지지 않고 끝나서 구리코는 가슴을 쓸어내렸다.

오래된 수첩이었다. 구리코는 그것을 팔랑팔랑 넘겼다. 특징이 있는 글자로 주소와 전화번호가 잔뜩 적혀 있었다.

그 안에서 찾으려 했던 것을 자신의 휴대전화에 입력했다. 시게타 미치오미라는 이름과 전화번호였다.

다행히, 시게타는 구리코를 기억하고 있었다.

"이런 이런, 그때 그 아가씨 아닌가. 대관절 어떻게 내 전화번호를 알았나?"

"구니에다 씨의 주소록에서 찾아냈어요. 갑자기 전화 드려 죄송합니다."

"무슨 일이 있는가?"

의심스러운 듯 묻는 시게타에게 구리코는 말했다.

"시게타 씨, 혹시 구니에다 씨 사진 가지고 계세요?"

사실은 옛날 앨범이 있을까 생각했다. 하지만 구니에다의 책장에는 그런 것은 하나도 없었다.

"아, 옛날 거라도 괜찮다면 가지고 있지. 한데 그게 어째서?"

"보여주실 수 있을까요?"

시게타는 쾌히 승낙해주었다.

구리코는 그 길로 전철에 올라 타고 시게타가 사는 동네로 향했다. 특급 전철로 1시간 정도의 거리였다. 가깝다고 하기는 어렵고 요금도 너무 비싸 마음이 쓰렸지만, 그런 말을 하고 있을 경황이 아니었다.

시게타는 역 개찰구까지 맞이하러 나와주었다.

"갑자기 나오시게 해서 죄송합니다."

고개를 숙이자, 시게타는 가래 낀 목소리로 웃으며 말했다.

"뭘, 이렇게 귀여운 아가씨가 불러내면 언제든 대환영이야."

역 앞 찻집에 들어가자 시게타는 구리코에게 물었다.

"구니에다에게 무슨 일이라도 있었나."

구리코는 고개를 끄덕였다.

"구니에다 씨가 행방불명되셨어요. 게다가 어린아이를

유괴했다는 의심까지 사고 있어서……."

"그게 무슨 소리야. 그 친구가 유괴 따윌 할 이유가 없잖아."

"그래서, 그 의혹을 밝히고 싶은 겁니다."

시게타는 고개를 끄덕이고 가방 안에서 문고본을 꺼냈다. 구겨지지 않도록 책갈피 사이에 끼워둔 사진을 구리코 앞에 내놓았다.

"대학을 졸업하고 10년쯤 지나서 동창회를 했는데, 그때 찍은 사진이야."

열두 서너 명쯤 되는 남자들이 사진 속에 서 있었다. 시게타는 바로 찾았다. 지금과 다름없이 풍채가 좋고 밝은 얼굴로 웃고 있었다.

구리코는 조심스레 물었다.

"구니에다 씨는 어느 분이시죠?"

시게타의 굵은 손가락이 맨 끄트머리에 선 남성을 가리켰다.

구리코는 숨을 삼켰다. 예상한 일인데도 충격을 받고 있는 자신을 깨달았다.

역시 내 안 어딘가에 여전히 구니에다를 믿고 싶어 하는 마음이 있었는지도 모른다.

시게타가 가리킨 남자는 구리코가 알고 있는 구니에다
가 아니었다.

꿈속에서, 구니에다의 집에서 나온 그 사람이었다.

구리코가 알고 있는 구니에다는 사진 속에 서 있던 구
니에다가 아니었다.

그렇다면, 그는 대체 누구일까.

아주 늦게서야 집에 도착할 수 있었다.

"다녀왔습니다."

지친 목소리로 그렇게 말하면서 문을 열자, 안에서 어
머니가 달려 나왔다.

"구리코! 너 어디 갔다 오는 거니!"

구리코는 어머니의 창백한 얼굴을 보고 놀랐다. 오늘
은 늦을 테니 저녁밥은 필요 없다고 분명히 말하고 나왔
는데.

"아까부터 경찰에서 전화가 몇 번씩이나 왔다. 들어오
는 대로 연락해달라고…… 너 대체 무슨 짓을 한 거니?"

구니에다의 집에 불법으로 침입한 일 때문일까. 식은
땀이 확 솟았다.

어머니가 적어둔 휴대전화 번호로 전화를 걸자 이시자

카가 받았다. 이시자카는 당장 구리코네 집으로 오겠다고 했다.

20분도 지나지 않아 이시자카가 왔다.

거실 소파에서 구리코는 이시자카와 얼굴을 마주하고 앉았다. 이시자카의 표정이 딱딱한 것을 보니 위가 쑤시듯 아파왔다.

이시자카는 어제도 보았던 구니에다의 몽타주를 구리코 앞에 내놓았다.

"아가씨가 알고 있는 구니에다라는 사람은, 이 사람이지?"

구리코는 고개를 끄덕였다.

"그리고 아가씨는 구니에다가 치매가 아니라고 했어. 그 근거는?"

"근거랄지…… 이야기해 보니까, 그렇지는 않은 것 같아서……."

이시자카는 손가락으로 몽타주를 튕겼다.

"처음에 그 말을 들었을 때, 나는 아가씨가 착각을 하고 있나 싶었지. 하지만 그때 아가씨한테서 좀 더 이야기를 들어둬야 했어."

아무래도 주거침입의 죄를 물으러 온 것은 아닌 것 같

다. 구리코는 고쳐 앉으며 이시자카에게 물었다.

"무슨 일이 있었나요?"

"구니에다란 이름으로, 구니에다 이치로의 집에 살면서, 구니에다 이치로에게 파견된 봉사자의 도움을 받고 있었지만 이 남자는 구니에다 이치로가 아니야. 알겠나. 구니에다 이치로의 이름을 사칭하고 있었다고."

그것은 오늘 하루 동안 구리코가 알아낸 사실과 똑같았다. 경찰도 그 점을 발견한 것이다.

"어째서……."

"구니에다 이치로에게는 집이 있었어. 태국에 있는 아들은 매달 충분한 생활비를 보내오고 있지. 게다가 아들은 부친과 사이가 나빠서 일본에 돌아온다 해도 부친을 만날 마음은 없어. 친구도 거의 없고, 이웃 사람들과 교류가 있는 것도 아니야. 사람을 바꿔치기 하기엔 이보다 더 좋은 환경은 없겠지. 구니에다 이치로만 된다면, 돈 걱정 집 걱정 없이 죽을 때까지 안락하게 지낼 수 있어."

"그럼, 진짜 구니에다 씨는 어디에 있는데요?"

이시자카는 고개를 옆으로 흔들었다.

"그건 모르지. 하지만 이 남자에게 진짜 구니에다가 피살됐을 가능성도 있다고 보고 있어."

이시자카의 손가락이 몽타주를 덧그린다.

"설마……."

"아가씨처럼 젊고, 생활에 곤란을 겪어본 적이 없는 사람은 모르겠지. 세상에는 직업도 없고 살 곳도 없어 곤란을 겪는 사람들이 있다네. 그 가운데 범죄에 손을 대고 마는 사람도 적지 않아. 그들은 당장 내일 먹을 밥 한 끼를 위해서라면 어떤 짓이든 하지. 하물며 평생 집과 돈에 구애받지 않고 살 수 있다면, 사람을 죽이는 것도 주저하지 않을 자들이 있단 말이지."

그 사람의 이름이 실은 구니에다가 아니라는 건 오늘 알았다.

하지만 그 사람이 사람을 죽이기까지 할까. 구리코는 도저히 그렇게는 생각되지 않았다.

그러나 진짜 구니에다가 사라진 것도 사실이었다. 확실히 경찰의 추측은 타당한지도 몰랐다. 구리코의 마음이 납득하지 못하는 것일 뿐.

이시자카의 미간에 깊은 주름이 파였다.

"하지만 그렇게 되면, 다카쿠라 하지메 군이 또 걱정이야. 치매 증상이 있는 노인이 손자로 착각해서 데려간 줄로만 알고 있었는데, 그게 아니었어. 그 아이를 데려간 건 살인마일지도 몰라."

자기 손이 무릎에서 떨리고 있다는 걸, 구리코는 그제야 깨달았다.

그 사람이 어린아이를 죽일 리가 없어. 마음 어딘가에는 그런 생각이 자리하고 있었는데, 차례차례 드러나는 사실에 구리코는 충격에 휩싸이고 있었다.

그 사람은 대체 뭘까. 그리고 무엇 때문에 아이를 데려갔을까.

갑자기 이시자카의 휴대전화가 울렸다.

"잠깐 실례."

양해를 구하고 나서 이시자카는 전화를 받았다.

전화로 이야기하는 이시자카의 얼굴이 순간 굳어졌다.

"그게 정말인가? 알았어, 곧 가지."

그런 짧은 대화 후, 이시자카는 전화를 끊었다.

"그럼 이만 실례하도록 하지. 다카쿠라 씨 댁에 전화가 걸려 온 모양이야. 하지메 군의 목소리로 '걱정 마세요'라고."

"그럼, 아직 살아 있다는 거군요!"

이시자카는 고개를 끄덕였다.

"녹음된 목소리는 아닌 것 같다는데. 하지만 전화가 바로 끊어진데다, 역탐지도 하지 못했다는군. 앞으로 어떻게 될지 알 수 없어. 하루빨리 이 남자를 찾아내야 해."

이시자카는 다시 한 번 몽타주를 손가락으로 튕기더니 접어서 주머니에 넣었다.

"밤늦게 실례가 많았습니다. 이 남자에 대해 뭐든 생각나는 게 있거든 언제든 이야기해줘요."

그때, 구리코의 머리에 어떤 장면이 떠올랐다.

그 사람과 둘이서 개를 키우는 집들을 찾아 돌아다니던 때의 기억이다.

그 사람은 말했다. 자기를 '아카사카 고이치로'라고 부르라고.

구리코는 주저하며 입을 열었다.

"저…… 어쩌면, 이것도 가명일지 모르지만요."

일어서려던 이시자카는 동작을 멈추고 구리코를 내려다보았다.

"그 사람이 딱 한 번, 자기 자신을 '아카사카 고이치로'라고 했었어요."

이시자카의 눈이 번쩍 뜨였다.

"그게 정말인가?"

"정말이에요."

이시자카는 주머니에서 몽타주를 꺼내 다시 펼쳤다.

"확실히 닮았어……."

마치 아카사카 고이치로라는 남자를 알고 있는 듯한, 그런 표정이었다.

이시자카는 몽타주를 도로 넣고 나서 살짝 웃었다.

"유익한 정보 고맙네. 어쩌면 실마리를 잡을 수 있을지도 모르겠군."

구리코는 엉겁결에 물었다.

"아카사카 고이치로라는 사람을 아세요?"

이시자카는 고개를 끄덕이고 구리코의 눈을 응시했다.

"이제까지 여러 차례 검거된 적 있는 사기꾼이야. 이 몽타주와 꼭 닮은 얼굴이지."

스물한 살은 이제 어린 나이가 아니다. 열예닐곱 나이의 여자 아이들을 볼 때면 늘 그런 생각이 든다. 하지만 이따금 자신이 아직 어쩔 수 없는 어린아이이며, 아무것도 모른다고 깨달을 때가 있다.

이런 식으로 세상의 의미가 확 달라져 버릴 줄은 상상도 하지 못했다.

그리고 그것이 무서움으로 다가왔다.

이시자카 형사가 돌아간 후에도 구리코는 소파에서 일어나지 못했다.

구리코가 구니에다로 알고 있던 사람은 이름이 달랐다. 그것은 얼마 전부터 느끼고 있었고, 각오하고 있던 일이다. 하지만 그뿐만이 아니었다.

그 사람이 범죄자일지도 모른다는 것. 그리고 어쩌면, 진짜 구니에다를 죽였을지도 모른다는 것.

생각만으로도 등골이 오싹해지는 일이다. 그런 사람과 구리코는 수차례 단둘이 있었다. 심지어 집까지 찾아갔다.

'좋은 사람이라고 생각했는데.'

무릎 위에 얹은 손이 어느새 가늘게 떨리고 있었다. 울고 싶다는 생각이 들었다. 실컷 소리 내어 말이다.

하지만 기척을 느끼고 얼굴을 들어보니, 식구들이 복도에 모두 모여 있었다. 어머니와 아버지, 동생 마코토. 그리고 안과 토모까지도 불온한 공기를 느꼈는지 부모님의 발치에서 얼굴을 내밀고 있었다.

나를 걱정해주고 있는 거다. 그렇게 생각하니 도저히 울 수가 없었다.

"너, 무슨 일이니? 경찰이 집에까지 다 찾아오고……."

어머니의 얼굴은 새파랗게 질려 있었다. 구리코는 대답했다.

"왜, 이 근처에서 어린아이가 유괴된 사건 있었잖아. 그런데 아이를 데려간 사람이 론도의 단골손님일지도 모른대. 그래서……."

어머니는 크게 한숨을 내쉬었다. 험악한 표정을 짓고 있던 아버지도 한시름 놓은 눈치다. 아무래도 구리코가 직접 무슨 일을 저질렀다고 생각했던 모양이다.

"정말로 그것뿐이니? 놀라게 하지 말고."

어머니는 그런 말도 안 되는 소리를 했다.

"나 때문이 아니라니까."

"그야 그러시겠지."

마코토는 흥미를 잃은 듯 그렇게 내뱉더니 곧장 2층으로 올라갔다.

어머니는 안심하는 동시에 호기심이 발동한 모양이다. 구리코 앞에 앉더니 몸을 앞으로 내밀었다.

"그래서, 어떤 사람이었는데?"

"그냥, 느낌이 괜찮은 할아버지였어. 도저히 그런 짓을 할 거라고는 생각할 수 없는 사람."

"버라이어티쇼 같은 데서도 보면, 이웃 사람들이 다들

그러잖니. '그 사람이 설마……' 어쩌고. 역시 그런 느낌 인가 보구나."

구리코가 그 사람과 공원에서 대화를 나누고, 단둘이 다니기도 했다는 사실을 알면 아마 어머니는 까무러치고 말 것이다. 그래서 구태여 그런 이야기는 하지 않았다.

어머니는 조용히 중얼거렸다.

"그 애 부모가 걱정이 크겠구나. 만약 너나 마코토가 어릴 적에 그런 무서운 일을 당했다면…… 생각만으로도 소름이 끼친다. 아이가 무사해야 할 텐데."

"아까, 그 아이한테서 전화가 왔었대."

"그래? 그럼 무사한 거구나."

역시나 부모 된 입장에서 남의 일이 아니었던지, 어머니는 안도한 듯 고개를 끄덕였다.

왠지 구리코는 그 사람이 하지메에게 위해를 가하는 일은 절대 없을 것 같은 느낌이 들었다.

하지만 그렇다면, 무엇 때문에 하지메를 데려갔을까. 이시자카도 아무 말 없었던 걸 보면 몸값을 요구한 것 같지는 않았다.

구리코는 생각했다.

역시 나는 아직 어린아이이고 아무것도 모르는 건지도

모른다. 그래서 이런 상황에도 그 사람이 악인이라고는 도저히 믿고 싶지 않다.

다시 한 번 만나서 이야기해보고 싶지만, 그런 기회는 영영 오지 않을지도 모른다.

구리코는 일어서서 창 너머 바깥을 보았다.

자신이 화내야 할지, 슬퍼해야 할지, 도무지 알 수가 없었다. 그저, 주체할 수 없는 감정만이 가슴속에 무거운 응어리로 남았다.

이슥한 시간에 방문 밖에서 무슨 소리가 들렸다.

잠을 이루지 못하고 이리 뒤척 저리 뒤척 하던 구리코는 벌떡 일어났다. 득득 문을 긁는 듯한 소리와, 또 다른 희미한 소리가 들렸다.

구리코는 방문 앞으로 가서 귀를 댔다. 다시 끙끙거리는 콧소리가 났다. 구리코는 살포시 웃고서 문을 열었다.

안이 거기에 앉아 있었다.

슬플 때나 외로울 때 안은 무어라고 형용할 수 없는 콧소리를 낸다. 그것은 누가 들어도 외롭다는 걸 알 수 있는 소리이고, 사람의 울음소리처럼 들리기도 한다.

"왜 그러니?"

쭈그려 앉아 안의 얼굴을 들여다보자, 안은 구리코의 배에 얼굴을 비벼댔다.

이런 적은 지금까지 한 번도 없었다. 자신을 위로하러 와주었는지도 모르겠다고 구리코는 생각했다.

하지만 바로 깨달았다. 안은 혼자 자는 것이 조금 외로웠을 뿐일 게다. 토모는 꾀바르게 마코토의 침대를 자기 침상으로 삼고 있다. 안은 마코토가 조금 무서운지 자진해서 그 방에 들어가는 일은 없고, 부모님은 침실에 개를 들이지 않는다는 방침을 갖고 있다.

이제까지도 안은 때때로 구리코의 방문 앞에서 낑낑거리고 있었는지도 모른다. 소리가 워낙 작아서 잠들고 나면 알아채지 못했겠지.

"안, 외롭니?"

다시 한 번 안은 코를 킁킁거렸다. 구리코는 그 따스한 몸을 안고 눈을 감았다.

하느님은, 외로울 때면 이렇게 서로의 온기를 느끼며 살아가도록 인간과 개를 만든 게 틀림없다. 구리코는 그리 생각했다. 그렇지 않다면, 슬플 때의 개의 목소리와 인간의 목소리가 이토록 닮았을 리 없으니까.

하지메에게서 전화가 걸려왔다는 뉴스는 다음 날 신문에 실려 있었다.

통화기록에 따르면 발신지는 시내 공중전화였다. 초등학교 3학년이라면 자기 집 전화번호 정도는 외우고 있을 테니, 끌려 다니다 감시가 소홀한 틈을 타 전화를 걸었을지도 모른다. 통화 내용도 그대로 게재되어 있었다.

전화를 받은 사람은 하지메의 어머니였다. 모기만 한 소리가 전화 너머에서 들려왔다.

"나야."

어머니는 놀라 목소리를 높였다.

"하지메? 무사하니? 지금 어디 있는 거니!"

"괜찮아…… 걱정하지 마."

그 말을 끝으로 전화는 끊어졌다고 한다. 너무 짧은 시간이라 역탐지도 하지 못했다. 범인에게 들키는 바람에 전화가 끊어졌거나, 아니면 범인이 향후 몸값을 요구하기 위해 일부러 하지메의 목소리를 들려주었을지도 모른다는 관측이 나오고 있었다.

하지만 여전히 하지메의 소식은 알 길이 없었다.

구리코의 불안한 마음은 점점 커져만 갔다. 쓰고 무거운 덩어리 같은 것이 목구멍에서부터 위장까지 꽉 막혀 있는 기분이었다.

그런 탓에 아르바이트를 할 때도 실수 연발이었다. 접시를 깨뜨리는가 하면, 손님이 부르는 소리도 알아차리지 못해 점장에게 야단을 맞았다. 주문을 잘못 내보내는 바람에 주방에서는 음식을 새로 만들어야 했다. 게다가 그 음식을 담당한 사람은 유미타였다. 구리코는 심각한 자기혐오에 빠질 수밖에 없었다.

더구나 꼭 그럴 때면 시간마저 더디 갔다. 8시간 근무인데도 마치 12시간을 내리 일하고 있는 듯한 기분이 들었다.

겨우 퇴근 시간이 되었을 즈음에는 완전히 기진맥진해 있었다.

구리코는 타임카드를 찍고 종업원 대기실로 돌아갔다. 탈의실에 들어가기 전에 휴게실에 있는 TV 채널을 뉴스에 맞췄다.

오늘도 사건에 대한 새로운 소식은 없었다. 휴대전화를 열어 보았지만 친구가 보낸 잡담 문자가 한 통 들어와 있을 뿐이었다.

구리코는 어깨가 축 늘어져 사복으로 갈아입었다.

종업원 출입구의 무거운 문을 열자 탁한 어둠이 펼쳐져

있었다. 별도 달도 보이지 않는 어두컴컴한 하늘이었다.

구리코는 삐걱거리는 계단을 내려갔다.

"나나세 씨."

갑자기 어두운 주차장에서 이름을 부르는 목소리가 났다. 돌아보니, 유미타가 자전거에 기대 서 있었다.

유미타는 분명 한 시간 전에 퇴근했을 터였다. 그런데 어째서 아직도 이런 곳에 있는 걸까.

"에……."

생각에 잠겨 있는데 유미타가 구리코 쪽으로 다가왔다. 그러고는 종이봉투를 내밀었다.

"자. 이거, 약속했던 DVD."

"아, 고마워."

확실히 DVD를 빌려준다는 약속은 했었다. 하지만 석연치 않은 기분은 가시지 않았다. 어째서 일하는 중간에 주지 않았을까.

"오늘 가져오려고 했었는데 까먹고 와서, 가지러 집에 갔다 왔어."

구리코는 그 말을 듣고 놀라 당황해서 말했다.

"아무 때나 줘도 괜찮은데……."

"응, 그렇긴 하지만. 나나세 씨, 오늘 뭔가 이상해 보이길래 걱정이 돼서."

무심코 흘려듣던 구리코는 다음 순간, 종이봉투를 떨어뜨릴 뻔했다.

이상해 보이길래, 걱정이 돼서.

유미타는 걱정이 돼서, 별로 급하지도 않은 DVD를 가지러 집에까지 갔다가 다시 여기에 와주었다.

물론 기쁘다. 하지만 기쁨보다 놀라운 마음이 더 컸다. 심장이 쿵쿵 소리를 내고, 뒤이어 서서히 기쁨이 찾아들었다.

"저, 정말 고마워."

그의 얼굴을 똑바로 바라볼 수가 없어서 구리코는 바닥을 내려다보며 고맙단 인사를 했다.

그는 자전거를 밀며 걸어나갔다. 자연스레 구리코도 나란히 함께 걸었다.

"그런데 무슨 일 있었어? 말하고 싶지 않으면 억지로 안 해도 되고."

"응......"

치르륵 치르륵 돌아가는 자전거 바퀴 소리를 들으며 구리코는 말을 꺼내기 시작했다.

"왜 있잖아…… 하지메 군 유괴 사건 말인데……."

"아아, 그 애, 론도 단골이었다며?"

"응. 그런데 그것만이 아니라, 하지메 군을 데려갔다는 사람도 론도에 자주 왔었어."

유미타는 거기까지는 몰랐던 모양이다. 놀란 듯 발을 멈췄다.

"그런 얘긴 처음 들었어. 나나세 씨, 얼굴 기억해?"

구리코는 고개를 끄덕였다.

"그런데, 그뿐만이 아냐. 나, 그 사람이랑 자주 이야기를 나눴어. 물론 가게에서는 별다른 말을 나누지 않았지만, 공원에 개를 산책시키러 갈 때면 항상 그 사람이 벤치에 앉아 하늘이며 지나다니는 사람들을 보고 있어서……."

이제야 생각했다. 거기에 그 사람이 있어주는 것이, 구리코에게는 큰 기쁨이었던 것이다. 구리코보다 몇 배는 더 오래 살았고, 구리코보다 훨씬 많은 것을 보아왔고, 온갖 것들을 아는 그 사람이.

물론 구리코보다 오래 산 사람은 그 말고도 아주 많다. 하지만 그 사람은 어딘가 달랐다. 마치 옛날이야기에 나오는 신선이나 마을 장로처럼, 그 자리에 있으면서 구리코를 이끌어주었던 것이다.

"나, 그 사람, 좋아했어."

그건 물론 유미타를 좋아하는 것과는 전혀 다른 감정이다. 가족이나 친척도 아니고, 학교 선생님도 아니고, 아무런 관계도 아니면서 그토록 좋아하게 된 어른은 없었다.

하지만 그 사람이 만약 정말로 하지메를 데려갔다면, 구리코는 이제 그 사람을 좋아할 수 없게 된다. 이시자카가 말했듯이 그가 진짜 구니에다를 죽였어도 상황은 마찬가지다.

구리코의 좋아했단 말은 허공에 내동댕이쳐진 채 갈 곳을 잃고 있었다.

"그랬구나……."

구리코의 등과 마찬가지로 유미타의 등도 구부정해졌다. 구리코는 황급히 웃었다.

"미안. 하지만 정말로 그것뿐이야. 하지메 군의 부모님은 틀림없이 훨씬 더 불안하고 힘드실 텐데. 그에 비하면 전혀 대단찮은 일인걸."

"응, 그야 그렇겠지만."

유미타는 잠시 발을 멈추고 고개를 갸웃거렸다.

"하지만 나나세 씨가 우울한 것도 사실이잖아. 우울한

이유도 알고."

"아."

무심결에 구리코가 소리를 내자, 유미타는 의아한 얼굴로 돌아보았다.

"왜, 무슨 일 있었어?"

"아니, 아무것도 아니야."

구리코는 다시 자전거를 밀며 걷기 시작하는 그를 따랐다.

"그래도, 아직 모르잖아."

"응?"

엉겁결에 되묻는 구리코에게 유미타는 웃어 보였다. 눈초리가 처진, 구리코가 정말 좋아하는 유미타의 웃는 얼굴.

"정말로 그 사람이 아이를 데려갔는지, 아직 모르는 거잖아? 어쩌면 아닐지도 모르고."

"하지만 본 사람이 있다는데……."

"그 사람이 잘못 봤을지도 모르고, 마침 그땐 함께 있었지만 바로 헤어지고, 데려가진 않았을지도 모르잖아."

"하지만 그 사람, 집에도 아직 안 돌아오고 있어."

"우연히 여행이라도 갔는지 모르지."

유미타가 하는 말은 억지였다. 하지만 그는 구리코를 위로하려는 마음에 그렇게 말해주고 있었다.

"그런데…… 그런 짓까지 했으리라고는 정말 믿어지지 않아."

"굳이 믿지 않아도 되잖아."

의아한 표정을 짓는 구리코에게 유미타는 장난스럽게 웃어 보였다.

"굳이 믿을 필요도, 확실하게 결정 나기 전부터 비관적이 될 필요도 없어. 사실이 아닐지도 모르고, 그저 나나세 씨에게 좋은 쪽으로만 생각하고 있으면 돼. 우울해하는 건 확실하게 밝혀지고 나서 해도 되잖아."

"낙관적이네."

"뭐 그렇지."

구리코는 잠시 생각에 잠겼다가 다시 말했다.

"하지만 만약, 좋은 가능성만 생각하고 있다가 실제로 나쁜 결과가 나오면, 그때 받는 충격은 더 크지 않을까."

"그건 말이야, '역시 좀 이상한 사람 같아'라든가 '전부터 수상했어'라는 생각을 야금야금 하면서 조금씩 각오를 해두는 거지…… 나, 약았지?"

"약았어."

구리코는 쿡쿡 웃었다. 하지만 꽤 괜찮은 방법일지도 모른다.

우울할 때는 '분명히 아닐 거야'라고 믿고, 그러다 기운이 나기 시작하면 조금씩 현실을 받아들여 가는 것.

받아들이는 데 시간이 걸리더라도, 분명 하느님은 봐주시겠지.

"그런데 유미타도, 지난번에 우울해했잖아. 론도 그만 둘지도 모르겠다면서."

"괜찮잖아, 나나세 씨한테만 푸념하는 거라고."

심장이 또 꽉 조여들었다. 어쩌면. 구리코는 마음속으로 되풀이했다.

어쩌면.

언젠가 현실을 받아들일 수 있게 되면, 그에게 이야기하자. 구리코는 그렇게 마음먹었다.

아까 저도 모르게 아, 하는 소리를 냈던 건, 이전에도 똑같은 일이 있었다는 걸 기억해냈기 때문이다.

처음 그 사람과 말을 나누던 날. 구리코는 무척 슬픈 기분이었다. 미하루에게서 강아지가 죽었다는 이야기를 듣고. 하지만 구리코는 그 강아지를 한 번도 본 적이 없었기에 그 강아지 때문에 자신이 슬퍼하는 게 이상하다고 생각했었다.

그 사람은 말했다.

그래도 자네는 슬픈 게지, 라고.

그 한 마디에 구리코의 마음은 무척 편안해졌다.

방금 전 유미타도 비슷한 말을 해주었다.

하지만 나나세 씨가 우울한 것도 사실이잖아.

때때로 구리코는 자신의 마음을 알 수가 없다. 슬픈지, 화가 났는지, 힘든지. 그런 뒤죽박죽된 감정이 누군가의 말 한 마디로 싹 정리될 때도 있는 것이다.

스스로 감정을 정리할 수 없는 구리코는 아직 한참 어린아이인 걸까. 아니면 보통 사람들보다 훨씬 머리가 나쁜 건지도 모르겠지만, 그래도 괜찮다.

유미타는 갈림길이 나올 때까지 내내 자전거를 밀며 함께 걸어주었다.

그와 헤어진 후에도 치르륵 치르륵 하는 바퀴 소리가 오래도록 귀에 남았다.

사건이 일어난 것은 그 이튿날이었다.

점심 시간의 떠들썩함도 어느 정도 가라앉았을 무렵, 계산대 옆에 놓인 전화가 울렸다. 마침 근처에서 대기하고 있던 구리코가 수화기를 들었다.

"네, 론도입니다."

전화 저편에서 어렴풋한 침묵이 있었다. 그러더니 억
누른 듯한 목소리가 이렇게 말했다.

"나나세 양이로구먼."

"구……."

구리코는 말을 삼켰다. 들려오는 목소리는 틀림없이
구니에다였다. 아니, 구니에다라고 자칭했던 그 사람이
었다.

어디 계세요. 어째서 거짓말을 한 거죠? 그렇게 물으
려고 구리코는 주위를 둘러보았다. 그러다 더 중요한 일
을 생각해냈다.

"남자애는……."

"아무 말도 하지 말아주게. 주위에 들리면 곤란하니."

"근처에는 아무도 없어요."

구리코는 주위를 살펴보고 나서 그렇게 전했다.

"그거 다행이군. 해서, 나나세 양에게 부탁이 있네. 지
금 가게를 빠져나올 수 없겠나. 몸이 안 좋다고 둘러댄다
든지 해서."

"못할 건 없지만요."

"그럼, 와주었으면 하는 장소가 있네. 알고 있겠지만, 나는 이제 그 부근에는 갈 수가 없어."

그가 말한 곳은 전철로 두 개 역쯤 떨어진 대형 쇼핑센터였다.

"거기 주차장에서 기다려주게. 이런 일을 부탁할 처지는 아니지만, 경찰에는 알리지 않아 주었으면 하네. 만약 나중에 경찰이 다그치더라도, 내가 아이에게 위해를 가하겠다고 했다고, 그렇게 설명하면 괜찮을 테니."

구리코는 수화기를 움켜쥐었다. 그는 실제로 그렇게는 말하지 않았다. 정말로 그렇게 협박하고 구리코의 입을 막을 수도 있는데, 그리하지 않고 단지 구리코에게 부탁하고 있었다.

역시 그 공원에 있던 사람이었다. 변한 것은 아무것도 없었다. 온화한 목소리를 듣고 있으려니 어쩐지 불안했던 마음이 녹아내렸다.

"알겠습니다. 지금 갈게요."

더 이상 무섭다는 생각은 들지 않았다. 나는 이 사람을 잘 알고 있다.

"나나세 양에게는 폐를 많이 끼쳤구먼. 이제 못 만나게 될지 모르니 말해둠세. 정말로 미안했네."

"그런 말씀 마세요."

순간, 커질 뻔한 목소리를 황급히 억눌렀다.

"안도 토모도, 분명 당신을 또 만나고 싶어할 거예요."

전화 저편에서 그 사람이 웃은 것 같았다.

"또 만날 수 있다면 좋겠다고, 나도 그리 생각한다네. 그럼, 부탁하네."

무슨 말이든 좀 더 하고 싶었는데, 전화는 뚝 끊어져 버렸다. 구리코는 수화기를 쥔 채 망연자실해 있었다.

곧 제정신으로 돌아왔다. 그 사람의 부탁을 들어주지 않으면 안 된다.

이제까지 구리코는 그 사람에게 몇 번씩이나 도움을 받았으니까.

속이 안 좋다고 하자, 점장은 선뜻 조퇴하는 것을 허락해주었다.

구리코는 그 걸음으로 곧장 역으로 가서 전철에 올랐다. 긴장으로 등이 굳어 있다는 걸 스스로도 느꼈다.

주위 사람들이 모두 형사로 보이고, 멈춰 있는 차는 죄다 사복경찰의 것 같은 기분이 들었다. 어쩌면 범죄자는 다들 이런 심정인 걸까. 아니면 구리코처럼 소심한 사람은 범죄자가 되기엔 적합하지 않은 걸까.

교외에 위치한 쇼핑센터라서 평일에는 주차장이 텅텅 빈다. 구리코는 주변을 천천히 둘러보면서 드문드문 주차되어 있는 차들 사이를 걸었다.

아마 구니에다는 나오지 않을 것이다. 이제 못 만나게 될 것 같다고 했으니까.

그렇게 생각하면서도 구리코는 구니에다의 모습을 찾고 있었다. 노인의 모습이 눈에 띄면 저절로 발이 멈추곤 했다.

한동안 걸었을 때, 누군가가 옷자락을 잡아당겼다.

돌아본 구리코는 숨을 삼켰다. 구리코의 티셔츠를 붙잡고 있는 건, 틀림없이 다카쿠라 하지메였다.

"하, 하지메 군?"

"할아버지가, 누나한테 집에 데려다 달라고 하랬어요."

구리코는 급히 주변을 둘러보았다.

"할아버진, 어디 계셔?"

"벌써 가버렸어요."

구리코는 소년 앞에 쭈그려 앉았다. 얼굴을 살펴보았지만, 안색도 표정도 지극히 정상이었다. 겁먹은 것처럼 보이지도, 쇠약해 보이지도 않았다.

"다행이다."

울음이 나오려는 것을 참으며 구리코는 소년을 끌어안 았다. 소년은 이상하다는 얼굴로 몸을 옴쭉거렸다.

"누나, 나 알아요?"

"알아. 누나, 론도에서 일하거든."

그 말에 소년은 방긋 웃었다.

"론도까지 가면 나, 혼자 집에 갈 수 있어요."

"걱정 안 해도 돼, 데려다 줄게."

구리코는 소년의 손을 잡고 걷기 시작했다. 소년은 순 순히 구리코를 따라왔다.

"어디 갔던 거야?"

그렇게 묻자 소년은 가슴을 폈다.

"말하면 안 돼요. 할아버지랑 약속했으니까요."

"누나한테도?"

"누나한테도."

그러고 나서 소년은 갑자기 얼굴을 찌푸렸다.

"아, 약속했다는 말도 하면 안 되는데."

구리코는 소년의 손을 꼭 잡았다.

"그럼, 그건 누나랑 너의 비밀이다?"

소년의 집까지 갈 것도 없이, 전철에서 내려 역을 나오자마자 구리코는 경찰의 눈에 걸리고 말았다. 그 사람이 거기까지 갈 수 없다고 했던 말이 맞았던 것 같다.

바로 왱왱하고 귀에 거슬리는 소리를 내며 경찰차가 오고, 하지메의 부모님도 달려왔다.

부모님은 소년을 끌어안고 흐느껴 울었다. 아버지는 구리코에게 고맙다는 인사를 하도 해서 구리코가 오히려 난처할 지경이었다.

이시자카는 조금 늦게 나타났다. 낯빛이 바뀌어 구리코에게 따져 물었다.

"어째서 경찰에 연락하지 않았나. 내 휴대전화 번호도 가르쳐줬을 텐데."

"하지만 경찰에는 절대 알리지 말라고 했어요. 그렇게만 하면 하지메 군을 무사히 돌려보내겠다고……."

"하지메 군도 그렇지만, 아가씨도 위험해졌을지 몰라. 터무니없는 짓을 하는 게 아냐."

자신을 걱정해주고 있다는 걸 알고 구리코는 순순히 사과했다.

"죄송합니다."

이시자카는 깊은 한숨을 토해내더니 머리를 득득 긁었다.

"어쨌든 무사해서 다행이군."

그 후, 정황을 조사받기 위해 경찰서까지 가게 되었다. 하지메는 건강 상태를 확인하기 위해 병원으로 간다고 했다.

"나, 아픈 데 없는데."

하지메는 입술을 삐죽였지만, 타이르자 마지못해 경찰차에 올라탔다. 경찰차 차창 너머로 손을 흔들었다.

"안녕, 누나."

"잘 가, 나중에 가게에서 보자."

소년은 웃으며 고개를 끄덕였다. 조금은 공범자 같은 얼굴로 웃고 있었다.

정황 조사라고 하기에, 형사 드라마에 나오는 것처럼 작은 방에 데려가는가 싶었는데 안내받은 곳은 지극히 평범한 회의실이었다.

몸도 지치고 신경도 예민해져 있었지만, 기분은 오늘 아침나절보다 훨씬 맑게 개어 있었다.

어떤 사정이 있었는지는 모른다. 이시자카 말대로, 그 사람은 사기꾼이고 무언가 나쁜 목적을 위해 하지메를 데려갔을지도 모른다.

하지만 그 사람은 하지메에게 해를 끼치지 않았다. 그 애는 웃고 있었고, 그 사람을 무서워하지도 않았다. 그것만으로도 구리코는 구원받은 기분이 되었던 것이다.

기다리게 해놓고 잊어버린 건 아닌지 불안해질 즈음, 이시자카가 양손에 종이컵을 들고 들어왔다. 하나를 구리코에게 내밀었다. 커피였다.

"기다리게 해서 미안하네. 하지메 군의 상태에 대해 듣고 오느라고."

"어디가 안 좋은 건가요?"

"그리 심한 건 아니지만, 몸에 멍과 불에 덴 자국이 있었어. 끌려가고 나서 지금까지 무슨 일이 있었느냐고 물어도 하지메 군은 '기억나지 않는다'는 말밖에 하질 않아. 가족들에게 걱정을 끼치지 않으려고 밝게 행동하고 있기는 하지만, 심한 스트레스 때문에 기억이 억눌려 있는지도 모르지."

그 말을 듣고 구리코는 깜짝 놀랐다.

하지메가 방글방글 웃고 있다고 해서 너무 낙관적으로 보아서는 안 되었던 것이다.

"자……."

이시자카가 요란한 소리를 내며 의자를 당겨 앉더니

구리코의 얼굴을 보았다.

"처음부터 차분히 설명해주실까."

구리코는 동요를 가라앉히기 위해 커피를 한 모금 마셨다. 거짓말을 할 생각은 없었다. 다만, 모든 것을 다 이야기할 생각도 없었다.

"2시쯤, 론도에 전화가 걸려왔습니다. 제가 받았더니, 그는 저에게 몸이 안 좋다고 말하고 가게를 빠져나와 쇼핑센터 주차장까지 오라고 시켰습니다."

"아카사카의 목소리였겠군."

"확실하게는 모르겠어요. 전화 음성이라서."

"아가씨라는 사실은 알고 있는 눈치였나?"

"아마도…… 하지만 단언할 수는 없습니다."

"그리고, 경찰에 알리지 말라고?"

구리코는 고개를 끄덕였다.

"경찰에 알리면 아이에게 위해를 가하겠다고 한 모양이로군."

"딱 꼬집어서 그렇게 말했던 건 아니에요. 하지만 그런 분위기를 풍기는 말을 해서, 전, 무서워져서……."

그다음부터는 모든 사실을 털어놓았다. 거짓말을 하여 론도를 조퇴하고, 곧장 역으로 달려갔던 일. 주차장에서는 하지메가 먼저 구리코를 발견했다는 것. 둘이서 함께 돌아왔다는 것.

"주차장에 아카사카는 없었고?"

구리코는 고개를 끄덕였다.

"찾아봤지만……."

이시자카는 고개를 끄덕이고 나서 종이컵의 커피에 입을 댔다.

"목격자의 증언과 일치해. 그때 주차장에 있던 종업원이 두 사람을 봤다더군. 남자 아이가 제 발로 아가씨에게 다가가 말을 걸었고, 그 후 둘이서 손을 잡고 주차장을 나갔다고."

아마도 그때 자신들을 본 사람이 있었던 모양이다. 문득 불안해졌다. 그 사람은 혹시 누군가의 눈에 띄지는 않았을까.

구리코는 용기를 내어 물어보았다.

"그, 아카사카라는 사람은, 이전에도 어린아이를 유괴한 적이 있나요?"

이시자카는 고개를 가로저었다.

"아니, 지금까지 그가 한 짓은 그림이나 보석 위조 사건 아니면 증권사기 정도야. 확실하게 돈이 되는 일만 하는 남자고, 상해 사건도 일으킨 적은 없어."

그 말에 조금 마음이 놓였다. 물론 사기도 범죄이지만, 사람을 해치거나 죽이는 것과는 아무래도 느낌이 다르다. 이시자카는 이야기를 계속했다.

"하지만 그 남자의 가장 큰 장기는 다른 사람으로 변신하는 거야. 오랫동안 만나지 못한 친척이나, 단 한 번 얼굴을 본 게 고작인 거래처의 상사인 척 행세하여 상대를 안심시킨 후 돈을 갈취하는 거지. 문제는 그가 피해자들과 안면이 있는 사람인 양 행세하는데도 왜 그런지 피해자들은 그걸 눈치 채지 못한다는 거야. 마치 피해자의 기억을 덧씌워 버리기라도 한 것처럼. 이번에 구니에다라는 남자로 변신했던 것도, 그 작자다운 수법이라고 할 수 있지."

구리코는 숨을 삼키며 이시자카의 말을 듣고 있었다.

옛날의 구니에다를 알고 있었을 모모코도, 근처 사람들도, 구니에다를 전혀 의심하지 않았다. 야위고 인상이 바뀌었다고들 하면서도, 다른 사람이라고는 꿈에도 생각하지 못했던 것 같다. 진짜 구니에다는 몇 년간 집에 틀어박혀 있었다고 하니, 그에 관한 기억과 인상이 사람들에게 거의 남아 있지 않았을 것이다.

"아카사카의 방식은, 대상과 꼭 닮게 변장하는 것이 아니라, 닮은 점 외에 전혀 다른 점을 만들어 낸다는 거야. 예를 들어 살찐 사람이라면 머리 모양이나 안경, 사소한 버릇 등을 똑같이 흉내 내면서 '병으로 살이 빠졌다'고 설명하지. 때로는 머리를 온통 백발로 물들이거나 아예 밀어버릴 때도 있어. 그리고 무엇보다 탁월한 장기는 등을 구부정하게 구부리고 나이 든 척 행세하는 거야. 피해자는 그러한 변화에 놀라 다른 이상한 점을 미처 깨닫지 못하는 거고."

구리코는 순간 놀랐다.

그 사람과 함께 외출하던 날, 그 사람은 그때까지와는 달리 무척 젊어 보였다. 등을 곧게 펴고 똑바로 걷기만 했을 뿐인데, 완전히 딴사람 같았다.

그러고 보니 몇 가지 짚이는 구석이 있다. 론도에서는 당장이라도 쓰러질 듯 비칠비칠해 보였는데 공원에서는 늘 정정했다. 그 사람의 나이가 볼 때마다 달라 보였던 것도, 그게 연기였기 때문이리라.

이시자카는 커피를 마저 마시고 숨을 토했다.

"어쨌든 하지메 군이 무사해서 무엇보다 다행이야. 하지만 이제부터 구니에다 이치로의 행방도 수색하지 않으면 안 돼."

구리코는 기억 속, 딱 한 번 만났던 진짜 구니에다 씨를 떠올렸다.

그 사람도 무사히 있어주면 좋겠다.

갑자기 문이 열리고 다른 형사가 얼굴을 내밀었다.

"이시자카 씨, 큰일입니다."

"무슨 일인가."

"하지메 군의 형인 스바루 군이 사라졌습니다. 병원에 함께 갔을 텐데 언제부터인지 보이질 않는답니다."

"뭐라고!"

이시자카가 일어섰다. 구리코도 얼떨결에 함께 일어서고 말았다.

이시자카는 험악한 얼굴로 구리코를 돌아보았다.

"나나세 씨는 이제 돌아가도 좋습니다. 협력에 감사드립니다. 하지만 앞으로 아카사카가 접촉해왔을 때는 반드시 연락해주시기 바랍니다."

"알겠습니다."

구리코는 고개를 끄덕였다. 하지만 마음속에서는 갈피를 잡지 못하고 있었다. 나는 정말로, 그 사람 일을 경찰에 알릴 수 있을까.

경찰서를 나오니 아버지가 차로 마중 나와 있었다. 평소 다정한 아버지인데 드물게 화를 냈다. 집에 돌아오고 나서도 어머니의 장황한 잔소리를 들어야만 했다.

"무슨 일이 벌어지고 나선 이미 늦어. 이번엔 운이 좋은 줄이나 알아."

"죄송해요." 능청스러운 얼굴로 그리 대답했지만, 구리코의 속마음은 달랐다.

만약 다른 유괴범이었고, 구리코가 전혀 모르는 사람이 불러냈다면 자신은 틀림없이 이시자카에게 전화를 했을 것이다. 혼자서 유괴범과 대치할 자신은 없다.

하지만 전화를 걸어온 건 그 사람이었다. 그래서 구리코는 나갔던 것이다.

운이 좋았던 게 아니다. 구리코는 그 사람을 알고 있었다. 그뿐이다.

겨우 잔소리가 끝나 2층으로 올라가자, 마코토가 자기 방에서 얼굴을 내밀었다.

"제법인데, 누나."

"그렇지?"

웃으며 가슴을 펴보였다. 마코토는 히죽 웃더니 탕 하고 문을 닫았다.

방에 들어와 휴대전화를 보니, 유미타에게서 문자 메시지가 와 있었다.

「이야기 들었어. 깜짝 놀랐다. 하지만 아이가 무사해서 다행이야.」

단지 그것뿐. 하지만 구리코는 그날, 수도 없이 휴대전화를 열었다 닫았다 하며 그 문자를 되풀이해 읽었다.

다행히 스바루는 그날 중에 발견되었다. 제 발로 집에 돌아왔던 것이다.

그 애 이야기로는 안경을 쓴 백발의 남자가 칼로 위협해서 차에 태웠다고 한다. 몽타주와 꼭 닮은 사람이라고 증언했다고 한다.

도중에 남자가 화장실에 간 틈을 타 차에서 내려 도망쳐왔다고 한다.

다카쿠라 일가는 론도에 자주 왔었다. 그래서 구리코는 형인 스바루도 기억하고 있다. 물론 이름이 '스바루'라는 건 이번에 처음 알았다.

조금씩 기억이 나기 시작했다. 스바루는 이미 중학생이니 당연하지만, 하지메도 예의가 바른 아이였다. 하지메는 항상 새우 그라탕을, 스바루는 햄버그&갈릭라이스를 주문했다. 갈릭라이스 위에 커다란 햄버그스테이크와 달걀 프라이가 얹혀 있는, 구리코도 론도의 메뉴 중에서 가장 좋아하는 요리였다. 예전엔 가게에서 식사 대용으로 자주 먹곤 했다. 최근엔 칼로리가 신경이 쓰여 먹지 않게 되었지만.

왜 그 사람은 하지메를 데려갔을까. 구리코는 그 이유를 아직도 모르겠다. 그리고 스바루까지도 데려갔다.

몸값도 요구하지 않고 그저 데리고 다니다가 집에 돌려보내면서, 대체 뭘 할 생각이었을까.

구리코는 전화 목소리를 떠올렸다. 그는 말했었다.

이제 못 만나게 될지 모르니 말해둠세. 정말로 미안했네.

정말로, 그를 다시는 못 보는 걸까. 그렇게 생각하자 마음에 커다란 구멍이 뚫린 듯한 기분이 든다.

그 사람이 사과할 일 따윈 없다. 그 사람 때문에 피해를 피해 입은 일도 하나 없다. 오히려 구리코가 도움받은 일투성이인데.

정말로 이제 다시 그를 볼 수 없다면, 하다못해 고맙다는 인사라도 다시 한 번 꼭 하고 싶었다.

아이들이 돌아오고 나서 일주일쯤 지났다. 왜 그런지 스바루 사건은 보도되지 않았다. 미수로 그쳤기 때문인지도 모른다.

경찰은 아직 수사를 계속하고 있는 모양이지만, 아이들이 무사했기에 매스컴에서도 이 사건을 그다지 언급하지 않았다.

론도 주변을 어슬렁거리던 취재기자와 사진기자도 이제 다 물러가고 없었다.

그러던 어느 날의 일이었다.

휴일 저녁, 구리코는 안과 토모를 데리고 공원을 산책하고 있었다. 공원에 들어서자, 아니나 다를까 벤치에 저절로 눈길이 쏠리고 말았다. 거기에, 그 사람이 앉아 있을 일은 이제 없으련만.

갑자기 휴대전화가 울렸다. 리드줄을 한 손에 모아 쥐고 전화를 꺼냈다. 전화를 건 사람은 모모코였다.

"구리코 언니, 지금 바쁘세요?"

"그렇진 않은데, 어쩐 일이야?"

긴장했는지, 모모코는 평소보다 말이 훨씬 빨랐다.

"구니에다 씨…… 돌아오신 모양이에요."

"뭐……."

구리코는 리드줄을 움켜쥐고 멈춰 섰다. 안과 토모가 이상하다는 듯 구리코를 올려다보았다.

"경찰이 구니에다 씨 집 앞에 모여 있어요. 체포당할지도 몰라요."

모모코도 구니에다에게는 호감을 갖고 있던 모양이었다. 아이들이 무사히 돌아왔다는 사실도 있고 해서, 그녀도 구리코와 마찬가지로 그를 싫어할 수가 없었으리라.

"알려줘서 고마워."

구리코는 전화를 끊었다. 그대로 리드줄을 끌고 달려나갔다.

달리기경주라도 하는 줄 알았는지, 안과 토모 모두 그대로 따라왔다. 길을 가던 사람들이 놀라서 돌아보았다.

설령 체포당한다 해도, 다시 한 번 그의 얼굴을 보고 싶다. 말을 나누지 못하더라도, 분명 눈을 보면, 그를 부담스러워 하지 않았다는 구리코의 마음만은 전해지리라.

구니에다의 집 근처에서 구리코는 발을 멈추고 호흡을 가다듬었다. 마음을 가라앉히고 나서 산책하는 척 천천히 걸었다.

모퉁이를 돌자 눈에 띄게 수상쩍은 까만 차가 있었다. 안에는 남자 둘이 앉아 소곤소곤 이야기를 나누고 있었다. 그 앞에도 그냥 서 있기만 하는 사람들이 보였다. 이 사람들이 다 경찰일까.

느닷없이 누군가 팔을 꽉 잡았다.

"이런 데서 뭘 하고 있나."

이시자카였다. 필시 그가 와 있으려니 짐작하고 있었다. 구리코는 태연한 얼굴로 대답했다.

"개를 산책시키느라고요."

"돌아가게. 여기는 위험해."

"무슨 일이라도?"

"아카사카가 돌아온 것 같아. 근처 주민의 제보가 있었네."

모모코에게서 이미 들은 말이지만, 이시자카의 입으로 들으니 훨씬 더 실감이 났다.

"이제부터 아카사카를 체포할 거야. 위험하니 그만 집으로 돌아가게."

구리코는 머뭇거리며 물었다.

"보면 안 되나요?"

"안 돼."

단호했다. 포기하고 그냥 갈까, 하는 마음이 들었을 때 이시자카가 갑자기 생각에 잠겼다.

"아니, 잠깐……. 아가씨는 돌아가고 싶지 않은 건가?"

"멀리서라도 좋으니, 보고 싶은데요……."

"그럼 협조 좀 해주겠나. 초인종을 눌러줘. 아가씨라면 아카사카도 경계하지 않을지 몰라."

억지로 쫓겨가는가 싶었던 구리코는 놀랐다.

"벨을 누르고, 인터폰으로 불러내기만 하면 돼. 그다음은 우리가 진입할 테니 위험한 일은 없을 거야."

구리코는 조금 망설였다. 그 사람을 체포하는 데 일조하는 듯한 느낌도 들어서 그다지 마음이 내키지 않았다. 하지만 이번이 그 사람과 말을 나눌 마지막 기회인지도 모른다.

"알겠습니다. 저, 해볼게요."

구리코가 하지 않더라도 경찰은 결국 이 집에 진입하고 말 것이다.

구리코는 안과 토모의 리드줄을 이시자카에게 맡겼다. 심호흡을 하고 나서, 벨을 눌렀다.

"네."

기계 너머로 들리는 남자 목소리. 구리코는 눈을 감았다.

"저…… 나나세인데요. 구니에다 씨세요?"

"그렇네만…… 나나세?"

구리코는 눈을 떴다. 그 사람의 목소리가 아니었다.

"잠깐만 기다려요."

인터폰이 끊기고 잠시 시간이 흘렀다. 경찰이 그를 체포할 태세를 취했다. 이시자카는 구리코를 문에서 떼어놓았다.

문이 열리고, 노인이 나타났다.

그 사람이 아니었다. 거기에 있던 것은 구리코의 꿈에 나왔던 사람. 조금 나이를 먹고 야위기는 했지만, 틀림없었다.

넘어져서 상처를 입은 구리코를 안아서 일으켜주었던 사람이었다.

구니에다, 진짜 구니에다 이치로는 안경을 손가락으로 치켜올리면서 앞에 있는 형사들과 구리코를 노려보았다.

"뭔가. 자네들은."

놀랍게도 구니에다 이치로는 아무것도 모르고 있었다.

이 집에 다른 사람이 살고 있었다는 사실도, 그 사람이 구니에다의 이름을 사칭했다는 사실도, 어린아이를 유괴했다는 것도.

그는 2년간 이 집을 비우고 신슈에서 별장 관리인으로
일하며 지냈다고 한다.

2년 전 어느 날, 도시 생활에 갑자기 싫증이 나서 자신
의 생가 근처에 있는 별장지로 여행을 떠났다. 그런데 마
침 그곳에서 관리인을 모집한다는 것을 알고 충동적으로
거기에 머물러 일하기로 했다는 것이다.

곧 돌아올 예정이었기에 예금통장도 연금 수첩도 고스
란히 놓아두고 간 터였다. 매일 산길을 걷고, 별장을 청
소하고, 밤이 되면 손수 간소한 식사를 만들어 먹고, 오
로지 그뿐인 나날이었기에 관리인으로서 받는 급료만으
로도 딱히 불편함은 느끼지 않았다.

싫증이 나면 돌아올 생각이었는데 정신을 차려보니 어
느덧 2년이나 지나 있었다. 아무래도 집이 걱정되어 돌
아온 것이 오늘 아침이었다고 한다.

구니에다가 그동안 별장 관리인을 하고 있었다는 사실
에 관해선 경찰은 이미 조사를 끝냈다. 사람이 적은 시골
마을이었지만, 그런 만큼 마을 사람들은 구니에다를 잘
알고 있었다.

구니에다에게 채소며 쌀을 대주었던 농가를 비롯하여
잡다한 생활용품을 팔았던 잡화점, 이따금 커피를 마시

러 들른 작은 찻집 사람들 모두 구니에다를 알고 있었다
고 한다.

구니에다의 집에는 예전부터 쭉 봉사자가 드나들고 있
었지만, 신슈에 머물기로 결심했을 때 파견 사무소에 전
화를 걸어 한동안은 오지 않아도 된다고 전했단다. 하지
만 그 며칠 후, 사무소에 구니에다라는 사람으로부터 '역
시 다시 와주었으면 한다, 지난번 사람은 이것저것 불만
스러우니 다른 봉사자를 보내주었으면 좋겠다' 라는 전화
가 걸려왔다고 한다.

때문에 봉사자 파견 사무소는 구니에다 이치로가 집에
돌아온 줄로만 믿고 있었던 것이다.

구니에다는 자손들이 언제 돌아와도 괜찮도록 집 열쇠
를 화분 밑에 숨겨두고 있었다.

그러던 중 구니에다가 별장 관리인으로 일하게 되었다
는 사실을 알게 된 아카사카 고이치로가 한동안 구니에
다 이치로로서 변신해 살기로 했던 것이라고 경찰은 판
단한 듯하다.

처음에 구니에다는 자기 집에 다른 사람이 살고 있었
다는 사실을 좀처럼 믿으려 하지 않았다.

집은 자신이 나가기 전이나 지금이나 달라진 것이 하

나도 없었다. 예금통장이며 증권에도 손 댄 흔적이 전혀 없고, 값비싼 골동품도 조금 있었지만 그것도 예전 그대로였다.

하지만 수도와 전기, 가스 요금 고지서를 보고 간신히 납득했다고 한다. 그것은 결코 많은 금액은 아니었지만, 누군가가 살고 있었다는 사실을 확실히 보여주고 있었다.

진짜 구니에다 이치로는 아무런 죄도 저지르지 않았다. 오히려 불법 주거침입을 당한 피해자일 뿐이었다.

그리고 구리코가 구니에다로 믿고 있었던 그 사람은, 어디서도 모습을 드러내는 일 없이 홀연히 자취를 감추고 말았다.

가끔씩 발치가 출렁이는 듯한 느낌이 든다.

자신이 보아온 것들이 전부 꿈이었던 양 느껴지는 것이다.

진짜 구니에다는 집에 돌아온 후로 매일같이 론도에 나와 차를 마시게 되었다. 그것도 그 사람이 앉았던 바로 그 자리에서.

그 덕택에 구리코와는 이따금 말을 나누게 되었다.

구니에다는 가끔가다 공원 벤치에 앉아 있을 때도 있

다. 그 사람만큼 자주는 아니고, 차를 달이지도 않지만, 안과 토모를 보면 머리를 쓰다듬어주며 이런저런 이야기를 해준다.

그 때문에 구리코는 가끔 생각한다.

예전부터 여기 있었던 사람은 바로 이 구니에다이고, 그 사람, 아카사카 고이치로라는 사람은 처음부터 존재하지 않았던 게 아닐까, 하고.

사진도 아무것도 남아 있지 않다. 그를 기억하고 있는 사람도 그리 많지 않다. 그래서 가끔 자신의 기억을 믿을 수가 없다.

이시자카 형사는 말했다.

그 사람은 타인의 기억을 덧씌워 다른 사람 행세를 하는 사람이라고. 따라서 그 사람이 사라진 후에는 또 다른 누군가가 그의 기억을 덧씌워버릴지도 모른다.

진짜 구니에다 노인도 좋은 사람이라서 구리코는 좋아한다. 하지만 그 사람을 잊고 싶지는 않다.

그래서 구리코는 그날, 구니에다의 집을 방문했다.

이전부터 쭉 생각해왔지만, 실행에 옮기기에는 다소 용기가 필요한 계획이었다.

문밖으로 얼굴을 내민 구니에다는 구리코를 보고 놀라

는 기색이었다.

"어쩐 일인가, 나나세 양."

"구니에다 씨, 잠시 드릴 말씀이 있어서요. 지금 괜찮으세요?"

"괜찮다마다. 노인네에게 시간이야 얼마든지 있지. 들어오시게."

비슷한 말을 그 사람도 했던 것 같은 기분이 들었다. 구리코는 인사를 하고 문 안으로 들어갔다.

제멋대로 자란 풀이 무성한 뜰은 이전에 왔을 때와 전혀 다름없었다. 연못에는 작은 물고기도 보였다.

현관에서 신을 벗고, 삐걱거리는 마루를 지나 오래된 찻장이 있는 거실로 안내되었다.

구니에다는 차를 끓여주었다. 마른 풀 같은 향기가 나는 번차였다.

"한데, 나나세 양이 할 이야기란 게 무언가."

구리코는 찻잔을 내려놓았다. 그리고 구니에다의 얼굴을 보았다. 조금 각진 얼굴과 검은 테 안경. 그 사람과 조금 닮기는 했지만 역시 다른 얼굴이었다.

"저, 예전에, 여기서 구니에다 씨인 척하며 살았던 사람을 알고 있어요. 여러 가지 이야기를 나누었죠. 이 집에 찾아와서 함께 차를 마신 적도 있습니다."

"허어, 그런 일이 있었는가."

구리코는 마음을 가라앉혔다. 순서대로 이야기하지 않으면 제대로 전달할 수 없었다.

"그 사람은 이런 이야기를 제게 해주었습니다. 옛날에, 어떤 부자(父子)가 있었다. 아버지는 아내를 일찍 잃었기에 아들을 무척 사랑했다고요."

아들을 생각하는 마음이 앞선 나머지 아들이 선택하려 했던 직업도 간섭해서 포기하게 만들고, 아들이 사랑했던 여성에게 이혼 경험이 있다는 이유로 둘 사이를 갈라놓았다. 그리고 자신이 고른 회사에 아들을 취직시키고, 자신이 고른 여성과 결혼시켰다.

그 사람이 했던 이야기를 구리코는 되뇌었다.

눈앞의 구니에다는 뜰을 바라보면서 구리코의 이야기를 듣고 있었다.

"그리고 아들은 어느 날, 반기를 들었습니다. 아버지가 가장 소중히 여기던 것을 빼앗은 거죠."

"아들 자신이군."

구니에다는 그렇게 말했다. 시선은 찻장에 놓인 사진에 쏟아지고 있었다. 고등학생쯤 되어 보이는 남자 아이가 홀로 찍혀 있는 사진.

"전, 그건 그 사람의, 그 이야기를 해준 사람의 이야기
려니 하고 생각했어요. 저는 그때 그 사람이 구니에다 씨
라고 믿고 있었고, '구니에다 씨 이야기인가요?' 라고 물
었더니, 그 사람이 '그렇다' 라고 했으니까요. 하지만 그
건, 할아버지, 진짜 구니에다 씨의 이야기인 거죠?"

구니에다는 구리코를 향해 고개를 끄덕였다.

"그래. 그건 내 이야기야."

구리코는 찻상 끝을 움켜잡았다.

"그래서 전 생각했던 겁니다. 그런 이야기까지 알고 있
던 그 사람과, 구니에다 씨가 모르는 사이일 리 없다고.
구니에다 씨가 아무것도 모른다고 했던 건, 거짓이라고."

구니에다는 한동안 말이 없었다. 이윽고 후우 하고 한
숨을 내쉬었다.

"이런 이런, 아무한테도 이야기하지 말라고 신신당부
하던데. 곤란하게 됐군."

그렇게 말하면서 구리코의 얼굴을 보고 웃었다.

"그 남자도 그런 말을 했어. 어느 누구와도 친밀하게
말을 나눌 생각은 없었는데, 딱 한 사람, 어떤 여자 아이
와 이런저런 이야기를 하다 집에까지 들이고 말았다. 이

런 일은 처음이라고 말이야."

역시 구니에다는 그 사람을 알고 있었다. 구리코는 몸을 앞으로 내밀었다.

"가르쳐주세요. 그 사람은 어째서……."

"그 남자는, 내 인생을 잠시 떠맡아 주었던 거라네."

"떠맡아요?"

"으응."

구니에다는 다시 뜰을 바라보며 이야기하기 시작했다.

"아들은 내가 해온 일에 대한 복수심으로 나를 이 집에 홀로 남겨두었어. 내내 일만 해온 인생이라 내겐 변변한 친구도 하나 없었지. 취미도 아무것도 없었어. 소중한 건 아들놈뿐이었지. 그래서 나는 생각했다네. 이것이, 아들의 인생을 내 좋을 대로 휘저어놓은 응보라면, 달게 받아들이겠다고."

구니에다는 계속해서 이야기했다.

그래서 이 집에 틀어박혀, 바깥에도 나가지 않고 오로지 홀로 견뎠다. 점점 몸을 일으키기도 귀찮아지고, 건망증도 심해지고, 옛날 기억만 유난히 선명해져 갔다.

조금씩 썩어들어갔다. 구니에다는 그렇게 느끼고 있었다고 했다.

말라죽은 나무를 벌레와 미생물이 조금씩 갉아먹고 마침내 흙으로 돌아가듯이, 자신도 죽음에 가까워져 가고 있었노라고.

그러던 어느 날, 구니에다는 그 남자를 만나게 되었다고 한다.

"그 남자는 외판원인 양 우리 집을 찾아왔어. 뭐, 사실 그가 좋지 않은 생각을 하고 있었는지도 모르지만. 몇 차례 그가 우리 집을 방문하는 동안 어쩐지 말이 잘 통해서, 나는 그때까지 있었던 일들을 그에게 이야기했지."

그러자 그가 제안했다고 한다.

당신의 인생을 대신 떠맡아 주겠노라고.

앞으로도 계속 아들의 보복을 받아들이는 것이 당신의 죄 값을 치르는 방법이라 해도, 이를테면 반년이나 일 년 정도, 내가 여기에 있으면서 그것을 대신 받아주겠다. 그러니 당신은 그동안만이라도 다른 사람이 되어, 먼 곳에 가서 다르게 살아보면 된다고.

"신기했어. 필경 '이제 아드님 일 따윈 잊으세요'라는 말을 들었다면 그럴 마음은 들지 않았을 게야. 하지만 그가 나 대신 아들의 원한을 짊어져 준다. 그렇게 생각하는 순간, 무겁기 그지없던 몸이 갑자기 가벼워졌지."

처음엔 그저 한두 주만 있다가 돌아올 생각으로 떠난 여행지에서, 구니에다는 결국 2년이나 머물고 말았다고 한다.

"한데 어느 날, 그 남자한테서 전화가 걸려 왔네. 미안 하지만 사정이 생겨서 여기 더 있을 수 없게 되었다. 뭐, 나도 꼭 돌아와야 될 이유는 없었지만 마침 적당한 때라는 생각이 들었지. 그래서 돌아온 거라네."

구니에다는 그렇게 말하고 미소 지었다.

"그 남자와 만나지 않았다면, 나는 이 집에서 마치 묘비처럼, 멍하니 하루 하루를 보낼 뿐이었겠지. 그 남자가 무거운 짐을 떠맡아준 덕분에, 나는 내가 언제든 자유로워질 수 있다는 사실을 알았어. 아직은 어떤 인생이든 걸어갈 수 있다는 생각이 들었다네. 아름다운 여성과 사랑을 나누는, 그런 영화 같은 인생은 아니겠지만."

구리코는 그저 바닥만 내려다보며 구니에다의 말을 듣고 있었다.

그 사람은 그 때문에 여기에 있었던 거다. 구니에다가 짊어진 짐을, 아주 잠시만이라도 대신 지기 위해.

"그리고 떠날 때도, 그 남자는 나를 위해 한 가지 일을 주었어."

"일이요?"

구리코가 되묻자, 구니에다의 표정이 조금 딱딱해졌다.

"그 남자가 어째서 아이를 데려갔는지, 이유를 알고 있는가."

"아뇨!"

구리코는 엉겁결에 소리쳤다. 그것은 구리코가 내내 알고 싶어 했던 일이었다.

"구니에다 씨, 알고 계신 건가요?"

"알고 있지. 그 일도 있고 해서 여기로 돌아왔다네."

"가르쳐주세요."

구니에다는 고개를 끄덕였다.

"자네가 일하는, 론도의 그 자리. 그 남자가 좋아했던, 그리고 지금 내가 매일같이 가서 앉아 있는 자리. 거기서 무엇이 보이는지 알고 있는가."

"다카쿠라 씨 댁, 정원이……."

"그건 알고 있군."

구니에다는 자세를 바로 하고 구리코의 얼굴을 응시했다.

"어느 날, 그 남자는 그 자리에서 어떤 것을 보고 말았어. 그때는 어찌할 수도 없었고, 어떻게 해야 좋을지도 몰랐지. 하지만 그날부터, 그 남자는 시간이 날 때면 그 자리에 앉아 커피를 마시기로 했다네."

"어떤 것이라니, 그게 뭐죠?"

구리코의 질문에는 대답하지 않고 구니에다는 말을 이었다.

"한데 그날, 그는 결정적인 것을 보고 말았지. 더 이상 못 본 체할 수가 없게 되었어. 그래서 바로 그날, 그 남자는 하지메 군을 데리고 갔다네."

분명히 그때, 창밖을 바라보고 있던 구니에다의 표정이 갑자기 변했다. 그것이, 그 결정적인 것을 목격한 순간이었을까. 바로 그의 곁에 있었으면서, 구리코는 바깥을 볼 생각조차 하지 못했다.

구니에다는 마른 입술을 축이려고 식은 차를 입에 머금었다. 그것을 마시고 나서 말했다.

"형이 동생을 학대하고 있었어."

구리코는 숨을 삼켰다.

그 예의 바른 형이, 그런 짓을 했단 말인가.

"처음에는 배를 발로 차거나 머리카락을 잡아당기는 정도였네. 단순히 형제 간의 과격한 싸움일지도 모르지. 그런데 집 안에서 보이지 않는 뒤뜰에서 그런 일이 벌어지고 있었다는 것, 형제의 나이 차이가 많다는 점에서 그렇게 생각할 수는 없었다고 그 남자는 말했네. 그리고 바로 그날, 형은 동생의 몸을 라이터로 지져 화상을 입혔던 모양이야."

"어째서……."

"이유는 모르네. 하지만 그 형제는 같은 피를 나눈 사이가 아니었어. 그 부부는 재혼이었고, 아내가 데려온 아이가 형, 남편이 데려온 아이가 동생이었지. 형은 학교에서도 평판이 좋은 우등생이었다지만, 원래 그런 성향이 있는 아이였는지도 몰라. 하지만 그런 짓을 당하면서도 동생은 부모에게 알릴 수가 없었어. 조심스레 일러도 나이 많은 형이 부모를 용케도 구워삶았던 것 같아. 게다가 그 때문에 부모가 싸우기라도 할까 봐 겁을 냈다고 하더군."

"그건, 하지메 군이 한 이야기인가요?"

"그렇다네. 그 남자한테서 들은 이야기이니 직접은 아니네만."

"하지만 어째서……."

그 남자는 하지메를 데려갔을까. 설령 그때 데려간다 하더라도 근본적인 해결책은 되지 못할 텐데. 집에 돌아가면 학대는 또다시 반복될지 모르는 일인데.

그러한 의문을 입 밖에 내자 구니에다는 고개를 가로
저었다.

"인간은 대개 바로 직전에 일어난 일과 사건을 연관지
어 생각하기 마련이지. 동생을 지독한 방식으로 괴롭힌
일은 형의 의식에 뚜렷이 남아 있어. 죄의식도 있을 테
고, 그 일이 들통날까 무서워 벌벌 떨고 있었겠지. 자신
이 그런 못된 짓을 한 직후에 동생이 행방불명되었으니
어찌 생각하겠는가. 게다가 경찰이 출동하고, 신문에 실
리고, 버라이어티쇼로 방영되는 등 큰일이 되어버렸으
니, 형은 공포에 짓눌렸을 게야. 동생이 사라진 건 어쩌
면 자기 탓일지도 모른다, 그리고 그 사실이 만약 다른
사람들에게 알려지면, 분명 큰일이 날 거다. 그렇듯 죄악
감에 쫓겨 잠 못 드는 밤을 보냈겠지."

게다가 그 후 돌아온 하지메는 병원으로 옮겨졌고, 몸
에 난 상처들이 확인됐다. 만약 거기서 하지메가 진실을
얘기한다면, 이번에는 스바루도 변명할 길이 없을지도
모른다.

"그럼, 스바루 군도 유괴당할 뻔했다는 건……."

"그건 그 아이의 연극이야. 어쩌면 칼끝이 자신을 향할

지도 모른다는 공포감 때문에, 스스로 피해자 행세를 한 게지. 물론 경찰은 그런 사정을 다 알고 있을 게야."

"어, 그래요?"

"응. 어린아이의 연극을 눈치 못 챌 리 없어. 하지만 하지메 군이 유괴당했던 것은 사실이고, 스바루 군의 연극도 정신적으로 불안정해 있던 탓으로 보았기에 문제가 표면화되진 않은 게지."

스바루 사건이 보도되지 않았던 것을 떠올렸다. 연극이라는 건 금방 알았을지도 모른다.

"스바루 군은 그런 무서운 기분을 경험했으니, 이제 동생을 심하게 괴롭히는 일은 없을 게야. 물론 절대라고는 할 수 없지. 그래서 내가 그 자리에서 지켜보고 있는 거라네. 그 남자 대신 말이야."

구리코는 눈앞의 구니에다를 멍하니 바라보고 있었다.

그 얼굴에 그 사람의 얼굴이 겹치면서 스며들었다.

그 사람은 역시, 구리코가 생각했던 것과 같은 사람이었다.

구리코는 희미한 소리로 중얼거렸다.

"그분…… 어디로 가버렸을까요."

구니에다는 고개를 가로저었다.

"그것만은, 나도 모르겠네."

그로부터 반년이라는 세월이 흘렀다.

구리코는 론도를 그만두고 지금은 의류 잡화 수입과 도매를 전문 분야로 하는 회사에서 일하고 있다. 아직은 파견사원 신분이지만 아르바이트보다 조금은 지위가 높아졌다는 생각이고, 이곳에서 취급하는 가방이며 액세서리가 너무 멋지고 마음에 들어서, 가능하면 정사원이 되고 싶은 마음이다.

마코토의 대입 시험 날짜도 슬슬 다가오고, 제 딴에는 이번에는 문제없다며 큰소리치고 있다. 어디까지 진심인지는 모르겠지만, 부모님도 이번에 실패하면 취직하라며 엄포를 놓고 있다.

유미타와는 가끔 만난다. 그는 아직 조리사 학교에 다니면서 론도에서 일하고 있다. 아직 사귀는 건 아니지만, 구리코는 변함없이 그가 좋고, 그리고 그에게 여자 친구가 없다는 것을 알게 되었다.

아직 확실하게는 말하지 않았다. 하지만 이 한마디가 늘 목구멍까지 차올라 있다.

저기, 사귈래?

어쩐지 항상 농담으로 흘러가버려 정작 중요한 말은 까먹기 일쑤지만, 함께 있을 때면 늘 예감 비슷한 것이 들었다.

분명, 가까운 시일 내에 사귀게 될 것이다.

하지만 지금처럼 친구보다 조금 아슬아슬한 관계도 마음 편해서, 그것을 뛰어넘어버리면 아까울 것 같은 기분도 든다.

그 사람 일은 지금도 가끔 떠올린다.

장막이 드리워진 듯한 불가사의한 기억, 그것은 어느 누구에 대한 기억과도 달랐다. 그 이유는 그 사람이 구리코 앞에서 줄곧 연기를 했기 때문이고, 구리코는 그것을 조금 얄밉다고 생각한다.

하지만 구리코는 그 사람에 대해 알고 있다.

장막에 싸인 어둑한 연기 너머에 그 사람의 진짜 모습이 보였다.

숲의 장로 같은, 신선 같은, 불가사의하고 그러면서도 의지가 되는 존재. 그 사람은 벤치에 앉아 하늘과 사람들과 공기를 보고 있었다. 마치 인간 세상을 굽어보듯이.

그래서 공원의 벤치를 볼 때마다 구리코는 그 사람을 떠올리는 것이다.

그날은, 유미타가 중고차를 샀다기에 안과 토모를 데리고 조금 떨어진 애견 공원에 놀러가기로 약속한 날이었다.

안과 토모 둘 다 차 타는 걸 좋아해서 차창 밖으로 얼굴을 내밀고 바깥을 보았다. 안과 토모의 보들보들한 귀밑털이 바람에 나부끼며 민들레 홀씨처럼 공중에서 춤추었다.

애견 공원에 도착해 리드줄에서 놓여나자, 두 마리는 마치 날다람쥐처럼 뛰어오르며 기뻐했다. 모래 위를 구르다시피 하며 다른 개들을 쫓아다녔다.

그 모습을 유미타와 나란히 지켜보았다.

구리코는 때때로 그의 옆얼굴을 훔쳐보았다. 눈초리가 처져 익살꾼처럼 보이는, 구리코가 정말 좋아하는 웃는 얼굴.

갑자기 토모가 멈춰 섰다. 킁킁 공기 냄새를 맡았다. 그러더니 갑자기 달려나갔다.

마침 애견 공원의 담장을 열고 사람들이 드나들고 있을 때였다. 그 사람들 사이를 빠져나가 토모는 담장 밖으로 뛰쳐나갔다.

"토모! 돌아와!"

구리코는 황급히 뒤를 쫓았다. 돌아서서 유미타에게 소리쳤다.

"안 좀 봐줘!"

유미타가 고개를 끄덕이는 것이 보였다.

토모는 공원을 내달렸다. 잃어버릴 경우를 대비해 명찰은 목줄에 붙여놓았지만, 차도에라도 뛰어들었다간 큰일이다.

죽을힘을 다해 달렸지만, 다리가 네 개인 토모 쪽이 월등히 빨랐다. 눈 깜짝할 사이에 공원 밖으로 달려나갔다.

"토모! 이리 와!"

평소 같으면 이리 오라는 말을 거역하지 않는다. 그런데 오늘은 마치 구리코의 목소리가 들리지 않는 것 같다.

공원 저편에 기둥들만 선 집이 보였다. 한창 짓고 있는 중인가 보다.

구리코는 숨을 삼켰다. 토모는 그쪽을 향해 일직선으로 달려갔다.

어쩌면, 혹시.

재미가 쏠쏠하거든. 집이 완성되어가는 모습을 본다는 건 말이야.

그렇게 말하던 사람이 있었다.

구리코의 예감은 점점 강해지고 있다. 분명, 그 사람은 그곳에 있다.

토모는 활짝 웃는 얼굴로 그 사람을 향해 달려갔다.

■ 해설

작년부터 올봄에 걸쳐 곤도 씨의 『새크리파이스』는 문예계의 화제를 독차지하며 오야부 하루히코 상을 수상하고, 서점대상 2위에도 올랐다. 이 글을 쓰고 있을 때에는 아직 결과가 나오지 않은 상황이지만, 일본 추리작가협회상 장편부분 후보에도 올랐다. 속된 말로 곤도 후미에가 마침내 '대박을 터뜨렸다!'.

하지만 나는, 애독자로서 또한 친구로서 곤도 씨의 대활약을 크게 기뻐하면서도 못내 이렇게 외치지 않을 수 없었다.

여러분, 늦어도 너무 늦었다고요!!!

정말 너무 늦은 감이 있다. 이만한 실력을 갖추고, 데뷔 이래 늘 한결같이 수준 높은 작품을 발표해온 작가가 빛을 보는 데 15년이나 걸렸다니, 정말이지 다들 대체 뭘 읽었단 말인지. 나도 모르게 불만이 터져 나온다. 실력만으로 안 될 때가 있다는 것도 알고, 훌륭한 작품을 쓰는 작가가 제대로 평가받지 못하는 경우도, 슬프지만 드문 일이 아니다. 하지만 아무리 그렇더라도, 곤도 씨가 이제까지 큰 상을 받아본 적이 없었다는 것은 내가 보기엔 정말 불가사의한 일이었다. 그만큼 곤도 후미에의 작품은 질적으로 수준 높고, 읽어서 재미있는 것들뿐이었다.

곤도 씨의 프로필은 이미 기타 저서에 소개된 바 있으나, 『새크리파이스』를 통해 곤도 후미에라는 작가를 알게 되었다는 독자도 적잖이 있는 것 같다. 이에 거듭 말하자면, 곤도 씨는 1993년 『얼어붙은 섬』으로 제4회 아유카와 데쓰야 상을 수상하며 데뷔했다. 내가 요코미조 세이시 상을 받으며 데뷔한 때가 그 2년 후인 1995년이므로, 이 업계에서 곤도 씨는 나의 선배인 셈이다. 아직 내가 작가가 되기 전, 시중에 발매된 곤도 씨의 수상작 『얼어붙은 섬』을 읽고 나는 경악했다. 날카롭기가 완벽에 가깝고 냉철하게 억제된 감정표현, 구식 철자법 등을 적용한 도전적이고 의욕적인 문장, 치밀한 구성. 굳이 말하자면 퍼즐로서의 완성도에 중점을 둘 법한 본격 추리소설의 신인상에 응모하면서도 문예작품으로서의 고고한 긍지를 『얼어붙은 섬』은 지니고 있었다. 그리고 물론, 보란 듯이 대상을 차지함으로써 증명했지만, 본격 추리소설로서의 굵직한 골격과 퍼즐로서의 매력도 충분히 갖추고 있었다. 이만한 작품을 나보다 훨씬 나이 어린 여성이 써냄으로써 작가가 되었구나, 라는 감동과 흥분으로, 읽고 난 수상작을 혼자 멍하니 바라본 기억이 있다.

나도 작가가 되고 싶다는 구체적인 바람이 내 마음속에 싹튼 건 어쩌면 그때였는지도 모른다. 당시 나는 밤잠을 안 자고 우는 아이 때문에 잠 못 드는 밤이면, 작가가 되고 싶다는 생각을 한 것이 아니라 그저 글을 쓰고 싶어서 컴퓨터 앞에 앉아 소설을 썼다. 하지만 곤도 후미에라는 신인작가의 존재가 나의 일상에 목표를 안겨주었던 것이다.

『얼어붙은 섬』에 충격을 받은 2년 후, 나도 그럭저럭 작가 대열에 오르게 되었다. 그리고 운 좋게, 동경하던 곤도 씨와도 친구가 될 수 있었다. 나는 마침 교토에 살고 있었고 곤도 씨도 오사카에 살았던 적이 있어서 우리는 오사카에서 만나 식사도 하고 찻집에서 수다도 떨며 지내게 되었고, 그러는 중에 나는 작가로서뿐 아니라 곤도 후미에라는 한 여성이 무척 좋아졌다.

높은 퀄리티며 높은 문제의식, 작품 속에 등장하는 인물들에 겨눠지는 엄격한 시각을 볼 때, 곤도 후미에라는 사람은 분명 진지하고 냉정하며 자기 자신에게나 남에게나 엄격한 사람일 거라는 인상을 받는 사람도 적지 않으리라. 물론 어느 면에선 그렇다. 곤도 씨는 워낙 진지하고 냉정한 사람이라서 자기 자신에게 엄할뿐더러 다른 사람의 일도 무책임하게 대충대충 넘어가는 법이 없다. 하지만 그렇듯 딱딱한 부분은 그녀의 극히 일부분에 지나지 않으며, 다른 각도에서 보면 곤도 씨는 무척 스위트하고 귀여운 소녀 같은 사람이다.

곤도 씨는 예쁘고 아기자기한 것을 무척 좋아한다. 여자아이라면 누구나 갖고 싶어할 만한 사랑스러운 디자인의 옷이며 액세서리를 좋아하며, 과자 만들기 등 요리하는 것이 특기이다. 내가 빵 만들기에 한창 빠져 있을 무렵, 곤도 씨는 이미 제빵의 명수였다. 그래서 더욱 곤도 씨에게 친근감이 들었다. 또한 영화를 좋아하는 곤도 씨의 남다른 비평안에도 나는 매번 감탄한다. 둘 다 소피아 코폴라 감독을 지지한다는 것을 알았을 때는 '역시 곤도 씨의 감성이 너무 좋다' 하는 기쁜 마음이 들었다

내가 보기에 곤도 씨는 '여자아이'를 사랑하는 것 같다. 여자아이의 겉과 속, 안과 밖, 아름다운 모습, 추한 모습, 그 모든 것을 통틀어 여자아이라는 존재가 좋은 거다. 그래서 작품 속에서도 여자아이에게는 곱절은 더 엄하고 또 무르다. 나로서는 이러한 감각이 충분히 이해가 된다. 나도 여자아이라는 존재를 무척 좋아하고 또 무척 싫어하고, 하지만 역시 사랑한다고 믿고 있으므로.

그렇기 때문에 나는 곤도 씨의 수많은 수작 시리즈 중에서도 여자아이가 살아 움직이고 울고 웃는 작품을 특히 좋아한다.

『토모를 부탁해』는 그러한 작품군 중 하나이다. 주인공은 스물한 살 된 여자아이. 법적으로는 성인이지만, 아직은 자신이 성인인지 소녀시절의 말기인지 판단이 서지 않고, 하루하루가 근근이 지나가는 데 대한 초조함까지 안고 있다. 그렇다고 해서 새로운 세계에 적극적으로 발을 디딜 결심도 안 서고, 일관된 꿈을 좇을 수 있었던 시

기도, 낙엽만 굴러도 웃음이 터져 나오던 시절도 지나, 마음에 수많은 틈이 생겨난 것을 깨닫기 시작한 시기에 놓여 있다. 그래도 잘못된 길을 가거나 남에게 상처 주는 일 따위는 하지 못하고, 애매하게 '착한 아이'인 자신이 좋았다가 싫었다가 하는, 그런 시기이다.

그런 주인공 구리코가 아르바이트 직원으로 일하는 패밀리 레스토랑의 단골손님이자 정체 모를 노인 '구니에다 씨'와 친해지면서 일상이 조금씩 변화되어간다. 구리코가 안은 작은 고민과 사소한 의문들을 구니에다 씨는 매번 개운하게 해결해 보인다. 아무렇지도 않은 얼굴을 하고 담담하게, 그러나 미소를 잃지 않은 채.

이 책에서 곤도 씨는 여자아이의 눈을 통해 일상 속에 숨어 있는 악의와 슬픔과 괴로움을 또렷이 그려내고 있다. 결코 과장스럽게 표현하거나 목소리를 높이는 일 없이, 그럼에도 곤도 후미에의 펜은 악의의 윤곽과 그러한 악의 앞에 내놓인 여자아이의 심정을 냉철하리만치 적확하게 부각시킨다.

또한, 세간에서는 이미 '은퇴해버린 사람들이니까'라는 이유로 잊히기 쉬운 '노인'이라는 존재, 그리고 아직 미래에 무슨 일이 일어날지 예측조차 할 수 없는 여자아이를 선명하게 대비시켜 보인 것은 곤도 씨의 새로운 도전이라 할 수 있다. 노인에게는 과거가 있고, 지나온 길이 있고, 거쳐 온 역사가 있다. 그러한 '노인의 과거'를 접했을 때, 구리코의 마음에 생겨난 것은 과연 무엇일까. 그녀는 어떻게 느끼고, 무엇을 생각했을까.

이 책은, 물론 미스터리 소설로서 읽어도 사뭇 재미있는 작품이지만, 그에 더하여 세대가 다르다는 것을 축으로 한 '사람과 사람 사이의 불가사의한 연결고리'를 하나하나 해독해 나감으로써 곤도 후미에 특유의 작품세계를 접할 수 있다는 즐거움이 있다.

곤도 후미에가 지닌 독자적인 세계. 그것은 엄격하고 공정한 눈과 따스하고 상냥한 마음에 의해 만들어진다. 군더더기 없는 정돈된 문장에 뒷받침된, 달지만 쓰고, 즐거우나 안타깝고, 한번 그 맛을 알아버리면 몇 번이든 언제까지나 먹고 싶은, 그런 세계이다. 여자아이가 무척 좋아하는 맛, 그러나 먹고 나면 언제나 조금은 가슴 아프고, 그 아픔 너머에 존재하는 것을 보고 싶어지는, 그러한 세계이다.

이번 작품을 통해 처음으로 곤도 후미에를 만난 당신, 당신은 크나큰 행운아다. 왜냐면 이제부터 매일매일 곤도 후미에 작품에 푹 빠져 지낸다 해도 앞으로 몇 달은 더 즐거울 수 있을 테니.

　이번 작품은 이미 속편도 출간되었다. 작품 말미에 놀랄 만한 사실이 밝혀지는데, 그 놀라움을 어떤 식으로 받아들이고 어떤 '뒷이야기'가 그려지는지, 이 책을 다 읽고 나면 부디 속편, 『두 번째 달』도 읽어봐 주시길 바란다.

　마음에 드는 음악과 너무나 좋아하는 초콜릿 쿠키와 홍차를 벗 삼아, 이 책을 읽고 또 읽으면서······.

시바타 요시키(작가)

아무리 어렵고 복잡한 사건도 그 사람 손에 걸리면
스르륵 매듭이 풀려 한 가닥 실이 된다.

인생은 매순간 선택의 연속이라는 말이 있다. 학교를
선택하고 직업을 선택하고 배우자를 선택하는 따위의 큰
일은 물론이고, 일상 곳곳에서 심지어 아무려나 상관없
는 꿈속에서까지 종종 선택의 기로에 놓이곤 한다. 그럴
때마다 최선의 방향을 제시해주는 길잡이와도 같은 존재
가 있다면 좋지 않을까 하는 생각을 해본다. 망설임과 불
안, 뒤죽박죽된 감정들까지도 한 번에 싹 정리해줄 수 있
는 현자와도 같은 존재.
 뚜렷한 직장도, 장래에 대한 확신도 없이 하루하루 답
답하고 불안한 마음을 안고 살아가는 스물한 살의 청춘

구리코에게 구니에다는 그러한 존재였다.

다양한 군상들이 얽히고설켜 살아가는 현대사회에서 드물지 않게 일어나는, 그러나 무심코 지나치기에는 못내 꺼림칙한 일상의 미스터리한 사건들까지 개운하게 해결해주는 수수께끼와도 같은 노인 구니에다. 그를 만나 고민을 털어놓고 소소한 사건들을 하나하나 해결해나갈 때마다 구리코 자신도 성장하고 그녀 주변도 조금씩 변화되어간다. 내게는 한없이 정의로운 일이 여러 사람을 공포에 빠뜨리는 범죄로 발전할 수 있으며, 겉으로 보이는 모습뿐 아니라 보이지 않는 이면까지도 헤아릴 줄 아는 눈을 길러야 한다는 것 즉, 사건 자체가 아니라 그 사건을 바라보는 관점 때문에 오해가 싹트고 악의를 불러일으킬 수 있다는, 당연하면서도 신선한 깨달음을 얻으며 구리코는 조금씩 어른이 되어간다.

한편, 세 편의 이야기를 끌어가는 가장 인상적인 존재는 단연코 구니에다 노인이라 할 수 있다. 뭇사람들 눈에 비친 그는 치매기마저 엿보이는 늙고 힘없는 사람에 불과하지만, 어느 때는 (특히 공원에서의 그는) 완전히 딴 사람이 된 양 예리한 관찰력과 풍부한 통찰력을 발휘하여 사건의 실마리를 풀어나간다. 그것도 범인을 딱 꼬집어지적하는 것이 아니라 가능한 한 상처 입는 이 없이 모두가 행복해질 수 있는 방법으로.

일상의 미스터리를 다룬 만큼 다소 뻔한 결말이 예상되는 가운데서도 이 구니에다 노인에 관한 궁금증은 한번 잡은 책을 끝까지 내려놓을 수 없게 만든다. 언뜻 에무스카 바로네스 오르치의 『구석의 노인 사건집』이 떠오르기도 하는데, 단편적인 사건 하나하나마다 노인에 관한 정보를 복선으로 깔아놓고, 이 복선들이 후반부에 한데 어우러져 마무리되는 점은 단편 연작집으로서의 매력까지 한층 배가시킨다.

작가인 곤도 후미에 씨는 현대인이 안고 있는 사회병리나 마음의 병, 특히 섬세하고도 미묘한 여성의 심리 묘사에 뛰어난 작가로 정평이 나 있다. 이번에는 구리코라는 젊은 여성의 눈을 통해 우리 주변에 존재하는 무수한 악의를 가감 없이 드러내고, 그 악의 앞에 내놓인 인물들의 복잡 미묘한 마음의 움직임들을 과장 없이 섬세하게, 그리고 따뜻한 시선으로 그려낸다. 아무런 접점이 없을 것 같은 노인과 여자아이를 주축으로 삼아 이야기를 끌어나가는 작가의 새로운 시도도 눈여겨볼 필요가 있다.

한 인터뷰에서도 말했듯이 젊은 층과 노인의 소통이 거의 단절되어 있다시피 한 오늘날, 단순한 친절과 배려를 뛰어넘어 좀 더 마음 편한 관계, 자연스럽게 어우러질 수 있는 상황을 만들고 싶었다는 작가의 마음이 잘 실린 작품이다. 여기서 빠뜨릴 수 없는 한 가지, 나름의 역할을 톡톡히 해내는 강아지들의 활약상도 색다른 재미와 감동을 안겨준다.

　뒷이야기가 궁금한 독자들을 위해 속편도 이미 출간되었다고 하니, 속편에서는 또 어떤 이야기가 전개될지 기대해본다.

신유희

토모를 부탁해 (원제: 賢者はベソチで思索する)

1판 1쇄 2010년 8월 16일

지 은 이 곤도 후미에
옮 긴 이 신유희
일러스트 박만희

발 행 인 주정관
발 행 처 북스토리
주   소 서울 마포구 서교동 483-1 평화빌딩 5F
대표전화 332-5281
팩시밀리 332-5283
출판등록 1999년 8월 18일 (제22-1610호.)

홈페이지 www.bookstory.biz
이 메 일 bookstory@bookstory.biz

ISBN   978-89-93480-52-8 03830